KB093355

러브 스타카토

러브 스타카토
ⓒ 박하루 2024

초판 1쇄   2024년 2월 26일

지은이   박하루

출판책임   박성규   펴낸이   이정원
편집주간   선우미정   펴낸곳   도서출판 들녘
기획이사   이지윤   등록일자   1987년 12월 12일
편집진행   이동하   등록번호   10-156
디자인진행 고유단   주소   경기도 파주시 회동길 198
디자인   하민우   전화   031-955-7374 (대표)
편집   이수연·김혜민   031-955-7384 (편집)
마케팅   전병우   팩스   031-955-7393
경영지원   김은주·나수정   이메일   dulnyouk@dulnyouk.co.kr
제작관리   구법모
물류관리   엄철봉

ISBN   979-11-5925-837-4(03810)

고블은 도서출판 들녘의 장르문학 브랜드입니다.
값은 뒤표지에 있습니다. 잘못된 책은 구입하신 곳에서 바꿔드립니다.

러브 스타카토

박하루 장편소설

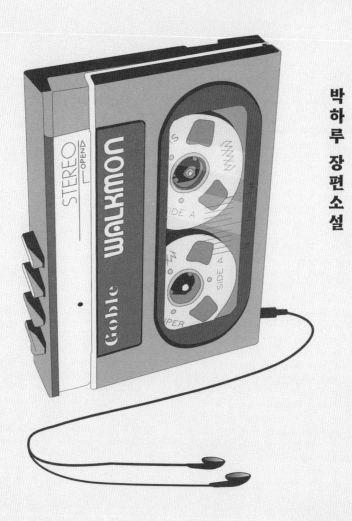

goble

차례

어떡하면 좋을까요 첫눈에 꽉 차버린 너
엉망진창 부푸는 매지컬 로맨스
마지못해 끄덕인 걸 내가 모를 리 없잖아
온 세상이 하얘져 가 자그만 내 마음도

마법의 순간처럼 시간이 멈춰버려
눈송이같은 내 맘 어디로 가야 할지 알 수가 없잖아

아, 꿈속에서 만났어 운명 같은 내 사랑
심장 소리가 내 귓속까지 가득 차올라
난 날아갈 것만 같아 달을 뚫고 저 멀리
얼굴에 다 드러날까 약간 걱정되는 걸

네 맘은 어떠니 조금은 흔들리고 있니 들어 봐
서툰 작은 두근거림을 너와 나의 울림을
깜짝 놀란 지구의 떨림을

바로 그때 우리 위로 첫눈이 종을 울리듯
운명이란 예감 가득 미라클 로맨스
이것 좀 봐 내가 너를 끌어당기고 있잖아
다가오는 Time Limit 기회는 지금뿐

가만히 손을 뻗어 머리를 털어주네
입가에 묻어 있는 사랑스러운 미소 내가 가져갈게

아, 오래 기다려 왔어 감전 같은 내 사랑
머리 끝이 찌릿찌릿해져 정신이 없어
난 녹아버릴 것 같아 맨틀 아래로 깊이
내민 손이 부끄러워 부디 마주 잡아 줘

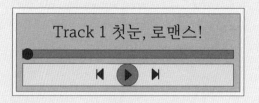

Track 1 첫눈, 로맨스!

네 맘은 어떠니 조금은 흔들리고 있니 들어봐
서툰 작은 두근거림을 너와 나의 울림을
깜짝 놀란 지구의 떨림을

나도 조금 놀랐어 나답지 않은 일이야
내가 널 만들 거야 우리가 함께 주인공이 될 테니까

아, 꿈속에서 만났어 잡초 같은 내 사랑
엉큼한 망상에 얼굴이 뻥 터질 것 같아
난 분열할 것만 같아 파도가 되어 덮쳐
도망칠 수 없어 반드시 꼭 잡고 말 테니까

네 맘은 어떠니 조금은 흔들리고 있니 들어봐
서툰 작은 두근거림을 너와 나의 울림을
깜짝 놀란 지구의 떨림을

1

　사랑을 위해서는 미친 망아지처럼 뛰어다닐 수 있는 사람이 있다면 그게 바로 나라는 말씀.

　돌이켜 생각해보면 정말 남부끄러운 일이지만 눈이 멀었다는 말이 괜한 말이 아닐 만큼 나는 뭔가 이상하고 기묘한 기운에 휩싸여 있었다.

　시작은 오랜 창고 방에서 발견된 작은 카세트 테이프였다. 물론 그게 근본적인 시작점은 아니었다. 이 사건은 무려 30년도 더 전으로 거슬러 올라가며 내 개인사만 치더라도 네가 이 세상의 빛을 본 바로 그 순간부터 이야기해야 할 테니까.

　말에 어폐가 있으려나? 태어난 순간부터 빛을 볼 수 있는 사람은 없으니 말이다. 그렇지만 난 그때 이미 만났는걸. 내 생애 처음이자 마지막. 바로 그 사람.

　2

　대문 앞에서 10분쯤은 그대로 서서 기다리고 있던 것 같다. 제법 쌀쌀한 날씨였지만 나를 얼어붙게 한 것은 망설임이었다. 작년, 아니, 재작년 연말부터 수험생이라는 핑계로 안부도 묻지 않고 지냈으니 이렇게 대뜸 찾아오는 것도 어색하게 느껴졌다.

　확실히 핑계였다. 내가 고등학교 2학년일 때부터 오빠는 집안에 들어박히는 날이 많았다. 대학교는 휴학 한 건지 자퇴인지 내팽개친 것 같았다. 전에 없던 거리감에 서로 안부도 묻지 않게 됐고 대입을 핑계로 완전히 연락을 끊고 살았다.

　크고 넓은 집. 어릴 적부터 나는 그렇게 생각했다. 그렇지만 자라면서 그 집은 더욱 넓어졌다. 어릴 적 오빠, 오빠, 하며 집안을 뛰어다니던 때가 떠올랐다. 천방지축 같았던 한민재는 자라면서 덧대진 것들 사이에 파묻혀버린 것 같왔다. 이제 오빠는 홀로 텅 빈 집 안에 틀어박혀 어떤 기척도 내지 않으며 지내고 있었다. 소꿉친구인 나도 쉽사리 그 문을 두드리지 못했다.

마침내 벨을 눌렀을 때, 눈이 내렸다. 첫눈이었다.

오빠는 의외로 멀끔한 모습이었다. 머리가 삐죽거리기는 했지만 이발도 제때 하고 있는 것 같았다. 일요일이기도 해서 왠지 늦게 일어날 것 같아 일부러 오후 늦게 찾아왔는데 기우였던 것 같다. 이미 한창 활동 중인 것 같았으니까.

나는 적막하고 어두컴컴한 거실을 둘러보았다. 몇 년 전왔을 때와는 분위기가 많이 달라져 있었다. 티비도 없었고 자질구레한 장식, 액자 등이 모두 사라져 있었다. 이 모든 것이 오빠 혼자 한 일일까?

"수능 끝났어? 벌써 시간이 그렇게 됐구나."

오빠는 탄산수를 내왔다. 나는 컵 안의 기포를 뚫어지게 내려다보았다.

"응. 날짜도 모르고 살았어?"

천천히 고개를 들어 오빠의 얼굴을 살펴보았다. 분위기가 조금 바뀌었나? 수능 전에도 한참 얼굴을 못 봤으니까. 그사이 나는 어른이 됐고 오빠도 이제 20대 중반을 향해 가고 있었다.

"응. 좀 정신없이 살다 보니."

"정신없이?"

무언가에 열중하고 있었다는 말일까? 사실 방구석에 들어박힌 남자들의 흔한 이미지를 생각하고 있었다. 좋은 케이스라 해봐야 며칠 동안 게임에 몰두하는 정도라고 생각했다.

"나, 음악하거든."

"음악?"

정말 뜬금없는 소리였다.

"어. 볼래?"

나는 고개를 끄덕였다.

오빠의 방은 여전히 2층에 있었다. 삐걱거리는 나무 계단은 여전히 좁고 가팔랐다. 일제시대 때 만들어진 집을 대대로 개조해 가며 살고 있다고 했다. 아래층은 냉랭했지만 2층에는 보일러가 돌고 있었다. 2층에는 민재 오빠의 방과 창고로 쓰는 방이 있었다. 어릴 적 숨바꼭질할 때 이 창고 방에 자주 숨었는데. 곁눈질하며 스쳐 갈 때 나는 생각했다.

오빠의 방은, 본격적이었다.

바닥에는 러그가 깔려 있었다. 널찍한 나무 데스크가 있었고 두 대의 모니터가 그 위용을 자랑했다. 양옆으로 커다란 스피커가 한 페어로 배치돼 있었다. 2단으로 된 책상 위쪽에는 컴퓨터 키보드, 아래쪽에는 피아노 건반이 놓여 있었다. 책상 아래에는 기타용으로 보이는 앰프가 있었고, 오른쪽 벽면에는 기타 다섯 대가 나란히 세워진 스탠드가 있었다. 창문이 있는 벽을 제외한 나머지 벽은 옷걸이와 책장으로 메워져 그곳은 얼핏 영화에 나오는 해커의 방 같은 분위기도 풍겼다.

"이런 걸 언제 다 만들었대? 그보다, 왜 갑자기 음악이야?"

"그냥, 유튜브 보다가 남들 하는 거 보고 갑자기 나도 할 수 있겠더라고. 음악은 원래 좋아했었으니까."

"오빠 이상한 음악 맨날 듣곤 했잖아."

"으음. 이상한 음악이었나? 아무튼, 고등학교 졸업하고 대학도 별로 재미없고. 뭘 해야 할까 몇 달 생각해 보다가 한번 해봤거든. 컴퓨터는 원래 있으니까 마우스로 미디 찍어가면서. 그런데 해보니까 재밌는 거야. 그래서 키보드도 사고 스피커도 사고, 책상이 부적절해서 새로 맞추고. 그 다음엔 계속 알아가면서 혼자서 장비도 계속 바꿔가고. 그 것만으로도 시간 잘 가더라고."

"세상에. 그럼 그동안 두문불출하던 게 이거 때문이었던 거야?"

"뭐… 이것만 한 건 아니지만. 뭔가 아무 생각 없이 몰두할 것도 필요했고. 한번 작업한 거 들어볼래?"

오빠는 컴퓨터 앞에 앉았다. 나는 그 옆에 서서 구경했다. 뭔가 복잡해 보이는 프로그램이 실행되고 알록달록한 화면이 뜨더니 음악이 재생됐다. 나름 그럴싸한 음악이었다.

"그럼 이거 발매도 하는 거야?"

"아직 내보낼 정도는 아니고. 그냥 이것저것 해보는 수준이야."

"흐음. 그래?"

"그런데 요즘 빠져 사는 건 이게 아니야."

"응?"

"혹시 비운의 아이돌 한미채라고 알아?"

오빠는 왠지 들뜬 목소리로 말했다.

"뭐야, 그게."

의자 목받이에 팔을 걸친 채 모니터를 보고 있던 나는 오빠가 의자를 돌리자 뒤로 물러날 수밖에 없었다. 오빠는 등을 쭉 펴 등받이에 기대면서 말했다.

"우리나라에선 오히려 잘 안 알려진 얘기야. 해외 포럼에서 수십 년간 도시 전설처럼 돌던 얘기거든. 외국에서 케이팝 파는 사람들 있잖아. 그 사람들한테서 돌던 얘기가 있었어.

80년대에 한국에서 아이돌 데뷔하려던 한미채라는 사람이 있었대. 일본에서 태어난 재일교포고 한국에서 가수가 되려고 혼자 건너왔다는 거야."

"한미채?"

나는 발음을 곱씹기 위해 되물었다.

"응. 한미채는 일본에서부터 혼자 곡을 만들었대. 자기가 곡을 쓰고 직접 노래 부르려는 꿈이 있었던 거야. 고국인 한국에서 말이야."

"그런데? 난 그런 이름은 들어보지 못했는데. 결국 데뷔하지 못한 거야?"

"응. 그런 가수가 있었다면 우리가 모를 리가 없겠지. 도시 건설고민 남지도 않았을 기고 말이야. 한미채는 밀입난신으로 한국에 넘어왔어. 그때가 고작 열여덟 살. 86년이었을 거야. 당시는 양국 격차가 매우 컸고 그리고 한국이 정치적으로도 좀, 그랬잖아. 아마 대단한 용기였을 거야."

"그래서 어떻게 된 거야?"

내가 보채자 오빠는 잠시 숨을 쉬었다가 조금 어두워진 목소리로 말했다.

"한미채의 결말은, 자살이었어."

"자살?"

"응. 자기가 머물던 맨션에서 몸을 던졌대."

"아니⋯ 어째서?"

"이유는 알려지지 않았어. 낯선 땅에서 혼자 힘들었겠지."

"많은 기대를 품고 왔을 텐데 불쌍하다."

"응…. 일본에도 비슷한 시기에 자살한 아이돌이 있었거든. 그래서 한국보다는 일본에서 더 주목을 받았어. 당시에 일본에서 나온 기사도 있었고. 이 이야기가 어디서 처음 퍼진 건지는 아무도 몰라. 그런데 이 전설에는 결정적으로 사람들의 관심을 끌 만한 증거가 있었어. 영상이 있었거든."

"영상?"

"응. 배경을 봐서는 한국에서 찍은 게 분명한 영상이야. 데뷔하기 전에 카메라 테스트 겸 프로모션 비디오로 찍은 것 같아. 테이프 복사본으로 남아 있던 영상이 일본으로 흘러들어 갔나 봐. 한번 직접 봐봐."

오빠는 유튜브에서 영상 하나를 재생했다. 일본 계정에서 올린 영상이었다. 조회수는 5만 정도. 완전 유명한 건 아니지만 그래도 본 사람이 꽤 된다는 뜻이었다.

한미채는 나도 모르게 홀려버릴 것만 같은 미인이었다. 옛날 영상인 만큼 화질도 조악했고 촬영기법도 어설퍼 보였다. 그렇지만 날 것 같은 카메라가 담아내는 한미채의 모습은 가슴이 답답하고 안타까운 감정마저 솟아날 정도로 맑고, 빛나 보였다.

"예쁘다…."

"그치? 이대로 데뷔했었다면 한국 음악계는 완전히 달

라졌을 거야. 어쩌면 일찌감치 아이돌의 시대가 열렸을지
도 모르고."

"배경이 한국 같기는 한데, 이게 그 한미채라는 사람이
확실해?"

사실 소문이라는 것부터가 확실한 것이 아니지 않은가.
해외 포럼에 떠도는 말이라면 그것부터 진위를 의심해봐
야 하는 일이다.

"음. 사실 지금까지 증거는 없었어. 그런데 말이야. 놀라
운 걸 또 발견했거든."

"놀라운 꺼?"

"삼촌, 기억 나? 고수진 삼촌."

"응? 으응."

어릴 적, 이 집에 놀러 왔을 때 종종 보이던 사람이다. 무
뚝뚝한 말투에 중년 배우 같은 느낌이 물씬 풍기던 사람
이었다. 늘 수염을 잔뜩 기르고 있어서 조금은 무서워했던
기억이 있다.

"이 집에 삼촌 물건이 좀 있었거든. 어느 날 전화 와서
말하더라고. 자기 물건을 처분해 달라고."

"뭐? 설마⋯."

"뭔 상상을 하는 거야? 그냥 너무 오래됐기도 하고 미련
을 완전히 버리고 싶대. 미리 다 물려줄 테니 내가 가지든
가 팔든가 버리든가 하라는 거야."

16

"아아."

"그래서 창고를 한참 정리했거든. 대대로 살던 집이니까 정말 많은 물건이 있었는데 말이야. 거기서 이걸 발견했어."

오빠는 의자를 끌고 책꽂이로 가 철로 된 상자 하나를 가져왔다. 오래오래 쓰고 있는 것 같은 초콜릿 포장 상자였다.

그 안에 든 것은 골동품처럼 보이는 휴대용 전자기기였다. 크기는 손바닥만 했지만 스마트폰보다는 조금 두꺼웠고 이어폰 선이 칭칭 감겨 있었다.

"이거 본 적 있어? 워크맨이라는 건데."

"어…. 들어는 봤어. 카세트 테이프? 맞지?"

"응. 테이프는 저장장치고 워크맨이 재생기기야. CD플레이어보다도 이전 거. 80년대의 상징이지."

"그게 삼촌 거라는 말이야?"

"응. 아마도? 그런데 중요한 건 여기 있던 카세트 테이프야."

오빠는 종잇조각이며 각종 낡아빠진 카드가 들어 있는 상자를 뒤져 속에서 물건을 꺼냈다. 실제로 카세트 테이프를 보는 것은 처음이었다. 구멍 두 개가 뚫린 직사각형 모양이었다. 하나도 아닌 두 개. 모르긴 해도 정식 음반으로 보이지는 않았다. 겉에는 노트 밑줄을 잘라 붙인듯한 테이프가 붙어 있었고 각각 알파벳 A와 B가 적혀 있었다.

"여기, 뭐가 녹음된 거야?"

오빠는 낡은 카세트 테이프 너머에서 말했다.

"노래. 엄청난 노래였어. 80년대에 녹음된 게 지금까지 남아 있었던 거야. 이걸 발견하고 몇 달 동안, 난 다른 노래는 하나도 안 듣고 이거만 주구장창 들었어."

"누가 부른 건데?"

나는 침을 삼켰다. 오빠는 천천히 손을 내리더니 테이프를 무릎 위 상자에 넣고 그 안에서 대신 종이 한 장을 꺼냈다. 낡고 꼬깃꼬깃해진 종이였다.

"여기에 가사도 있었어. 각 가사마다 작곡과 작사가 적혀 있었지. 작곡은 전부 한 사람. 작사에는 한 사람이 더 있었어."

"그 사람이…."

"한미채. 그리고 고수진. 이건 그 두 사람이 만든 데모 테이프였어."

3

우리 엄마는 무당이다.

언제 꺼내더라도 뜬금없게 들리는 말이라는 것을 안다.

무당은 원래 그런 존재니까. 하지만 뭐 어쩌겠는가. 그런 집에서 태어난 걸.

참고로 나는 신기니 뭐니 하는 건 믿지 않는다. 엄마가 하는 게 정말 신통력을 부리는 일인지 아니면 적당히 손님들 말 상대를 해주는 건지는 모르겠다. 그렇지만 무당이라는 점 말고는 우리는 아주 평범한 모녀지간이다.

무당집이 아파트에 있다는 것은 조금 안 평범하려나. 우리는 이사를 종종 했는데 엄마는 늘 우리 집을 영업장으로 꾸며 놓았다. 덕분에 나는 초현실적인 공간 속에서 일상을 사는 데에 익숙하다. 문밖으로 엄마가 손님들을 혼내는 소리를 들으며 공부하는 데에도 익숙했다. 엄마가 손님을 받는 동안 문밖에서 기다리는 데에도 익숙했다.

"감사합니다. 정말 감사합니다."

손님은 문이 닫힌 뒤로도 연신 고개를 꾸벅이다가 돌아갔다. 나는 문 옆에 쭈그려 앉아 있다가 그가 모퉁이를 돌아서는 것을 보고는 문을 열었다.

"문밖에서 기다리고 있지 말라 했잖니."

엄마는 안쪽 신방에서 무릎 책상을 멀찌감치 걷어찬 채로 누워 있었다.

"그럼 어디 가 있으라고."

"옥상까지 계단 오르내리기 운동이라도 하면 되잖아."

"운동은 무슨! 집 놔두고 쫓겨나 있는 것도 서러운데."

"애 딸린 처녀 보살이 어디 있어?"

"이렇게 큰 애가 어디 있어?"

"엉? 우리 딸 다 큰 거야?"

"다 컸으니까 이제 집도 나갈 거고 시집도 갈 거고 손주 키워달라고 할 거고."

"흭! 엄만 아직 할머니 될 준비 안 됐는데."

엄마는 벌떡 일어나 방문까지 달려와 말한다. 내 방은 이런 아파트가 그렇듯 현관문 오른편에 좁은 복도 벽을 겸해 덤처럼 끼워져 있다.

"니 들이킬 기아."

나는 엄마를 밀쳐내듯이 방문을 닫아버렸다.

혼자 생각할 시간이 필요하단 말이야. 우리 집은 손바닥만 해서 문을 닫지 않으면 혼자만의 시간을 가질 수 없다. 엄마는 포기하지 않고 문밖에 서서 문을 두드리며 말했다.

"단비야. 문 열어봐. 엄마 외롭다? 하나밖에 없는 딸이 수능도 끝났는데 엄마랑 안 놀아줘서."

"귀신이랑 놀면 되잖아."

나는 침대에 멋지게 다이브하며 말했다.

"귀신은 안 놀아준단 말이야아."

"그럼 운동이라도 해. 계단 오르내리기 어때?"

"딸, 너무해!"

"다 돌려받는 거야."

"히잉."

"나 좀 혼자 생각 좀 하게."

엄마는 잠깐의 텀을 두었다가 말했다.

"민재는 어때?"

나는 몸을 벌떡 일으켰다.

"엄마가 그걸 어떻게 알아? 말 안 하고 갔는데."

"엄만 신통력이 있잖니."

신통력은 무슨. 나는 오늘 하루를 되짚어 보았다. 오전 내내 집에 있다가, 마트에 다녀왔고, 그리고 다시 집에 있다가 준비하고 민재 오빠네 집에 다녀왔다. 맞아, 인스타. 인스타에서 친구랑 얘기하다가 못 보던 사람 만나러 간다고 말한 적이 있다. 홍보용으로 계정 하나를 운영 중인 엄마는 내 계정도 팔로우하고 있다. 그걸 보고 넘겨짚을 수도 있는 것이다.

"맞지? 맞구나. 둘 다 컸다고 이제 데면데면해지면 어떡하나 걱정했잖니. 요즘 젊은 남자들 전부 시원찮잖아. 민재만큼 잘생기고 좋은 조상 됐고 사주도 어울리고 물려받은 집도 있는 남자 또 없다?"

"엄마는 맨 마지막 게 제일 중요한 거지?"

"그냥 무수한 장점 중 하나잖니."

엄마는 우리가 조금 소원해졌을 때 틈만 나면 민재 오빠한테 연락 한번 해보라고 부추겼다. 쉽게 그럴 수 없다는 걸 잘 알면서도.

"언제까지 거기 붙어서 얘기할 거야?"

"에휴. 이렇게 하나뿐인 딸이 매몰차니 엄마는 오늘도 쓸쓸히 독수공방해야지."

"그 말 그럴 때 쓰는 거 아닌 거 알지?"

그렇게 엄마는 문에서 떨어져 나갔다.

나는 안심하고 다시 침대에 드러누웠다. 잠시 머릿속을 비우자, 엄마가 틀어놓은 뉴에이지풍 음악이 방 안으로 스며들어왔다. 오늘, 잘한 거겠지? 민재 오빠도 딱히 꺼리지 않은 것 같고. 예전, 그러니까 그나마 사이가 괜찮았던 중학생 때보다는 차분해진 것 같지만 일 년 넘게 연락도 안 한 사이치고는 제법 평범하게 대화를 나눈 것 같다.

그거면 된 걸까. 분명히 오빠도 나를 배려해준 부분이 있었을 것이다. 그렇지만 그러한 평범함이 서로의 상처를 감출 만큼 중요한 걸까? 잘 모르겠다. 오빠는 무엇을 원할까? 정말 이전으로 돌아가고 싶기는 할까?

한참을 별다른 성과도 없이 머릿속을 튀어 다니는 생각에 고통받고 있었다.

역시 고민하는 건 성미에 안 맞아. 생각해봐야 달라지는 것도 없는걸. 그냥 몇 번 더 만나보면 되는 일이다. 예전처럼 뻔질나게 거실 찾아가 보자. 귀찮은 기색을 보이면, 그

때 가서 다시 생각하면 되겠지.

그렇게 정리하고 벌떡 일어나서 볼을 찹찹 때렸다.

어릴 적 생각도 난다. 아직 둘 다 꼬맹이였을 적, 오빠는 내 볼록한 볼이 재밌다면서 양손으로 이렇게 때리곤 했었지. 그러면 나는 심술이 나서 볼을 더 부풀렸고 오빠는 자지러지게 웃곤 했다.

그땐 그게 싫었는데 말이야. 이젠 그렇게 해주는 걸 바랄 순 없겠지. 암. 서로 체면도 있고 말이야.

음악.

오빠는 어릴 적부터 남들이 관심 갖지 않는 것에만 관심을 보였다. 이상한 책이나 이상한 영화나 이상한 음악이나. 그중 음악에 특별한 흥미가 있었나? 하고 돌이켜 본다면 그건 아니었던 것 같다. 피아노 학원은 같이 다녔는데 확실히 오빠가 더 잘하긴 했다. 세 살 차이가 났지만 그 때문은 아니었던 것 같다. 오빠는 확실히 음악적인 습득이 빨랐다. 그렇지만 더 열심히 칠 만큼 열의를 보이진 못했고 오빠는 초등학교를 졸업하며 학원을 그만뒀다. 나는 오래 지나지 않아 오빠를 뒤따랐다.

그 뒤로도 별다른 얘기는 없었으니 음악을 본격적으로 하려는 결심은 우리가 멀어졌을 바로 그때 했었던 것 같다.

그것은 마치 우리 사이의 도랑처럼 느껴지는 사실이었

다. 아니, 그보단 손가락 지문 사이에 낀 티끌 같달까. 오빠가 못 본 시간보다 조금 더 멀어진 것 같다는 느낌이 들었다. 내가 모르는 부분이었으니까. 당연히 있겠지. 아무리 소꿉친구라 해도 서로에 대해 완벽히 알 수는 없는 법이다. 그렇지만 오늘 만났던 오빠가 삼촌이 남긴 테이프 얘기를 하며 눈을 빛낼 때 그 도랑은 점점 넓어지는 것 같았다.

비운의 아이돌 한미채에게 생각이 미쳤다.

낡은 카세트 플레이어와 이어폰으로 들은 그의 음악은, 솔직히 말하자면 꽤 좋았다. 확실히 요즘 나오는 노래와는 뭔가 달랐다. 목소리가 동글동글한게 예뻤고 멜로디도 한 소절 한 소절 꾹꾹 눌러 담은 것처럼 도드라졌다. 데모 테이프의 좋지 않은 음질인데도, 내가 음악을 잘 알지 못함에도 그 매력을 알 수 있었다.

지금 내 휴대폰에는 그 노래들을 변환한 MP3파일이 담겨 있었다. 그리고 노래는 세월을 뛰어넘어 내 방 안 공기마저 건너뛰어 에어팟을 통해 내 귀로 흘러들어오고 있었다. 귀신이 따로 없다니까. 이렇게 수십 년을 건너뛴 목소리가 고막을 직접 자극하다니.

오빠는 말했다.

"이건 운명이 이닐까 싶어. 정말 전실로만 선해지는 아이돌이 직접 만든 데모 테이프가 우리 집에서 수십 년 동안 잠들어 있었다니. 그게 하필이면 내가 막 준비를 마친 지금 발견됐다니. 이거 편곡 수준이 아주 높은 데모거든. 전문 스튜디오에서 녹음한 게 아니라서 레코딩 퀄리티가 아쉽지만, 그거랑 별개로 편곡 자체는 거의 완성돼 있어. 지금 이대로 음질만 좋아진다면 완벽한 앨범이 될 거야.

나, 이걸 복원하고 싶어. 이런 음악이 묻혀 있는 건 한국 음악계로서도 손해야. 큰 꿈을 꾸고 한국에 왔잖아. 그리고 이 곡들 얼마나 열심히 만들었겠어. 모든 아티스트는 똑같아. 자기 음악을 남들에게 들려주고 싶어 한단 말이야. 비록 불행한 선택을 했지만, 아마 본심은 이 노래를 들려주고 싶었을 거야.

이걸 되살려서 세상에 알릴 거야. 한미채라는 사람이 있었다고 모두가 알게 할 거야."

그 말을 들은 나는 물었다.

"이걸 어떻게 되살려? 복구 툴에 넣으면 복구되는 거야?"

오빠는 답했다.

"내가 다시 만드는 거야. 악기 트랙 하나하나 새로 녹음하는 거. 편곡은 최대한 원곡을 살리고 불명확하거나 데모라서 어쩔 수 없이 얼버무린 부분은 최대한 의도를 살려 복원하는 거야. 지금까지 난 그 준비를 하고 있었던 거야.

준비가 됐기 때문에 이 테이프가 나한테 오게 된 거야. 내가 이걸 복원할 수 있도록 말이야."

"노래는? 복원이 뭔지는 알았어. 그러면 노래도 누가 불러야 하잖아."

나는 물었다.

오빠는 조금 뜸을 들이다가 말했다.

"그게 고민이야. 테이프에서 목소리만 추출해 입힐까, 아니면 보컬 없는 인스트 트랙으로 만들까. 보컬이 새로 녹음하면 좋을 테지만 이런 느낌의 보컬이 있을까 모르겠고 또 있어도…"

그다음 말은 하지 않았지만 나는 알 것 같았다.

오빠에게 음악은 무슨 의미일까? 도피 끝에 다다른 안식처? 아니면 드디어 찾아낸 꿈? 음악이라니. 나랑 놀 때는 그런 말 한마디도 안 했잖아. 이런 말을 쏘아주고 싶었다. 솔직히 그랬다.

한미채. 너무너무 예쁜 사람. 분위기도 목소리도 너무나 예뻐서 시샘이 날 정도의 사람. 일찍 떠나버려서 영원히 그 모습으로만 기억될 사람. 오빠가 지난 몇 달간 그 사람만 생각하며 살았다고 생각하니 괜히 부아가 치민다.

운명이라 이거지.

"으이아익!"

26

잠시 발버둥.

생각해보니.

민재 오빠는 방에 틀어박혀 있을 때도 인스타는 꾸준히 접속했다. 포스트를 올리거나 댓글을 다는 것은 아니었지만 접속 신호가 들어오는 것은 볼 수 있었다. 그것으로 나는 오빠가 아직 살아 있구나 하고 안심하곤 했다.

그렇다면, 오빠는 오늘 내가 자기를 찾아올 줄 알 수도 있지 않았을까?

오늘 낮에 친구와 나눈 대화를 보고서 말이다. 그 큰 집을 혼자서 매일같이 청소하고 지낼 수는 없을 것이다. 그런데 내가 방문했을 때 그 집은 막 청소를 끝낸 듯 깔끔했다. 옷도 새것이었고 머리도 감은 뒤였고.

아니면 그냥 우연이라든가.

모르는 일이다.

4

수능이 끝난 고3 교실은 무의미함과 조급함으로 얼기설기 채워지는 법이다. 나는 수능은 꽤 잘 본 것 같아서 조금 느긋한 편이었다. 학교 성적이 좋지는 않아서 정시에만 기대야 했고, 목표로 하는 학교는 딱히 없었지만 적당히 상경할 수 있을 만큼은 나온 것 같았다.

수능과 봄방학 사이의 공백기는 금방 지나버리고 제대로 놀지도 못한다고 하던데 그렇게 되는 가장 큰 이유가 바로 친구들의 처지가 제각기 다르기 때문이 아닐까 하는 생각을 해보았다. 당장 나만 해도 입시 진도가 맞는 친구가 아무도 없었으니까.

뭐, 꼭 그 때문은 아니다. 형식적인 오전수업이 끝나고 민재 오빠네 집에 가볼까 하고 생각한 것이.

"정시생!"

주섬주섬 짐을 챙기고 있는데 머리를 노랗게 염색한 기골 장대한 녀석이 책상 앞에 나타났다. 이름은 권아람. 2년째 같은 반이라는 나름 질긴 인연을 이어오는 녀석이다.

"그렇게 부르지 말랬지? 정시는 나 혼자 보냐?"

"그야 수시 하나도 안 쓰고 정시에 올인한 사람은 너 하나밖에 없으니까. 그래서 요즘 한가한 거 같은데, 내가 놀아줄까?"

"수시 올인인 네가 그럴 정신은 있어?"

"뭐, 붙을 테니까."

"미리 축하해. 전교에서 가장 빠르게 재수가 결정되겠네."

"그러면 우리 같이 하면 되겠네!"

"난 안 할 기기든?"

아람은 수시 최저 등급 때문에 수능을 보긴 봤다. 하지만 최저 등급을 위한 수능과 점수를 위한 수능은 각오부터가 다른 법이다. 간신히 등급 숫자만 맞춘 정도로는 원하는 과에 가지 못할 것이다. 무슨 영화과? 그런 데에 지원했다는 것 같은데.

겉으로는 배우 쪽 지망 같아 보이고 선생님들도 대충 그렇게 알고 있지만 사실 녀석은 연출 쪽을 지망한다. 영화감독이 녀석의 꿈이었다. 오늘도 수업 대신 영화를 보여준다는 선생님한테 자기가 좋아하는 영화를 강하게 밀어붙여 결국 그걸 봐야만 했다. 교실의 절반 정도는 엎드려 자 버렸지만 말이다.

"실기가 다 끝난 나는 수시 발표까지 자유고 너는 완전히 할 게 없으니까 한가하고. 딱인 거 같지 않아?"

"딱은 무슨 딱. 나 나름 바쁘거든?"

"바빠? 뭐 하는데? 운전면허증이라도 따?"

"어? 그건 아닌데."

나는 짐을 다 챙겨 자리에서 일어났다. 가벼운 몸인 녀석은 바로 나를 뒤따른다.

"놀러 다니는 것도 아니고 뭐 공부하는 것도 아니고. 네가 바쁠 일이 뭐 있어?"

"있거든? 다 너 같은 줄 아냐?"

"그러니까 말해 봐. 말이 된다고 생각되면 넘어가 줄게."

"그걸 왜 너한테 검사 받아야 하는데?"

나는 조금 더 빠르게 걷기 시작했다. 하지만 녀석은 성큼성큼 따라잡았다. 녀석의 키는 나보다 머리 하나는 크다. 다리를 몇 번 놀리지 않아도 내가 종종걸음으로 앞서나간 거리는 쉽게 따라잡는다.

"그야 우린 베프니까. 이거 알아? 고등학생의 30퍼센트는 고3 말기에 졸업 우울증에 걸린대. 12년의 학교생활이 끝나간다는 허탈함에 아무것도 안 하고 방에서 멍하게 보내는 경우가 많대. 네가 그런 거면 2년지기로서 구해줄 의무가 있다고."

"거짓말도 잘하네. 그런 통계가 어디 있는데?"

"진짜다? 못 믿겠으면 너네 엄마한테 물어보라 뭐."

"우리 엄마는 제일 못 믿지!"

"어? 그런 말 함부로 해도 돼? 주변에서 불효녀로 오해하겠다. 너네 모녀 관계는 나 말곤 아무도 모르잖아."

"오해하든가 말든가."

"아직 졸업 전이잖아. 징계라도 먹으면 어떡해?"

"뭐, 불효녀라고 징계를? 야, 좀 웃기지 좀 마."

"그럼 지금 선도부에 가볼래? 가서 선생님한테 물어볼래?"

"너 진짜 개소리 좀 그만해라?"

아람은 항상 이따위로 떠들어낸다. 아무 말도 이렇게 잘

할 수가 있을까 싶을 정도다. 교문을 나설 때쯤, 문득 한 가지 생각에 미쳤다.

"그런데 너."

"엉?"

"노래 잘하지?"

"보통 이상은 하지? 왜? 노래 가르쳐 줘?"

"응."

아마도 농담으로 던진 말이겠지만 내가 바로 대답하자 녀석은 곧바로 목소리가 올라간다.

"오키! 오늘 바로?"

원래 오늘 얘랑 놀 계획은 아니었지만, 그래도 한번 시험해보고 싶은 것이 있었다.

"응. 코노?"

"고고!"

녀석은 내 팔을 붙잡고 달리기 시작한다. 이거 참, 잡아 끌지 말라고!

"그러니까 말이야. 아아아 — 해봐."

"아아아 —."

"아니, 그게 아니라, 아아아 —"

"아아아 —."

"좀더 배에 힘을 주고 소리를 위로 끌어올리듯이,"

"아니, 위가 대체 어디야? 목소리는 목에서 나는 거 아니야? 뭔 설명이 그렇게 추상적이야?"

"위가 있다니깐. 목구멍 위쪽에 공간이 있단 말이야."

"공간이 대체 어디인데? 공기가 들어 있기라도 한단 말이야?"

"공기? 공기가 들었나?"

"두개골에 공기가 들었어?"

"그건 아닌 거 같긴 한데."

"봐봐! 너도 잘 모르잖아. 애초에 키가 달라서 힘도 잘 안 들어간다고."

"그런데 네 키에 맞추면 내가 엄청 높여야 되잖아."

"그걸 알아서 하는 게 가르치는 거지!"

우린 코인 노래방 한 칸을 차지하고서 투닥대고 있었다.

"안 되겠다. 넌 아무래도 재능이 없는 듯."

"네가 이상하게 가르치니까 그러지."

"노래는 갑자기 왜 부르겠다는 거야? 그냥 애들이랑 노래방 다니는 정도라면 굳이 연습 안 해도 되잖아. 지금까지 그래왔고."

"있어! 너랑은 상관없는 일이야."

"야아, 그래도 기껏 가르쳐주는데 너무하네."

"휴. 여자애들 중엔 딱히 잘 부르는 애가 없단 말이야."

"흐음."

녀석은 잠시 팔짱을 끼고 생각하더니 말했다.

"아, 차라리 진짜 제대로 된 사람한테 배워보면 어때?"

"그러면 더 좋겠지만, 지금 와서 학원에 다니기도 좀 그런데. 대학은 서울로 갈 거고."

"일 년 더 여유가 생길지도 모르잖아."

"너 죽는다!"

나는 손바닥으로 녀석을 후려쳤다. 녀석은 팔을 들어 내 공격을 막았다.

"노래는 대체 왜?"

나는 좁고 딱딱한 의자에 등을 기댔다. 얘기해야 하나. 고민이 됐다. 지금까지 얘한테 오빠 얘기를 한 적이 한 번도 없었다. 굳이 말할 필요가 없었다. 아람과 같은 반이 된 게 2학년 때부터였고 그 즈음부터 오빠가 칩거하기 시작했다. 카톡도 전화도 끊겼으니 오빠와는 아무런 접점이 생기지 않았고 다른 사람에게 이야기할 일도 생기지 않았다.

물론 꼭 그것 때문만은 아닐 것이다.

그냥 이대로 졸업 때까지 넘어가나 했는데. 나는 잠시 고민했다.

"누구한테 잘 보일 일 있냐? 장미랑 촛불 깔아놓고 춤추면서 노래라도 하게?"

"내가 미쳤냐?"

"아니면 대학교 가서 장기자랑 할 걱정 벌써 하는 거?"

"내가 아무리 준비성이 좋아도 그 정도는 아니다."

"그럼 뭔데?"

나는 조금 더 고민하다 말했다.

"노래를, 같이 녹음하고 싶어서."

"녹음? 같이? 누구랑?"

천진난만한 얼굴로 자신을 가리키며 말하는 녀석에겐 아무런 반응도 보이지 않고 노래방의 화면만 바라보며 말했다.

"아는 오빠가 있거든. 소꿉친구야. 음악을 만든다는데, 옛날 음악이야. 삼촌이 남긴 테이프가 발견됐는데…."

"잠깐. 뭐 그렇게 정신없어? 처음부터 차근차근 기사본 말체로 말해봐."

"뭐야. 너 그거 아직도 기억해?"

"엉? 뭐?"

"기사… 어쩌고. 역사 시간에 배운 거잖아."

"1학년 때 우리 반에서 유행하던 말이라서."

"별게 다…."

"아무튼! 테이프? 그건 또 뭔데?"

나는 차근차근 얘기했다. 민재 오빠에 대해서, 삼촌이 남긴 테이프에 대해서, 자살한 아이돌에 대해서. 그리고 나의 바람에 대해서.

"뭐야. 별 고민도 아니네."

"그런데 난 노래도 잘 못 부르니까. 하겠다고 하면 시켜줄까? 연습 열심히 하겠다고 하면. 네가 연습하는 거라도 봐줄 수 있어?"

나는 녀석의 멱살을 붙잡을 기세로 말했다.

"그, 그거야 모르지."

녀석은 나를 살짝 밀쳐낸다.

"모르지만, 해보지 않으면 모르는 거잖아. 소꿉친구라며? 어디 기획사 시험 보는 거도 아니잖아. 거절한다고 해도 뭐 서먹해지는 건 아닐 거 아냐. 도와준다고 하면 고마워하겠지."

"아…."

역시. 녀석은 생각이 없어 보이지만 대신 시원시원하게 내가 못 하는 결정을 내려준다. 아무럼 뭐 어떠냐는 저 태도. 아무 고민도 없어 보이는 맑은 눈빛. 내가 애를 계속 옆에 두는 이유가 있다니까.

"그래. 바로 말해보자. 고민해봐야 시간만 갈 뿐이니까."

나는 벌떡 일어섰다.

"지금 바로?"

"응. 지금이 아니면 언제 하겠어?"

나, 결심하면 바로 행동하는 사람이야.

5

그렇게 해서

나는 다시 민재 오빠네의 큰 대문 앞에 섰다.

"그런데 왜 너까지 여기 있는 거냐?"

나는 내 바로 오른 편에서 팔짱 낀 채 서 있는 녀석을 향해 말했다.

"왜긴. 매니저가 어딜 가겠어?"

아람은 턱을 치켜올리며 말한다.

"뭐어? 내가 왜 내 매니서야?"

"매니저지. 서포트도 해주고 보디가드도 해주잖아."

"보디가드으? 이게 보자보자하니 끝이 없네?"

"매니저가 보디가드도 하는 거잖아. 맞지?"

"네가 언제 보디가드를 했어?"

"항상? 몰랐어? 여기 오는 동안 넌 다섯 번의 암살 위협과 세 번의 납치 위협을 받았는데? 내가 다 막아줘서 넌 살아 있는 거야."

아주 저 얄밉게 싱글거리는 얼굴에 물이라도 끼얹고 싶어진다.

"너 같은 약골이 막을 수 있던 위험이라면 나 혼자서도 할 수 있겠네. 안됐지만 당신은 해고랍니다. 얼른 그 가난뱅이 냄새나는 신발을 내 눈앞에서 치워버리세요."

하고 톱스타 흉내도 내본다.

"아가씨! 한 번만 기회를 주십시오! 아가씨는 제가 없으면 버스도 제대로 못 타잖아요!"

"아니, 말을 해도 버스가 다 뭐야? 가수를 버스 타게 하는 매니저가 어디 있어?"

"아 그런가? 그럼 뭘 타지? 리무진?"

"으이구."

매번 이런다. 매번 이렇게 능글맞게 넘어가려고 하는 게 이 녀석이다. 도대체 민재 오빠를 만나서 뭐 어쩌겠다는 건지. 처음 보는 사이인데 껄끄럽지도 않나. 그렇지만 녀석을 쫓아낼 방법은 없는 것 같아서 나는 벨을 누르려 손가락을 들었다.

내 손가락은 반 정도 올라가다가 멈추고 말았다. 나무 문틈으로 누군가가 보였기 때문이다.

문이 열리고 잠옷 위에 패딩을 걸친 민재 오빠가 모습을 드러냈다.

"아, 안녕."

나는 벨을 누르려던 손을 들어 인사했다.

"어. 안녕."

"호, 혹시 얘기하던 거 들은 거야? 언제부터 있었어?"

"떠들석해서 나와 봤지. 매니저 어쩌고 하는 것부터?"

하며 아람 쪽을 힐끗 본다. 그렇다면 조금 전의 꽁트를

다 봤다는 말 아닌가!

"아, 오빠. 이건 말야. 아니, 얜 우리 반 앤인데, 그냥 종 종 이러고 놀아. 맨날 그러는 건 아니고, 반에서 다들 하는 건데…."

"권아람인데요."

녀석은 내 말을 끊더니 불쑥 손을 내민다. 오빠는 반쯤 잠긴 눈으로 아람을 빤히 바라보더니 내민 손을 슬쩍 잡았 다가 놓는다.

"응. 무슨 일이야?"

오빠는 밀하며 옷을 여민다.

"으, 추운데 들어올래?"

그리고는 짧은 마당을 가로질러 현관문으로 돌아간다. 아람과 나는 서로를 슬쩍 쳐다보고는 대문 턱을 넘었다.

아람은 조금 긴장한 얼굴이었다. 이해한다. 이런 큰 집 에 들어오면 누구라도 그럴 것이다. 나야 어릴 때부터 이 집을 봐 왔으니 익숙하지만 현관 밑바닥에서부터 문손잡 이, 신발장, 벽, 천장의 장식까지 평범한 집에서는 볼 수 없 는 재질로 가득하다. 녀석은 신발을 어디에다 둬야 할지 몰라 허둥대기도 했고 벌린 입을 다물지 못한 채로 두리번 거리기도 했다.

"앉아. 집이 좀 썰렁하지만."

내가 먼저 소파에 앉는 시범을 보이자 아람도 뒤따라 내 옆에 앉았다.

"어…."

맞은편에 앉은 오빠도 이 분위기를 어색해하는 것 같았다. 당연하지. 생판 모르는 노란 머리가 집에 쳐들어왔으니까. 민재 오빠는 그렇게 붙임성이 좋지 못하다. 낯선 사람이 옆에 있으면 불편해한다.

"얘는 신경 쓰지 마. 멋대로 따라온 거니까."

"으응…."

그런다고 신경 쓰지 않을 도리가 없다는 건 알지만 어쩔 수가 없다.

약간 머릿속이 분주했다. 이 두 사람 사이에서 아이스 브레이커라도 돼서 하하호호 해야 하는 걸까, 아니면 곧바로 본론으로 들어가도 되는 걸까. 물론 보자마자 대뜸 노래를 내가 할게! 하고 말하는 건 어색하겠지. 과제가 두 개 놓인 셈이다. 적당히 두 사람이 말을 트게 해준 다음 주제를 노래로 연결 지어야 한다.

그런데 부산스럽게 전략을 짜는 내 머릿속은 오빠의 한마디로 무너지고 말았다.

"뭐 할 말이라도 있는 거야?"

나는 순간 숨이 막혀서 아무 말도 할 수 없었다. 할 말이라니. 우리가 그런 것이 필요한 사이였던가? 마치 우리 사이의 거북한 거리감을 확인하는 듯한 말이었다. 예전에는,

적어도 내가 중학생 때까지는 안 그랬잖아. 엄마가 손님 받느라 집을 비워야 할 때라든가 아니면 심심할 때라든가 아무 때나 놀러 와서 게임기를 갖고 놀거나 밥을 얻어먹거나 하곤 했는데.

그 말에 괜스레 서글퍼지고 콧잔등이 시큰해졌다. 아니, 너무 의미 부여하지 말자. 지금 오빠는 몇 달, 혹은 몇 년 만에 사람을 만나는 거라고.

그런데 그때, 아람이 말했다.

"얘가 허구한 날 자랑을 해 가지고 궁금했거든. 오빠라는 사람이 누군가하고. 와, 그런데 집 무지 크네? 부럽다. 나 어릴 때 이층집에서 사는 게 소원이었거든. 작업실은 이 층이야?"

그것도 대뜸 반말이다. 나는 뭐라고 끼어들어야 할지 몰라 잠시 멍하니 두 사람을 번갈아 보았다.

"응. 자랑이라니. 내 얘기할 게 뭐 있다고."

오빠는 머쓱하게 웃으며 말한다.

"형이 혼자 방에서 음악도 만든다고 하던데? 나도 들려줄 수 있어? 나도 어, 음악은 아니지만 예술 쪽으로 대학 갈 거거든"

"그래? 어떤 쪽?"

"영화. 나 영화감독이 꿈이라서. 장래 예술가들끼리 친해지고 그럼 좋을 거 같아서 우겨서 좀 따라와 봤어. 괜찮지?"

"아, 응."

"나 얘기 좀 들었거든. 창고에서 발견된 세상에 공개되지 않은 음악이라니. 완전 멋있잖아! 그거 정식으로 발매할 거야?"

아람은 그렇게 멋대로 거짓말을 섞어가며 이야기를 진행해버린다.

"아직 모르겠어. 계획이 딱 잡힌 건 아니라서. 일단 최대한 만들어 보고 유통할 데 찾아보든가 아님 그냥 유튜브에 올리든가 하게."

"유튜브에 올릴 거면 영상도 하는 게 좋겠다. 그지? 영상은 내가 해줄게! 학교 가면 아마 촬영 도와줄 친구도 만날 거고. 아직 시작한 건 아니지? 보컬 녹음이라든가 믹싱이라든가."

"응. 아직 하나도 시작 안 했어. 보컬도 안 구했고."

나는 아람의 옆얼굴을 쳐다볼 수밖에 없었다. 이 녀석은 은근슬쩍 친한 척하더니 내가 걱정한 두 가지 과제를 동시에 해결해버렸다. 설마 이걸 의도하고? 아니다. 이 녀석이 그렇게 생각이 깊은 녀석일 리가 없다.

"아 그래? 보컬 얘 쓰는 게 어때? 얘랑 노래방도 자주 다녔는데 목소리 꽤 좋거든."

녀석은 말했다. 그야말로 청명하리만큼 아무 생각도 없

다는 듯이. 이거다. 이게 바로 이 녀석만이 할 수 있는 일이다. 내가 말한다면 아무리 가까운 사이라 해도 그 무게를 완전히 지울 수 없다. 관계라는 것이 있으니까. 하지만 이런 한없이 가볍고 또 방금 만나 아무것도 모르는 듯한 녀석이라면 다르다.

"그래?"

오빠는 내 쪽으로 고개를 살짝 돌리고는 말한다.

"보컬은 아직 고민 중이라서 말이야. 복원이니까 정말 딱 맞는 목소리가 아니면 안 되거든. 프로 세션을 구하는 걸로 생각 중이야."

아아.

그럼 그렇지. 당연한 말이다. 나름 의미를 담아 만드는 음악인데 검증되지도 않은 아무 목소리를 그저 친하다는 이유로 써줄 리가 없다. 이 정도가 딱 좋다. 내가 물었으면 오빠도 이 말을 돌려주기 위해 꽤 고심했을 것이다.

"아하. 그래. 그냥 생각나서 말해 봤어. 음악은 어떤 거야? 들려줄 수 있어? 아, 옛날 테이프에 있었다고 했지?"

"응. 그랬는데 디지털로 리핑해서 바로 들어볼 수 있어. 파일 어제 단비한테 보내줬는데."

"응? 아, 응."

나를 보고 말하자 나는 허둥대며 폰을 꺼내 들었다. 어제 키톡으로 전송받은 MP3 파일들. 잘 쓰지 않는 파일 재생 앱을 열었다.

노래 제목은 번호 매겨져 정렬돼 있었다. 첫 번째 곡의 파일명은 '01. 첫눈, 로맨스!(demo).mp3'

나는 음악파일 플레이창을 열어 놓고 폰을 아람에게 넘겼다. 곧 어제 들었던 현란한 신디사이저 소리가 폰 스피커에서 흘러나왔다.

"우와. 진짜 대단한데? 그런데 이런 음악을 집에서 만들 수 있어?"

노래를 부분부분 넘겨 가며 들어본 아람은 물었다.

"응. 요즘 옛날에 고가의 하드웨어로 팔던 장비들을 전부 소프트웨어로 대신할 수 있거든. 신디사이저 같은 것도 가상악기로 똑같이 만들 수 있어. 믹싱도 마찬가지고. 1176 같은 컴프레서도 예전엔 수백만 원 하던 건데 지금은 몇만 원이면 살 수 있어.

전략도 다 세워놨거든. 아무래도 그분이 쓴 악기가 뭔지는 알 수 없고 또 데모까지밖에 만들지 않아서 무엇을 원본 소리라고 말해야 할지 애매한 감은 있지만, 최소한 그 시대에 존재했던 장비를 쓰려고. 물론 꼭 그걸 지켜야 할 필요는 없는데 그래도 내 나름의 리스펙이랄까."

"신디사이저는 뭐 그렇다 쳐도, 기타나 드럼은? 그런 악기도 다 컴퓨터로 할 수 있는 거야?"

"드럼은 가상악기로 완벽하게 구현 가능해. 지금 나오

는 음악들도 상당수 가상악기거든. 아마 구분 못 할걸? 기타가 문제인데 이거도 가상악기가 있긴 한데 기타만큼은 사람이 치는 것을 못하더라고. 그래서 기타랑 베이스는 좀 연습했어. 아직 미숙하지만 녹음 정도는 할 수 있을 거야."

어제도 그랬다. 음악 얘기를 하는 오빠의 눈은, 그때만큼은 어릴 적으로 되돌아가고 있었다. 그저 마냥 해맑기만 하던 그때로.

그리고 나는 거기에 아무것도 보탤 수 없다는 사실을 깨달았다.

민기 시선을 느끼시 오른쪽을 돌아보니 아람이 뻐딱한 자세로 나에게서 다시 민재 오빠 쪽으로 눈을 돌린다.

"흐웅. 근데 말이야. 얘 말로는 한동안 형을 못 봤다고 했는데 그동안 음악 시작했다는 얘기를 한마디도 안 한 거야?"

"…."

오빠는 대답을 피했다. 내가 재빨리 나섰다.

"그건 사정이 있어서…."

"사정이야 있겠지. 그런데 방 안에서 장비 모으고 음악 공부하고 혼자 파고 할 정신은 있지만 소꿉친구한테 한 마디 알릴 정신은 없는 거야?"

"야. 왜 그래?"

도대체 얘가 왜 이러는지 모르겠다. 처음부터 이럴 생각으로 온 걸까? 그렇다면 그건 또 왜? 이대로 두면 싸울 것 같아서 나는 이를 악물고 자리에서 일어서려 했다.

"…미안해."

그런데 민재 오빠는 무릎을 팔꿈치로 짚고 고개를 숙인 채로 말했다. 나도 아람도 움찔하며 동작을 멈추었다.

"내가 잘못한 거지. 전부 회피하고 싶었어. 누구랑 얘기하는 것 자체가 무서웠어. 그런데 다 변명이지. 인터넷으로 쇼핑도 하고 정보도 얻고 사람들한테 질문도 하고 중고 거래도 하고… 할 거 다 했으니까."

"아냐! 오빠는 시간이 필요했던 거고 받아들일 수 있는 부분이 달랐던 거고…"

"아냐. 내가 미안해. 이렇게… 갑자기 찾아와줘서 정말 고마웠어. 상태가 좀 나아지고 나서도 언제 연락해야 할지 몰랐고, 또 용기가 안 났거든. 그냥 차일피일 미루고, 수능 끝나면 연락해야지, 하고 있다가 또 날짜만 지나고."

이러면 정말 어찌해야 할지 모르겠잖아. 내가 쩔쩔매고 있는데 아람은 여유롭게 한숨을 푹 쉬더니 말했다.

"아니 뭐, 나도 처음 보는데 뭐라 할 생각은 아니었고. 그냥 얘 입장에서 한번 생각해 본 거거든. 이거 서로 싸울 일은 아니지?"

아람이 흰 이를 보이면서 웃었다.

"응. 말해줘서 고마워. 안 그랬으면 나도 이 얘기 꺼내지 못했을 테니까."

오빠는 손을 내밀었다. 이번엔 아람 쪽에서 손을 맞잡았다. 오빠도 키가 작은 편은 아니지만 아람 앞에서는 조금 왜소해 보인다. 사실 그렇게 차이가 나는 건 아니다. 그저 분위기 때문이리라. 언제나 미동도 없고 흐트러짐도 없이 차분한 모습을 보여주는 오빠와 건들거리며 불량기를 숨길 생각을 하지 않는 아람. 그대로 잠시 시간이 멈춘 게 아닌가 싶은 몇 초가 지나도록 두 사람은 손을 놓지 않고 서로 눈을 마주 보았다. 이거로 된 거지? 더는 노심초사하지 않아두 되는 거지?

그렇지만 두 사람은 손을 놓고서도 잠시 말이 없었다. 도대체 뭐냐고! 확 일어나 소리쳐 버릴까 하는 생각을 하는 찰나, 아람이 말했다.

"그런데 노래는 정말 괜찮아? 아직 정하지 않았으면 얘 생각해 볼 수는 있잖아."

이때 나는 끼어들지 않을 수 없었다.

"또 그 소리야? 나도 막 자신 있는 거 아니고, 이런 건 작업하는 사람이 정하는 게."

"너, 그거 있잖아."

아람은 내 쪽으로 어깨를 돌려 말했다.

"엉? 뭐?"

"얼마 전에 나랑 그거 해봤잖이. 너네 임마 하는 거. 너

46

어릴 적부터 엄마 닮아서 신기 있었다고 했지?"

"응? 으응?"

이 녀석은 학교에서 우리 엄마의 직업을 아는 유일한 사람이다. 그렇지만 지금 이 얘기는 처음 듣는 소리다.

"그거 완전 신기하던데. 그거 있잖아. 귀신 불러들이는 거. 접신인가? 그거로 죽은 가수 불러들여 보면 어때?"

"에? 그, 그건⋯."

그건 말도 안 되는 소리다. 얘가 지금 무슨 말을 하는 거야? 따지고 싶었지만 당황해서 말이 다 나오지 않았다.

"정말이야? 너도 아주머니처럼 그게 돼?"

의외의 반응을 보인 건 오빠였다. 아람은 더욱 부추기려 한다.

"그거 어릴수록 잘 된다던데. 그래서 너네 엄마보다 잘 됐던 거 아니야? 그 가수 당사자한테 노래 불러달라고 하면? 그러면 정말로 그 노래 오리지널이 되는 거잖아. 맞지? 네 몸을 빌려 부르더라도 부르는 건 귀신이니까."

오빠는 기대와 호기심 어린 눈으로 나를 쳐다보고 있었다. 그럴 리가. 말도 안 된다. 내가 접신이 가능할 리가 없고 애시당초 난 엄마의 슈퍼 파워를 하나도 믿지 않는다. 귀신이니 뭐니 있을 리가 없잖아.

그렇지만, 그렇지만. 머릿속이 등나무처럼 베베 꼬이고 있었다. 오빠는 지금 반신반의하는 눈으로 나를 보고 있었다. 여기서 내가 수긍한다면 어떻게 반응할까? 오빠가 하려는 것은 한미채가 남긴 노래를 온전히 복원하는 것이다. 당시 악기를 쓰면서까지 이 세상에 나왔어야 할 이 노래의 완전한 모습을 보고 싶어 한다. 혹할 수밖에 없다. 어떤 허무맹랑한 소리라도 믿고 싶어 할 수밖에 없다.

그렇다면 나는, 뭐라고 말해야 하지?

"응! 한번 해볼까? 또 할 수 있을지 모르겠지만. 하하하…."

내가, 무슨 소리를 한 거야!

기분 좋은 바닷바람 눈부신 아침 햇빛
활기차게 내딛어보자 땀방울도 상쾌해
어제 일은 잊어버려 내일이 있으니까
이제 나는 떠날 거야 가벼운 발걸음

온 우주가 두 손안에 꿈꾸는 melody
두근거려 내질러 보자 어떤 것이 나올까
결심을 돌릴순 없어 내 길이 있으니까
기대해요 해낼 거예요 웃고 말 거예요

떠들썩한 소리가 스쳐 지나고
누구도 내겐 아무 관심이 없었어
혼자만의 힘으로 이겨내야 해
언젠가 가장 빛나는 내가 될 테니까

붙잡고 싶어 불타고 싶어
빛나고 싶어 새벽만큼 짙어
손가락 하날 펴 저 높이 뻗어
간절히 믿어 나의 한 걸음

사실 말야 엄마한텐 말하지 않았거든
걱정 마요 믿어줘요 해낼 수 있어요
솔직하게 말하자면 두려운 맘도 있어
그렇지만 뭐 어쩌겠어 저질렀는 걸

하얀 양떼구름이 흘러지나고
끝없는 하늘 아래 바다가 펼쳐져
두둥실 떠오른 내 몸과 마음은
언젠가 더 높이 한계 위로 오를 거야

Track 2 가벼운 발걸음으로

붙잡고 싶어 불타고 싶어
빛나고 싶어 심해만큼 짙어
손가락 하날 펴 저 높이 뻗어
간절히 믿어 나의 한 걸음

떠들썩한 소리가 스쳐 지나고
누구도 내겐 아무 관심이 없었어
혼자만의 힘으로 이겨내야 해
언젠가 가장 빛나고 말 거야

하얀 양떼구름이 흘러 지나고
끝없는 하늘 아래 바다가 펼쳐져
두둥실 떠오른 내 몸과 마음은
언젠가 더 높이 한계 위로 오를 거야

붙잡고 싶어 불타고 싶어
빛나고 싶어 새벽만큼 짙어
손가락 하날 펴 저 높이 뻗어
간절히 믿어 나의 한 걸음

1

우리는 말없이 걸었다.

평소라면 재잘재잘 떠들어댔을 아람은 이상하게 말이 없었다. 조금 전 이야기에 대해 생각할 게 많았던 걸까. 갑자기 던져버린 일을 어떻게 수습할지 고민 중인 걸까.

우리는 종종 할 말이 없을 때 무심천을 따라 걷는다. 학교에서 집에 갈 때 여기로 올 필요는 없었지만, 여기서 조금 강 길을 따라 걷다 보면 서로의 집으로 갈라지게 된다. 우리가 자주 이렇게 걸었던 것은 아니다. 2년 동안 세 번? 네 번? 그 정도였는데 서로 말끝을 벼르고 있을 때마다 이

길을 같이 걷는 것이 둘만의 약속처럼 자리잡았다.

민재 오빠네에서 돌아가는 길목에 마침 이 야트막한 개울이 있었다. 그래서 별다른 핑계가 없어도 우리는 이 돌아가는 귀갓길을 따라 걸어야만 했다. 그럴 필요가 없었는데도 우리는 걸어야만 했다.

"여기 이렇게 걷는 것도 얼마 안 남았네."

아람은 말했다.

"응."

나는 답했다. 겨울이라 강물의 유량은 적었고 풀밭은 말라서 그다지 걷는 운치는 없었다. 산책하는 사람도 겨울 철새도 없이 훤히 트인 강가에 우리 둘뿐이었다.

"근데 너, 원서는 서울로 쓸 거냐?"

"응."

나는 대답했다.

"서울에도 이런 강이 있나?"

"있지 않나? 아, 청계천. 비슷하지 않을까."

"이거 알아? 청계천은 강이 아니라 그냥 긴 분수래. 그거 자연적으로 흐르는 게 아니라 물 끌어다가 붓는 거랬어."

"그런가? 음. 사람도 많을 테고."

다시 말이 끊겼다. 마침내 우리는 갈림길에 다다랐다. 나는 다시 시내 쪽으로 가야 하고 아람은 다리를 건너가야 한다. 이제 더는 미룰 수 없었다. 우리에게 당면한 문제를 직시하는 것.

"어쩔 거야?"

"뭘?"

"노래 말이야. 오빠 진심이라고! 그런 거 되게 잘 믿는단 말이야. 어릴 때 우리 엄마가 하는 말에 꼬박 넘어가서는⋯."

"잘 된 거 아냐? 노래, 하고 싶어 했잖아."

"그거랑은 다르지! 뭔 귀신 들린 연기를 하면서까지 하고 싶겠냐?"

"엄마한테 배워보는 건?"

"너 죽어!"

정강이로 녀석의 허벅지를 후려치려 했다. 아람은 다리 난간 돌 위로 훌쩍 뛰어올라 피했다. 녀석은 비틀대다가 중심을 잃고 휘청댄다. 나는 덜컹해 붙잡으려 손을 뻗었고 녀석은 이내 중심을 잡고 안정적으로 선다.

"놀랐잖아!"

"이런 건 밥이지."

"이 날씨에 물에 빠지면 참 시원하겠지?"

"안 빠진다고."

녀석은 두 번째 돌로 폴짝 건너뛴다.

"아아. 맛아."

"뭐?"

"일단 빙의는 좀 나중에 생각해 보고, 우선 노래부터 잘하는 게 먼저잖아."

"그건 어쩔 건데? 네가 말도 안 되는 레슨 계속해줄 거야?"

"음, 그건 무리 같고. 신세를 좀 지자. 졸업할 때까지만."

"신세?"

"응. 신세."

아람은 말했다.

2

집에 돌아오니 엄마는 일하고 있었다. 손님이 집에 찾아오지 않아도 엄마의 일은 계속된다. 화상으로 점을 봐주거나 아니면 카톡 같은 것으로 사주, 운세, 심지어 타로나 에니어그램, 별자리 같은 것도 봐준다. 요즘은 경계가 없는 시대라나 뭐라나.

그런 시대다 보니 무당이 하는 가장 거창하고 번거로운 일은 사실 잘 보기가 어렵다. 굿이라든가 접신이라든가 하는 것 말이다. 어릴 적에는 사람들이 몰려들어서 요란 벅적한 행사를 하는 것을 본 기억이 있다. 그렇지만 최근에는 그런 적이 전혀 없었다. 이게 시대의 변화인 걸까. 어쩌면 그냥 가벼운 운세 봐주는 게 더 돈이 되는 걸지도. 엄마한테 물어보지는 않았다.

화상 상담이라 해도 엄마는 무당의 카리스마를 잃지 않는다. 닫힌 문 안쪽에서 드문드문 새어나오는 앙칼진 호통과 타이름의 흐름을 듣고 있으면 일이 언제 끝날지 대충 짐작할 수 있다.

"딸? 집에 왔으면 왔다고 기척을 내야지."

방문을 열고 침대에 누워 폰을 보고 있는데 일을 마친 엄마가 등장했나.

"소리 내면 방해한다고 뭐라 할 거면서."

"엄마가 그럴 리가 있니. 우리 하나뿐인 예쁜 딸인데."

"또 왜? 뭐 바라는 거 있어?"

"바라는 거라니. 엄마가 딸한테 말 거는 데 이유가 필요해?"

"엄마는 항상 꿍꿍이가 있을 때 친근하게 구니까."

"힝. 그렇게 말하면 섭섭해. 이제 곧 서울로 떠나버릴지도 모르는 딸이랑 더 많이 얘기하고 싶어서 그러지."

나는 벌떡 몸을 일으켰다.

"그보다 내가 요즘 가는 곳에 관심이 있겠지."

"당연하지. 하지만 그것뿐이겠니. 엄마는 그저 우리 딸이 모으든 일기수일투족에 관심이 있는걸."

"어제부터 갑자기?"

"그럴 리가 있겠니. 엄마는 ─"

"됐어. 그보다 엄마. 혹시 나 귀신 들리는 거 가르쳐줄
수 있어?"

"뭐어?"

생각지도 못한 일격을 맞은 엄마는 마스카라를 동그랗
게 말아 보여준다.

"얘가 무슨 소리니. 귀신은 왜? 너도 엄마 같은 일 하고
싶어서 그래?"

"아니. 그건 아닌데 그냥 한 번 정도 귀신 불러올 수 있
어? 아무나는 안되고 딱 원하는 귀신만."

엄마는 아예 방에 들어와 침대 내 옆에 앉아서는 말
했다.

"그런 소리 하면 안 돼. 엄마 주변에는 온갖 귀신이 다
있어서 이런 말 엿듣고 있다가 홀라당 씌어버린다. 너 귀
신 들리고 싶댔지? 하면서."

그 말투는 흡사 어릴 적 자다가 울며 깬 나를 달랠 때의
말투 같았다.

"그러니까 그런 거 말고 그냥 딱 원하는 귀신만 불러오
는 거 말이야. 엄마 옆에 둥둥 떠다니는 것들 말고."

"그런 거에 관심 가지면 안 돼요. 차라리 불순한 이성교
제 같은 건 어때? 속도위반이라든가. 저기 옆 동네에 잘 생

기고 큰 집에 사는 총각이 있던데….”

“엄마!”

난 벌떡 일어났다. 하여간 이 모양이다. 도저히 진지한 대화가 안 된다니까.

귀신이니 접신이니 하는 얘기를 진지하게 하는 것도 좀 우습겠지만.

3

다음 날 오전 수업이 끝나고.

아람은 정말 쓸데없는 것으로 내가 신경 쓰이게 하는 것을 좋아한다. 누구한테 신세를 지냐는 말에는 끝끝내 입을 다물더니, 4교시 끝나고 급식까지 착실하게 처리하고 남자애들과 한바탕 담합까지 하고서 녀석이 날 잡아끈 곳은 바로 음악실이었다.

“야, 너 신세라는 게,”

“학교 좋다는 게 뭐야. 이런 거 도움받으라고 있는 게 학교잖아. 아직 우린 학생이고.”

“그래도 수업도 아닌데 선생님이 도와줄까? 너무 실례되는 거 아니야?”

“실례는 무슨. 학생을 마다하면 그게 선생이냐?”

그래도 이건 너무 경우가 아니잖아. 음악 선생님은 교무실 자리도 따로 있었지만 대개 음악실에서 일과를 보낸다. 음악 시간은 음악실로 이동 수업을 하기 때문이다. 수업이 없을 때는 텅 빈 음악실에서 홀로 개인 업무를 보거나 아니면 피아노를 치거나 한다.

　당연한 말이지만 선생님은 노래를 잘한다. 적어도 내가 본 사람 중에서는 가장 노래를 잘했다. 모르긴 해도 성악 쪽은 아닌 것 같았다. 2학년 때 새로 부임해온 선생님인데 다른 선생님이나 중학교 때 선생님들의 그 답답한 성악 소리와는 확실히 다르다고 느꼈다.

　"어? 몰랐어? 음악쌤 뮤지컬 배우였어."

　"어엉? 정말이야?"

　"웅. 남자애들끼리 옛날 영상 막 찾아서 돌려보고 그랬는데."

　"아아, 그런 거였구만."

　나는 아람을 홱 째려봤다. 남자애들이 젊은 여선생님 가지고 수군대고 찝쩍대고 하는 거 말이지. 여자애들한테 찍히기 딱 좋은 일이라고.

　"오해 말라고. 난 그냥 듣기만 했으니까."

　"어쨌든 그 무리에 있었다는 거잖아!"

　하여간 다 똑같다니까.

5교시 시작할 때가 되어 복도는 텅 비어 있었다. 음악실은 학교의 맨 위층 끝에 있었다. 음악 시간에 나오는 소리가 다른 교실까지 닿지 않게 하려는 설계인 것 같다. 중학교 음악실도 구석에 있었으니까. 다행히 지금 음악실 수업 하는 반은 없었고 선생님도 안에 있었다.

"어? 너네 집 안 갔어?"

심하율 선생님은 빼꼼히 고개만 내민 우리를 향해 말했다. 언제나와 같은 모습이었다. 뿔테 안경, 길게 길러 옆으로 묶어 내린 머리, 캐주얼한 차림새. 3학년은 음악 수업이 없어서 여기 들어와 보는 것도 음악 선생님을 만나는 것도 꽤 오랜만이었다. 선생님은 우리를 기억하고 있었다.

"안녕하세요오."

나는 살금살금 안으로 들어갔다. 뒤따르는 아람은 문을 활짝 열어젖히고 붙임성 좋게도 외친다.

"쌤! 오랜만이에요!"

"야. 목소리가 너무 크잖아!"

나는 뒤로 올려다보며 말했다.

"무슨 일이니? 너네 얼굴 다신 안 볼 줄 알았는데, 반갑다."

선생님은 창가에 있는 책상에서 일어나 다가왔다.

"네가 말해."

나는 왼쪽에 선 아람을 툭툭 치며 말했나.

"엉? 내가? 목적 있는 건 너잖아."

"네가 오자고 했잖아!"

"그야 그런데 난 네가 왜 그러는지도 모르니까."

음. 맞는 말이다. 대뜸 노래를 가르쳐달라고 말하려면 그 이유를 말해야 한다.

"뭐 부탁 있어서 온 거야?"

선생님은 말했다.

졸업을 앞둔 학생이 선생님을 찾아오는 이유는 부탁이 있거나 아니면 고백하거나 둘 중 하나겠지.

"저, 선생님."

옆에서 아람 녀석의 입이 씰룩대는 것이 느껴진다. 분명히 곁눈질로 내려 보며 어떻게 하나 지켜보고 있겠지.

"응. 단비 맞지? 되게 오랜만이다."

"네에. 아, 기악 실기 때 좋게 말해준 거 너무 고마웠어요."

갑자기 머릿속에 떠오른 인사치레로 한 턴 확보.

"좋게 말해줬나? 난 솔직하게 평가했을 뿐인데. 단비는 음악적인 감각이 있으니까. 어릴 적에 피아노 쳤다고 했었지?"

"아."

그것까지 기억하시는구나. 조금 감동 받았다. 나는 용기 내 바로 용건을 말하기로 했다.

"저, 부탁이 있거든요. 이 세상에서 선생님만 할 수 있는 일이에요."

"응? 그렇게 거창한 일일까?"

심하율 선생님은 호기심이 얼굴에 드러나고 있었다.

"그 정도는 아니고요. 음, 단도직입적으로 말하자면 말이에요. 저 노래 가르쳐줄 수 있나요? 아, 너무 귀찮게는 안 할게요. 방학하기 전까지 학교 나올 때 조금씩만. 요즘 단축수업 하니까 그때 조금이나 아니면 하루 다 끝나고 잠깐씩? 그 정도면 돼요."

"노래?"

선생님은 놀라움이 얼굴에 드러나고 있었다.

"안… 될까요?"

선생님의 얼굴이 대번에 밝아졌다.

"안 되긴! 얼마든지 가르쳐줄 수 있어! 네가 음악에 관심 있다고 하니 선생님이 다 기쁘지. 학기 말을 그냥 보내느니 뭐라도 하나 배우는 게 좋은 일이고 말이야."

"아아…."

아무래도 선생님이 더 기뻐하는 것 같았다.

"저, 그러면 언제 올까요?"

"음, 요즘 4교시만 하지? 마침 선생님이 5교시 수업이 매일 없거든. 끝나고 바로 오는 건 어때?"

"좋아요!"

"아, 잠깐 앉아서 얘기하자. 너는? 아람이였지? 같이 노래하려는 거야?"

아람 쪽을 향해 묻자 녀석은 손사래 쳤다.

"아, 아뇨!"

그런데 녀석은 잠시 뭔가 생각난 듯 태도를 바꿨다.

"네! 저도 노래하고 싶어요!"

"엥? 너도?"

나는 고개를 돌렸다.

"그런데 지금 급한 게 얘 같으니까 전 옆에서 견학만 할래요. 옆에서 보는 것만으로도 공부가 될 테니까요."

"배우려면 그냥 같이 하지 견학은 또 뭐야?"

"노래 배워야 하는 건 너니까."

녀석은 말했다.

음, 뭐, 그렇다면.

우리는 예전처럼 각각 자리에 앉았다. 음악실의 책상은 받침대와 의자가 붙어 있어서 불편하기로 악명이 자자했다. 2학년 때까지는 이 책상 의자가 싫었는데 이제 헤어지려니 조금 아쉬워지기도 한다.

"이건 들어야겠지? 왜 노래를 하려는 거야?"

선생님은 내 바로 앞자리 책상에 걸터앉고서는 말했다.

"역시, 관심 가는 애한테 잘 보이고 싶다든가?"

"아니에요!"

선생님의 말에 나는 반사적으로 외쳤다.

달그락, 하는 소리가 나서 오른편을 슬쩍 곁눈질했다. 수평으로 복도 하나를 사이에 두고 앉은 아람이 연필을 손으로 굴리고 있었다.

"그냥⋯."

나는 어느 정도는 솔직해지기로 했다. 두 번째로 설명하는 거니 조금 더 잘 정리할 수 있었다.

"어릴 적 친하게 지내던 오빠가 있었거든요. 같이 자랐고 같이 놀고 그랬는데, 제가 고3일 동안 많이 힘들었어요. 집에서 한동안 나오질 않았다는데, 그런데 그 사이 음악을 시작했다는 거예요. 집에다 장비 막 사들이고.

어제 오랜만에 다시 만났는데 지금 꿈이 있대요. 삼촌이 물려준 테이프가 있는데, 거기에 옛날 가수의 데모가 녹음돼 있었대요. 그걸 되살리고 싶다는 거예요.

그런데 아직 보컬은 못 정했대요. 저도 그 노래를 들어 봤는데, 너무너무 좋은 거예요. 그래서 그걸 제가 녹음하면 어떨까, 해서 덜컥, 하겠다고 말했거든요."

빙의니 뭐니 하는 얘기는 생략하기로 했다.

"흐음. 그러니까, 그 오빠를 위해 노래하고 싶다는 말이지?"

고개를 끄덕이며 내 설명을 듣던 선생님은 이를 간단히

요약했다.

"아, 뭐 딱히 '오빠를 위해서'라든가 하는 건 아니고….."

"그 말이 그 말 아냐?"

아람이 틱 말했다. 나는 그쪽은 무시하고 계속 말했다.

"오빠는 지금 칩거 중이거든요. 사회랑 벽을 쌓았다고 요. 아마 보컬 섭외하고 같이 작업하고 페이 지불하고 하 는 게 버거울 거예요."

"그러니까 그게 그거….."

"쓰읍! 잡음!"

나는 또 끼어드는 아람을 향해 눈을 흘겼다.

"음. 알았어."

선생님은 웃으면서 말했다.

"오래된 데모라고 했지? 옛날 가수야?"

"아뇨. 가수는 아니고, 어, 사실 그 사람은 죽었거든요. 가수가 되지 못하고 자살했대요. 그래서 데모 테이프만 남 은 거래요."

"그런 일이 있었어? 오빠의 그 삼촌이 그걸 갖고 있던 거고?"

"네."

"그럼 그 사람 창법을 최대한 따라 해 봐야 하겠네."

"네. 그런데 목소리가 되게 특이하더라고요. 한 번도 들 어본 적 없는 목소리였어요."

"혹시 그거 들어볼 수 있을까?"

"네! 원래 테이프 두 개로 나눠서 녹음돼 있었는데요, 그걸 파일로 바꿨대요."

나는 폰을 꺼내 들었다.

"아, 잠깐만. 기왕 듣는 거 스피커로 같이 들어보자. 블루투스 페어링 켜봐."

맞아. 이 음악실에는 선생님이 사비로 들여놓은 스피커가 있었다. 기말 끝나고 한 명씩 돌아가며 자기가 좋아하는 노래 들려주기 같은 것을 했었다. 눈앞의 선생님께는 죄송하지만 음악 시간에서 가장 즐거웠던 순간이었다. 내 폰에는 그때의 페어링 흔적이 여전히 남아 있었다.

노래는 모두 일곱 곡. 원본 테이프에는 군데군데 연습삼아 녹음된 부분이나 자투리, 잡담 따위가 있었고 내가 가진 파일은 노래만 깔끔하게 편집된 것들이었다. 각 곡들에는 번호가 매겨져 있었다. 이 번호는 테이프와 함께 있던 가사집과 목차에 근거한 것이었다.

첫 번째 곡부터 틀까, 하다가 그 곡만 자꾸 듣게 되는 것 같아 두 번째 곡을 틀었다. 제목은 〈가벼운 발걸음으로〉.

역시 선생님의 좋은 스피커로 들으니 노래도 훨씬 좋게 느껴졌다. 발랄하고 시원시원한 노래였다. 뭔가 새로 시작하는 느낌을 표현한 노래 같았다. 다른 것보다 이런 감수성이 가능하다는 것이 신기했다. 요즘 노래라고 하기에도

66

손색없을 정도로. 물론 이 독특한 느낌은 지금도 쉽게 찾아볼 수 없다.

"음, 이거."

첫 곡의 감상회가 끝나고 선생님은 말했다.

"테이프 시절이라면 80년대나 늦어도 90년대일 건데."

"80년대예요."

"80년대? 정말이야? 그때 이런 노래를 혼자 만들었다고?"

"네. 그게 왜요? 선생님 때는 이런 노래가 없었어요?"

"선생님 때라니. 선생님은 90년대생이야."

콩. 꿀밤 맞았다.

"잠깐만. 일곱 곡 다 들어볼 순 없으니까 빠르게 조금씩 넘기면서 듣자."

해서 우리는 나머지 여섯 곡을 대강 훑어보았다.

"역시…."

선생님은 뭔가를 깨달은 듯 고개를 끄덕이며 의자에서 일어섰다. 천천히 화이트보드 앞으로 걸어가서는 휙 돌아섰다. 안경의 유리가 오후의 햇빛을 반사해 하얗게 빛났다. 그 모습은 오늘 본 어떤 모습보다도 선생님 같아 보였다.

"음악 시간에 마지막 시험 범위로 대중음악의 역사 간단히 배웠지?"

"네."

"어, 지금 수업 시작하는 거예요?"

우리 두 사람은 각각 말했다.

"교과서에서도 이 부분은 간단히 나왔고 교과과정에서도 그렇게 강조하는 부분이 아니라서 언급만 하고 넘어갔을 거야. 그런데 선생님은 정말 중요한 부분이 아예 빠져 있다고 생각해. 바로 한국 대중음악 수용과정과 변천 과정 말이야."

"네에⋯."

그렇게 흑기 후 보충수입이 시삭뇌있나⋯ 라는 우울한 말로 장식해 봤지만 뭐, 얘기는 그리 길지 않았다.

"이러쿵 저러쿵 하는 거 다 생략하고 말하자면 우린 일본에 비해 무척 뒤처져 있었다는 얘기야. 음악적인 면에서, 또 음향적인 면에서. 그런데 사실 이건 반대로 말해야 맞는 말일 거야. 일본이 유난히 앞서 있었던 것뿐이라고. 80년대, 90년대, 2000년대 초반까지."

아람은 의외로 이런 이야기에 눈을 빛내고 있었다. 뭔가 흥미를 끄는 게 있는 걸까.

"그중 우린 80년대 얘기를 하고 있잖아. 이 시기 일본은 신디사이저라든가 워크맨 등의 음향기기 발전을 주도하기도 했고, 또 자본을 들여서 해외의 레코딩 시설과 엔지니어를 들여와 정말 놀랄 만한 발전을 이뤄내기도 했어.

이런 분위기를 바탕으로 발전한 게 시티팝인데 이 장르는 들어봤지?"

네. 하고 대답했다.

"시티팝과는 조금 다른 장르지만 비슷한 측면에서 크게 발달한 게 바로 아이돌 음악이야."

아이돌. 맞아. 처음 이 이야기의 첫 운을 장식한 게 바로 아이돌이라는 말이었지.

"일본은 연호 쓴다는 거 알지? 지금은 레이와 시대라고 하거든. 그런데 89년 1월까지를 쇼와 시대라고 했어. 그래서 이 연호를 따서 쇼와 시대의 아이돌, 쇼와돌이라고도 불러.

이 음악이 80년대에 만들어졌다고 했잖아. 딱 그 시대였어. 쇼와 아이돌이 대표되는 시기. 일본이 정말 눈부시도록 발전할 때. 다시는 돌아오지 않는 일본 경제의 대 호황기. 이후로 일본은 버블붕괴로 죽 내리막길이라고 하거든.

그러니까 쇼와돌은 딱 80년대에서 끝나는 거야. 물론 90년대에도 비슷한 음악은 이어졌고 아이돌 문화는 계속되지만 이 시기의 풍요로움과 안일함, 그, 노스텔직하고 따뜻한 느낌 같은 게 있거든. 그런 느낌은 이후로 점차 자취를 감추게 돼. 시대가 달라지는 거지."

"이 음악이 그런 음악이라는 거죠?"

"응. 어떻게 한국에서 이렇게까지 이 느낌을 따라할 수 있었는지는 모르겠지만."

"사실 말 안 한 게 있는데요. 이걸 만들고 녹음한 사람은 재일교포랬어요. 일본에서 살다가 한국에서 데뷔하려고 혼자 넘어온 거래요."

"그렇구나! 그래서 그랬던 거였어. 그러면 이해가 되지. 그 사람은 일본에서 살았기 때문에 본토의 음악을 더 잘 알고 있었던 거야. 아, 한번 실제 쇼와돌이 어떤지 한번 들어볼래?"

나는 좋다고 대답했다. 페어링을 선생님 폰으로 옮겨가시, 신생님의 플레이리스트를 틀어 놓았다. 우린 당시의 화보도 같이 보았다. 정말 딱 한미채와 같은 느낌의 사람들이었다. 요즘 카메라 어플에서 빈티지 필터를 쓸 수 있는데 그런 것과도 좀 느낌이 달랐다. 한 번도 그런 사진들, 그런 복장들을 본 적 없는데도 어딘가 가슴 한켠이 아릿해지는 감각을 체험할 수 있었다. 존재할 리가 없는 고향을 다시 찾은 느낌. 지금은 할머니가 돼 있을 사람들의 나긋나긋하고 또 발랄한 노래를 듣고 있자니 나도 모르게 눈물이 볼을 타고 주륵 흘러내렸다.

"어, 왜 이러지."

나는 황급히 눈물을 손등으로 닦았다.

"되게 맘에 들었나 보구나. 잠깐만."

선생님은 디슈를 가져다주었다.

"이런 적이 없는데. 되게 이상해요. 가슴이 막 뛰고, 막 싸우다가 울었을 때처럼 심장이 두근거려요. 그런데 그게 나쁜 느낌이 아니라 되게 포근하고 편안하고…."

선생님은 내 어깨를 두드리며 말했다.

"음악으로 마음이 움직이는 경험을 했기 때문이야. 지금까지는 음악 들을 때 이렇게 들어본 적이 없지?"

"네. 이게 그렇게 특별한 음악이에요?"

"그럴 수도 있고, 아닐 수도 있어. 누군가에게는 특별한 음악일 테지만 누군가에게는 그냥 지나간 음악일 뿐이야. 이건 사람마다 다 다르거든."

"조금, 아니 굉장히 슬펐던 거 같기도 해요. 일본에도 자살한 아이돌이 있었대요. 한미채는, 무슨 기분이었을까요? 이런 음악을 듣고 이런 음악을 꿈꾸고 직접 만들었고 한국까지 왔는데 어째서 스스로 목숨을 버린 걸까요?"

"음, 한미채라는 게 이 노래를 부른 사람이야?"

"네."

"혹시 그 사람이 언제 한국에 왔고 언제 세상을 떴는지 알아?"

"잘은 몰라요. 86년, 87년 쯤이었던 것 같아요."

"그렇구나…."

선생님은 왠지 힘없는 목소리로 말했다.

선생님은 다시 칠판 앞으로 나갔다. 한숨을 뒤쪽을 향해 살짝 내쉬더니 천천히 돌아 우리 자리 앞으로 와 선다.

"그 이전까지 일본에 있었다고 한다면 말이야. 한미채
는 아마 그 사건을 분명히 알았을 거야."

"어떤 사건이요?"

"단비가 말한 그거. 일본에서 있었던 아이돌의 자살 사
건 말이야."

"아."

"오카다 유키코라는 아이돌이 있었어."

선생님은 차분한 목소리로 이야기를 시작했다.

"믿은 아까 들려준 노래 중에 있었어. 사진도 봤을 거야.
고작 만 18살의 나이였거든. 대단한 인기몰이를 하던 아이
돌이었는데, 온 일본이 충격에 빠졌어. 그 과정도 그래. 한
차례 실패하고 병원에 갔다가 퇴원하던 길에 두 번째로 시
도해서 끝낸 거거든."

"어떻게… 했는지 아시나요?"

"투신이야."

"아….."

"설마 한미채도?"

"네….."

"그렇구나. 그런데 이후로 유키코를 따라서 10대 소녀
들이 연달아 투신하는 일이 생겨. 그것도 여럿이. 일종의
신드롬이었지. 베르데르 효과라는 게 있거든. 유명인이 자

72

살하면 그 뒤를 따르는 현상.

한미채는 분명히 오카다 유키코를 알았을 거야. 일본에서 살았었으니까. 한국에 와서 어려움을 겪고, 혹은 향수병을 느끼거나. 아니면 기대와 달라서 실망하거나, 이런 저런 이유로 우울증에 걸리거나, 이 우울증이란 것이 아무 원인도 없을 수 있거든. 호르몬 문제니까. 그러니까 그런 결심을 하게 되는 이유는 알 수 없어. 오카다 유키코도 원인이 알려지지 않았다고 하거든.

그렇지만 머리에 강하게 각인된 사례가 있으면 말이야. 결심하기 쉬워지는 게 아닐까 해."

슬픔은 전염된다. 87년도의 목소리가 지금 고스란히 전해진 것처럼, 그가 끌어안은 슬픔도 지금 이 자리까지 찾아와 그 흔적을 알려왔다. 정말 왜 그랬을까? 민재 오빠의 삼촌은 그 이유를 알고 있을까?

"이 노래를 복원하는 건 어쩌면 그 사람에 대한 추모라든가 애도 같은 게 될 수 있을 거 같아. 선생님도 의욕이 생기는데?"

"아, 정말요?"

"앞으로 열심히 해보자. 얼마 안 남았지만 충분히 할 수 있을 거야."

확실히 이건 행운인 것 같다. 이렇게 선생님이 이런 음악에 관심 있을 줄 누가 알았을까.

그런데 한 가지 아쉬운 점도 생겨났다. 민재 오빠와는 세 살 차이니 내가 이 학교에 입학했을 때는 이미 오빠는 졸업한 뒤였다. 심하율 선생님은 내가 2학년 때 부임해 오셨고. 이 두 사람이 만났더라면 서로 맘이 잘 맞지 않았을까? 그러면 오빠도 좀 더 밝아질 수 있지 않았을까?

당연히 이건 불가능한 상상.

"그런데 선생님은 이런 음악 어떻게 알게 됐던 거예요? 이런 것도 대학교에서 배워요?"

"학교에서 배우는 건 아니고. 나도 그냥 취미로 아는 거야. 음악은 이것저것 들으면 좋으니까. 처음 알려준 건 대학교 때 만나던 인디밴드 하던 남자친구였지."

"오, 쌤! 그 얘기 해줘요! 숨겨둔 과거 얘기 한 번도 안 해줬잖아요!"

아람이 이때다 싶어 끼어들었다.

"숨겨둔 과거라니. 수업과 관련 없는 얘기는 안 해줄 거거든?"

역시, 지금도 수업 시간이었나보다.

4

"노래는 선생님이랑 연습하면 되는 거고 말이지."

집으로 돌아가는 길. 나는 혼잣말하듯 말했다.

"이제 귀신만 불러들이면 되겠네."

아람은 앞서가며 말한다.

"그게 되겠냐고!"

"혹시 알아? 너도 모르던 신기가 있을지."

"신기고 뭐고 난 그런 거 안 믿는다니까."

"네 엄마가 무속인인데도?"

"그런 건 신기가 없어도 하는 거니까."

"너네 엄마가 그런다는 거야?"

"음…."

"그럼 너네 엄마가 하는 건 뭐야? 사기?"

"그런 게 아니야."

"그럼 뭐야? 신기가 있다는 거야 없다는 거야."

"…라…."

"엉?"

"모른다고!"

나는 버럭 외치며 멈춰 섰다. 가방을 한쪽 어깨에 걸친 채 앞서가던 아람도 멈춰서 뒤돌아봤다.

"난 무속이니 귀신이니 하는 건 안 믿지만, 엄마는 그거로 지금까지 혼자서 살림살이해 왔고 날 키워왔어. 그것까지 부정하고 싶진 않아. 그냥 별개라고! 별개! 나도 이해는 안 되지만…."

"……"

녀석은 입을 다물고 가만히 날 내려다보았다.

그러다가 말했다.

"그럼, 형한테는 뭐라 말할 거야?"

"몰라……."

"솔직하게 말하고 열심히 연습하겠다고 할 거야? 아니면 귀신 들린 척이라도?"

"모른다고."

나는 다시 걷기 시작했다.

"뭐, 녹음은 못하더라도 노래 배워놔서 나쁠 건 없으니까."

녀석은 나를 뒤따르며 허공과 대화하듯 말했다.

"너 진짜 속 편하다? 지금 누구 때문에 이런 상황이 됐는데?"

"음. '때문에'보다는 '덕분에' 아닐까? 아무것도 안 하는 것보다는 이렇게 뭐라도 저지르고 보는 게 낫잖아. 그 형도 되게 혹한 거 같았고."

그건 그렇다. 이 녀석이 아니었으면 나는 아무것도 못 했을 것이다.

"형은 그거 진지하게 믿는 타입?"

"오빠도 우리 집이랑 어릴 적부터 지냈으니까. 어릴 적에 엄마 굿하는 서도 본 적 있고, 귀신 같은 거 무서워하기도 했고."

"그럼 한 번 눈 딱 감고 연기해 봐도 되지 않아? 적당히 몰입해서 노래 녹음만 딱, 그거 몇 곡이더라? 아 일곱 곡. 그거만 하고 한이 풀렸도다— 하면서 사라지면 되잖아. 엄마가 어떻게 하는지 봤잖아."

"그게 말처럼 쉽게 되겠냐고. 그리고 그건 결국 속이는 거잖아."

"선의의 거짓말 몰라? 그 형은 지금 치유가 필요하다고. 그리고 내가 보기에 형은 이걸 믿는다기보다는 믿고 싶어 하는 것 같은데?"

"믿고 싶어 한다고?"

"사람은 누구나 자기에게 답을 내려줄 존재를 찾는다고. 그 음악을 완성해서 치유 받는다면, 그 지름길을 알려준다고 한다면 그게 귀신이 됐든 저승사자가 됐든 다 믿을 거야."

"그런가…."

어쩌면 나보다도 이 녀석이 오빠를 더 잘 이해하고 있는 건지도 모르겠다.

77

5

아람 녀석과 헤어지자마자 기다렸다는 듯이 톡이 왔다. 민재 오빠였다. 나는 허겁지겁 잠금을 해제하고 메시지를 확인했다.

↳ 학교 끝났어?

나는 바로 답장했다.

응. 4교시만 하는데 할일 있어서 지금 집에 가.↵

바로 답이 왔다.

↳ 어제 얘기 말인데.

↳ 아주머님께 여쭤보겠다 한 거.

↳ 얘기해 봤어?

접신 얘기였다. 역시 오빠에게 이 문제는 매우 중요했다.

나는 잠시 읽음 처리를 하지 않고 폰 화면을 껐다.

오빠도 상식적인 사람이다. 조금 전 아람이 한 말이 떠올랐다. 아무리 우리가 무당집이라고는 하나, 귀신이니 접신이니 하는 얘기를 선뜻 믿을 리는 없다. 그보다는 믿고 싶었던 거겠지.

오빠는 지금 빈껍데기 같은 존재다. 텅 빈 상태에서 다시 태어난 것과 마찬가지인 것이다. 그리고 이제 다시 세상으로 나오기 위해 차곡치 곡 자신을 재워가고 있었고 그

것이 바로 음악이었다. 그런데 전설처럼 이야기되는 비운의 아이돌이 남긴 데모 테이프가 하필이면 집 창고에서 발견되다니. 강력한 운명의 작용 같은 것을 느꼈을 것이다. 그리고 스스로 과업을 부여했겠지. 이 음악을 되살리자. 그러면 나도 다시 일어설 수 있을 것이다.

그리고 한미채에게서 동병상련 비슷한 것도 느꼈을 것이다. 이러진 않았을까? 누가 손을 내밀어 줬다면. 조금만 더 나를 이해해주는 사람이 근처에 있었다면. 어둡고 끈적끈적한 것들이 나를 잡아당길 때 누군가가 위에서 손을 뻗어 줬다면. 그러면 그 사람도 살았을지도 모르고 오빠도⋯.

어째서 나는 오빠가 힘들 때 곁에 있어 주지 못했을까. 이런 자책이 들기도 했다.

어쩌면, 내가 유일한 사람일지도 모른다. 오빠의 그 간절함에 응답해줄 수 있는 사람이.

응! 할 수 있어! 엄마도 도와주겠대.↵

머릿속에서 음모가 피어올랐다. 나도 나 자신을 멈출 수가 없었다. 사고가 정당화되고 내부의 모순점이 사라지며 부정적인 가능성은 소각되어갔다. 한마디로 내 손가락이 폭주하고 있었던 것이다!

그 사람 영혼 불러다가 같이 노래 녹음해보자!!↵

내가 어쩌자고 이런 말을 했는지. 카톡의 숫자 1이 사라지자마자 후회가 해일처럼 밀려들었지만 도망칠 방법은 없었다.

↳ 진짜야? 대박인데.

↳ 그런데 상대가 누구인지 정확히 모르는데 가능할까? 우리가 아는 건 이름이랑 얼굴밖에 없잖아.

↳ 난 이런 거 잘 모르니까... 나중에 아주머니한테 자세히 같이 들으러 갈까?

나는 이렇게 답할 수밖에 없었다.

어떻게 하는 건지 엄마한테 먼저 물어볼게.↵

하지만 정말로 엄마한테 물어볼 수는 없는 일 아닌가! 막상 저지르고 보니 어떻게 해야 할지 아무 생각도 나지 않았다. 작전을, 작전을 세워야 한다.

6

집에 오자마자 나는 방에 들어박혀 자료 조사에 몰두했다. 나는 엄마가 예전에 남겨둔 동영상이나 유튜브에 오른 다른 무당들의 영상을 보거나 혹은 집에 있는 민속학에 더 가까운 학술 서적을 들춰보기도 했다.

그런데 나는 금방 문제에 봉착하고 말았다. 무당의 접신이라는 것은 아무 영혼이나 불쑥불쑥 부를 수 있는 것이 아니었다. 외식은 몇 시간이 소요되는 중노동이었고 처음 막연히 생각한 대로 '영혼을 몸에 담아 대신 노래 부르게 한다'는 것은 생각하기 어려운 일이었다. 엄마가 굿하는 걸 너무 오래전에 봐서 어정쩡하게 기억하고 있었던 것 같았다. 장구 소리 속에서 춤을 춘다든가 작두를 탄다든가 하는 게 사실 귀신 들린 모습을 보여주기 위한 행동이었다. 그런 걸 하면서 노래를 부를 순 없는 일 아닌가.

역시. 너무 쉽게 생각했어.

이 바보! 너무 단정적으로 말했나? 조금 더 애매하게 여지를 둬서 말할 수 있었을 텐데.

어쩌지? 그냥 솔직하게 얘기하고 사과할까? 아니면 엄마와 더 깊이 얘기 나눠 봤는데 아무래도 안될 것 같아. 미안. 하고 적당히 발뺌할까?

"역시 엄마 몰래 뭐 꾸미고 있구나."

등 뒤에서 목소리가 들려서 깜짝 놀라 어깨를 움츠리고 폰을 책상 위에 떨어트렸다. 에어팟을 끼고 있어서 알아채지 못했다. 문은 잠갔던 것 같은데!

"귀신 들리는 법 어쩌고 하더니만. 정말 무슨 일인지 안 가르쳐줄 거야? 엄마한테 뭘 숨기는 거니? 혹시 너도 신기 있다거나 하는 건 아니지?"

"당연히 아니지! 그냥 공부야 공부. 엄마가 무슨 일하는 건지는 알아야 할 거 아냐."

엄마는 의자 뒤쪽에서 내 목을 끌어안으며 말했다.

81

"우리 딸. 엄마가 점쟁이인데 속일 수 있을 것 같아? 얘기 안 해주면 정말 귀신 불러다가 물어본다?"

귀신은 믿지 않지만 엄마가 스산한 목소리로 그렇게 말하면 소름이 끼치지 않을 수 없다.

"정말 별거 아냐. 그냥 좀 알아보려고 하는 거야."

"그러니까 왜 갑자기 그런 거를 알아보려 하냐는 거야. 맞아. 너 갑자기 이런 소리 하게 된 게 민재 만나고 나서였으니, 설마 너?"

"설마는 무슨! 뭘 상상을 하는 거야?"

"민재 때문에 귀신 들리는 법 가르쳐달라고 한 거야? 민재 앞에서 귀신 들려야 할 이유라면 역시….."

"역시고 뭐고 엄마가 생각한 거 아니니까 넘겨짚지 마셔."

엄마가 뭐라 짐작하고 있을지 정도는 알 수 있다. 나는 더는 얼버무릴 수 없다는 사실을 깨달았다. 차라리 솔직하게 전부 말하고 도움을 받는 게 낫겠다는 생각이 들었다.

나는 입을 꽉 다물고 잠시 생각하다 말했다.

"엄마."

"응."

"나 거짓말을 했거든."

"엄마한테? 아님 민재한테?"

"…진짜 예리하다니까. 민새 오빠한테."

"귀신 불러올 수 있다고?"

"응. 기다려. 왜인지는 아직 안 말했어."

"그래, 그래. 차분히 얘기해 보자."

하며 엄마는 물러나 침대로 가 앉았다. 나는 돌아앉아 등받이를 껴안고는 말을 시작했다.

"엄마 혹시, 한미채라고 알아?"

"한미채?"

"응. 고수진 삼촌이랑 관련 있는 사람인데."

"고수진? 아 민재네서 잠깐 살던 그분?"

"응. 혹시 들어본 적 있어?"

"한미채라는 이름은 처음 듣는데?"

"그런 귀신은 없는 거지?"

"내가 아무 귀신이든 다 아는 줄 아니? 그런데 죽은 사람이야?"

"응. 80년대에."

"엄청 오래전이네. 엄마도 그땐 귀여운 아기였을 때 인데."

나는 엄마의 노이즈를 극복하고 지금까지의 경과를 간략히 설명했다.

"뭐어? 민재한테 잘 보이기 위해서 그런 거짓말을 했다고?"

"그런 얘기는 안 했어! 왜 다들 그 부분만 짚어 요약하는 거야?"

"엄마는 너무 기뻐. 민재가 아니면 우리 딸 누가 거둬갈까, 하고 날이면 날마다 걱정하고 조상님한테 넋두리하고 그랬는데. 흑흑. 드디어 우리 딸이 번듯한 상속자 하나 낚아채서 팔자 펴는구나…."

"제발 엄마의 탐욕 자랑은 그만하고 진도 나가자고!"

엄마는 나에게서 떨어져서는 마치 야심찬 신입사원처럼 주먹을 불끈 쥐면서 말했다.

"진작 얘기 하지 그랬어! 엄마 하는 일이 이런 거잖아."

"뭐? 귀신 불러다 연애 상담해 주는 거?"

"응!"

"으, 으응?"

"너 정말 엄마 하는 일에 관심 없구나. 엄마는 슬퍼요. 요즘 무당이 하는 일 중 가장 큰 게 연애 상담인 거 몰라?"

"귀신 불러다가?"

"귀신이 필요하면 귀신을 부르고 별자리가 필요하면 별자리를 부르고."

"그 두 가지가 같이 쓸 수 있는 말이냐고요…."

"원래 무당이 하는 일이 이거야. 사는 게 팍팍하고 불안할 때 듣고 싶은 존재의 말을 전해주는 게 무당이야. 예전에는 귀신의 말만 전해줬는데 이젠 글로벌 시대잖니. 필요하면 하느님 말도 부처님 말도 전해줄 수 있는 거지.

신내림이란 것도 별 게 아니야. 단지 그 전달책이자 매개자 역할인 무당의 일을 딱 어깨 각 잡고 하겠다는 절차 같은 거야. 필요하면 누구든 그 역할을 할 수 있어."

"흐음….."

그러니까 더 사이비 같단 말이야. 하지만 무슨 말인지 이해는 되었다.

"오빠가 듣고 싶어 하는 말이 있다는 거지? 그걸 내가 전해줄 수 있다는 거고."

"역시 우리 딸. 이해가 빠르네!"

그런데 진짜로 귀신을 불러오는 것도 아닌데 귀신 들린 척 하는 건 사기 아닐까? 나는 내가 그런 연기를 해야 하는 것은 그렇다 쳐도 그렇게 오빠를 속여야 한다는 점이 계속 마음에 걸렸다. 이건 멋대로 오해하게 하는 것도 아니고 대놓고 거짓말하는 거잖아.

"그래서 엄마는 접신 연기하는 건 좀 반대해."

"엥? 무슨 말이야? 좀 전엔 나도 할 수 있다며?"

"응. 그런데 전문가 입장에서 그건 좀 다른 문제니까. 엄마 하는 것처럼 여덟 시간 동안 춤추고 방방 뛰고 할 수 있겠어?"

"음. 그건 조금."

내가 조금 전까지 고민하던 게 이 문제였다.

"대신 좀 이지 모드로 해볼 수 있을 거야."

"이지 모드?"

엄마는 다양한 사람을 만나서 그런지 별말을 다 쓸줄 안다.

"바로 이거!"

그렇게 말하고 엄마는 쪼르르 밖으로 나가서 무언가를 가지고 왔다. 그것이 무엇인지 보여주지 않아도 나는 알 수 있었다. 엄마가 가지고 오면서 그것은 짤랑짤랑 자기 존재감을 알려 왔으니까.

바로 엄마가 일할 때 쓰는 방울.

그런데 이걸로 뭘?

7

격과 식.

주술에서 가장 중요한 것이라고 했다. 무엇이 되든 상관 없다. 그렇지만 격과 식을 빼놓아서는 안 된다. 귀신을 부르고 싶으면 귀신을 부르는 절차와 태도가 필요하다. 그 냥 허공에 대고 "귀신아 나와라 —"하는 건 안 된다는 말 이다.

그럼 그 격식은 어떻게 정하나?

중요한 것은 귀신도 한때는 사람이었다는 사실이다. 귀

신에게는 귀신만의 법도가 있지만 그것도 어디까지나 사람이 생각할 수 있는 것이라고 했다. 반대로 말하자면 사람이 그럴싸하다고 느끼는 격식이라면 귀신에게도 맞는다고 했다.

가장 먼저 필요한 것은 장소. 한밤중의 학교나 공사장이나 으슥한 산기슭의 의미심장해 보이는 나무 앞이면 된다고 했다. 절간도 괜찮은데 교회는 안 된다고. 왜냐하면 교회는 귀신을 쫓아내는 곳이라서 어떤 귀신도 잘 안 오려 하기 때문이란다. 당연히 금줄이 쳐진 곳도 안 된다. 우리 집은 이상한 색종이도 있고 어딘가 고물상에서 가져온 듯한 동상도 있고 무복을 입은 엄마도 있고 지금은 전등으로 대신했지만 촛불도 있었고(건강상의 이유에서였다) 마법진 비슷한 것도 있으니 귀신 부르기 딱 좋은 장소였지만 여기는 엄마가 일하는 곳이니 제외.

어디가 좋을까 고민하던 차, 어차피 우리 집도 그냥 가정집을 점집으로 꾸민 거고, 민재 오빠네 집을 활용하면 좋지 않을까 하는 생각이 들었다. 약간 그런 느낌도 들잖아. 고성에 혼자 사는 창백한 미남 같은. 아니, 이게 뭔 주책이래.

그다음은 도구. 엄마가 이것저것 빌려줬다. 문화적으로 짬뽕이 되는 것은 요즘은 그리 상관없는 일인데 예전엔 계통을 매우 엄밀히 따졌다고 한다. 그런데 80년대에 죽은 귀신이면 그런 걸 따질까? 하는 의문이 들었지만 어차피 한국 문화는 잘 모를 테니 상관없을 거라는 결론.

인원은? 단둘이 하는 건 위험하다고 했다. 둘밖에 없으면 서로의 감정을 서로 주고받으면서 극단적인 상황에 빠지게 될지도 모른다고. 무슨 말인지는 모르겠지만 어쨌든 조언에 따라 아람 녀석도 대동하기로 했다.

가장 중요한 방법이다. 엄마는 우리가 할 수 있는 가장 그럴싸하지만 익숙하고 동시에 적당히 신비로운 방법을 써야 한다고 말했다. 우리 모두 안고 있으며 직관적이고 적당히 신비로운 방법. 우리는 밤중 민재 오빠네 집에 모였다. 장소는 테이프가 발견된 창고. 엄마가 빌려준 작은 제단에 테이프 두 개를 올려놓고 블루투스 스피커를 구석에 두어 한미채의 음악을 아주 작게 틀어 놓았다. 캔들 워머를 주위에 깔아두었고 밥상 하나를 두고 마주 앉았다. 옆에는 작은 막대에 방울을 걸어두었다.

그리고 세 사람은 엄마가 붓으로 박달나무 한지에 정성스레 써준 글자표 위에 연필을 세우고 손을 맞잡았다. 우리는 서로의 근엄한 얼굴에 웃음 터트리지 않도록 주의하며 입 맞춰 주문을 외웠다.

"분신사바, 분신사바, 오잇떼 쿠다사이. 분신사바, 분신사바, 오잇떼 쿠다사이…."

아침이 밝아 오네요 잠은 좀 주무셨나요
오늘은 또다시 오늘이 시작되어요
그대는 알고 있나요
푸른 꿈을 꾸었어요 아직은 아득하지만
내일은 또다시 내일이 시작되겠죠
우린 곧 만날 거예요

내 가슴속엔 바람만 가득하죠
거울 속에 뒤돌아보는
나의 작은 모습

자그마한 내 마음도
닿을 수 있을까요 아직 멀기민 한데
돌아가고 싶진 않아
제가 정했잖아요
언제까지라도 기다릴래요

모든 게 첫 만남처럼 아름다울 순 없겠죠
시간은 반드시 간절함을 만들어요
그대도 나와 같나요
멀리도 떠나왔어요 처음 기대완 달랐죠
시절은 반드시 절망을 극복해내요
저는 꼭 믿고 있어요

Track 3 서쪽에서

우리 앞날엔 뭐가 기다릴까요
렌즈 너머 보이던 풍경
아름다운 구름

자그마한 내 마음도
닿을 수 있을까요 아직 멀기만 한데
돌아가고 싶진 않아
이미 내딛었어요
언제까지라도 기다릴래요

부디 이 염원이 가닿길
저기 그 너머까지 영원히 우리
가쁜 숨 감싼 꿈

자그마한 내 마음도
닿을 수 있을까요 아직 멀기만 한데
돌아가고 싶진 않아
제가 정했잖아요
언제까지라도 바라고 바라요

1

민재 오빠와 만난 곳은 내가 태어난 병원이었다.

만남? 그걸 만남이라고 해야 할지는 모르겠다. 그래도 그게 역사적 사실이기는 하니까. 내가 태어났을 때 엄마는 혼자였다. 병원에도 혼자 왔고 보호자도 없었고 저녁때야 친구들이 와서 간호를 해줬다고 했다.

민재 오빠는 그때 어설프게 뛰어다니던 네 살짜리 꼬맹이였다. 병원에 왔다가 길을 잘못 들어 나와 엄마가 있던 병실에 들어왔고 그때 쪼글쪼글하던 나를 처음 봤다고.

의사와 간호사를 제외하고 내가 처음 만난 타인이 다름

아닌 민재 오빠였다. 그게 계기가 돼서 엄마와 오빠네 부
모님이 만나게 됐고 엄마는 이런저런 넋두리를 하게 됐다.
이를 안쓰럽게 여긴 오빠네 부모님은 엄마를 도와주기로
했다. 엄마는 그때 큰 은혜를 아직 다 못 갚았다고 종종 이
야기한다.

그 은혜를 갚겠다고 자기 딸을 시집보내려 하는 건 아니
겠지? 설마.

아무튼, 나는 아기 때부터 그 집에 자주 들락거렸다. 아
예 젖먹이를 거기서 했으니 자주 이사 다니던 우리 집보다
도 더 우리 집 같은 곳이라 할 수 있었다. 우리가 이사 다니
느라 중간에 조금 멀어졌을 때도 엄마는 일 년에 한두 번
은 그 집에 나를 데리고 갔다. 그러다가 초등학교에 입학
하면서 완전히 이 동네에 정착하게 됐고 그때부터 우리는
성장기를 같이 하는 진짜 친구가 되었다.

초등학교 6년, 중학교 3년. 길다면 긴 시간이다. 아, 오빠
가 수능 볼 때는 고사장에 응원까지 갔다. 내가 모처럼 실
력 발휘해 꺄, 꺄 하면서 소리 지르자 오빠는 부끄럽다는
듯 고개 숙이고 종종걸음으로 교문을 통과해 갔다. 오빠가
대학생이 됐을 때 나는 고등학생이 됐다. 이때 우린 거의
만나지 못했다. 나도 나름 고등학교 생활이 바빴고 서울로
간 오빠도 대학 새내기라는 것에 나름 심취해 살아가는 것
같았다. 그때만 해도 오빠는 좋아 보였다.

2

짤랑.

엄마의 방울은 공간을 압도하는 존재감을 발휘하고 있었다. 나름 진지하던 오빠도, 나와 함께 음모를 꾸민 아람도 긴장한 표정이 역력했다.

나는 말했다. 엄마의 코치를 받은 낮고 음울하고 진지한 목소리로.

"지금 누가 와 계신다면 연필을 움직여 주세요."

짤랑.

세 사람의 왼손이 맞잡은 연필은 새로 깎은 미술용 4B 연필이었다. 연필은 세 손 사이에서 마치 중립적인 위치를 차지한 양 꼿꼿하게 엉덩이를 치켜들고 있었다. 그런데 내가 말을 하자 연필은 천천히 움직이기 시작했다.

"우와… 아차!"

아람이 감탄을 내뱉다가 입을 틀어막았다. 의식은 정갈해야 하고 진지해야 한다. 잡소리는 금물이다.

나는 말했다.

"지금 와 계신 게 한미채 님이신가요? 맞다면 원을 그려 주세요."

짤랑.

연필은 부르르 떨리더니 천천히 종이에 흔적을 남겼다.

느린 속도였지만 그 궤적만큼은 명확했다. 동그라미였다.

나는 두 사람과 한 번씩 눈을 마주치고는 준비된 질문을 꺼냈다.

"한미채 님은, 여기 제기에 담긴 데모 테이프, 표면에 각 각 A, B라 적힌 테이프의 주인이신가요?"

짤랑.

천천히 원을 그리는 연필.

"저희의 부름에 응하신 이유가 뭔가요? 이 노래를 세상 에 알리지 못한 것이 미련이 되어 남으신 건가요?"

짤랑.

연필은 조금 머뭇거리는 듯하더니 다시 움직이기 시작 한다. 조금 전보다도 힘이 없고 삐뚤빼뚤한 필체였다. 그 궤적은, 점에서 시작해 다시 그 점으로 이어졌다.

비로소 나는 왜 사람들이 엄마를 찾는지 알 것 같았다. 믿고 안 믿고의 문제가 아니었다. 사람은 누구나 믿고 싶 은 것을 믿게 돼 있다. 그런 믿고 싶어 하는 사람을 데려다 놓고 이렇게 그럴싸한 분위기를 만들어주면 아무리 의심 이 가득 찬 사람이라 해도 홀라당 넘어갈 수밖에 없는 것 이다. 당장 나만 해도 그렇다. 이 '장난'을 기획한 것은 다 름 아닌 나이다. 그런데도 내 안에서는 이 연필을 움직이 는 보이지 않는 존재에 대한 놀라움과 두려움, 경이가 마 구 들끓고 있었다.

나는 이제 가장 중요한 말을 던졌다.

"노래를, 다시 하고 싶으신가요?"

짤랑.

동그라미. 그 위에 동그라미. 끊어지지 않고 이어지는 동그라미….

우리는 한순간에 풀어지고 말았다. 바싹 긴장해 있던 게 나뿐만이 아닌 것 같았다. 손은 땀을 끈적거렸고 옷 안쪽도 마찬가지인 것 같았다. 아람은 연신 대박, 대박 하면서 놀라움을 감추지 못했다. 서경도 그저 연기로는 보이지 않았다.

"그런데 이거로 끝이야? 더 오래 얘기는 못 하는 거야?"

민재 오빠는 말했다. 그 보이지 않는 존재는 동그라미만 그리다가 사라져버렸다. 정말 신기하게도 그 존재가 떠나 버렸다는 것을 우리 세 사람 모두 느낄 수 있었다.

"응. 한 번에 다 얻을 수는 없댔어. 귀신이란 건 기본적으로 희미한 존재라서 아주 강한 넘이 아니면 뚜렷하게 기억이나 자아를 갖고 있는 게 아니래."

"그럼 매번 이렇게 조금씩 불러서 물어봐야 하는 거야?"

"자꾸 시도하다 보면 좀 더 수월하게 말이 통한댔어. 그런데 엄마 말이, 이렇게 강한 넘이 남은 귀신은 의외로 드물어서 이렇게 금방 성공하는 경우가 거의 없대. 우리가 성공한 건 귀신의 넘이 강했기 때문이고 그걸 우리가 알았기 때문이고 테이프라든가 하는 매개체가 있었기 때문이야."

사실 할 필요 없는 말이었지만 세계관 설정을 명확히 해 둬야 했다. 귀신 부르는 일이 이렇게 배달 부르듯 쉽다고 여겨선 안 되니까.

"그리고 이렇게 넘이 강한 영혼은 생전 인격과 달리 그 넘에 집어 삼켜질 수 있으니까 절대로 혼자서 상대해선 안 된대. 두 사람 다 알았지?"

"옛써."

"응."

두 사람 다 체크 완료.

엄마의 작전은 이랬다. 우선 조금씩 귀신을 불러서 대면시킨다. 그렇지만 귀신은 좀처럼 원하는 것을 내주지 않을 것이다. 그렇게 시간을 벌어 놓고 열심히 노래 연습을 하고 있다가 어느 날 귀신을 통해 이야기하는 것이다.

"이 아이는 사실 내가 환생한 아이다. 이 아이의 목소리는 곧 나의 목소리. 이 아이를 통해 내 노래를 되살리도록 하여라."

"설정 충돌이잖아! 환생했으면 어떻게 귀신으로 나타나는데!"

이건 그때 내가 엄마한테 한 말이다.

엄마는 말했다.

"그런데 귀신이 멀쩡하게 들어와서 노래까지 부른다고 하면 좀 어색할걸? 귀신은 대개 제정신이 아닌 모습으로 들어오니까."

"응? 왜? 소설에 나오는 빙의 같은 거는⋯."

"그건 소설이고. 말했잖니. 귀신은 그럴싸한 격식을 통해서만 나타나. 멀쩡하게 싹 인격만 갈아치우는 귀신은 소설 말고 다른 데선 보기 힘들잖아. 대개는 악령으로 나타나거나 아니면 꿈에서 나타나거나 하지."

"근데 엄마의 권위도 그냥 그렇다고 하면 안 돼?"

"엄마는 무당이야. 귀신은 어디까지나 무당이 제공하는 세계관 내에서만 정당화된다고. 춤추고 작두 타고 하는 게 무당이야. 소설 같은 깔끔한 빙의는 오히려 전공이 아니란 말이야. 만일 그렇게 해서 민재가 긴가민가하면 어떡해? 그럼 말짱 황이잖아."

수긍이 가는 말이었다. 그렇다고 엄마의 대안을 받아들일 수는 없는 노릇이었다. 그래서 나는 나만의 계획을 세웠다. 귀신을 전면에 내세우지 않고도 귀신의 목소리를 빌리는 방법.

"역시 쉽지는 않구나."

오빠는 말했다.

"쉽지 않지. 한 번에 되는 게 아니랬어."

"되게 소름이었어. 그래도 노래 부르고 싶어 하는 거 같아서 다행이네."

"그런데 귀신이 너한테 붙었다가 안 떨어지려 하면 어떻게 해?"

아람이 말했다.

"그것도 방법이 있지."

나는 일부러 멀찌감치 떨어트려 놓은 가방으로 기어가 가지고 온 것을 꺼냈다. 뭐냐 하면 바로 부적이었다. 우리 엄마 특제 귀신 쫓는 부적!

"위급할 땐 이거 붙이고 방울 흔들면 된대. 하지만 되도록 대화로 해결할 거야. 내일 밤에 다시 해보자."

"음. 내일 밤?"

아람이 폰으로 시간을 확인하며 말했다. 아무래도 귀신은 밤에 나타나는 법이라 우린 밤 10시에 모여서 이 짓을 하고 있었다.

"몇 번 더 해봐야 한다면 그동안 이것저것 좀 물어볼 수 있을까?"

오빠가 말했다.

"응. 뭘 물어보게?"

"음, 가사라든가, 아니면 편곡 의도라든가. 노래가 편곡이 대체로 다 돼 있는데 제대로 된 레코딩이나 믹싱 없는 데모 상태 그대로라서 좀 불분명한 부분이 있거든."

"음. 그런데 그걸 다 기억할까? 가사야 그렇다 쳐도 편곡 같은 건 말로 설명하기도 어려울 거 같은데."

그걸 말해줘야 하는 건 다름 아닌 나니까 그런 고급 정보를 물어보면 곤란하다.

"그러려나?"

"일단 어떻게 반응할지 모르니까 나중에 여유 되면 물어보자. 그보다 음악은 좀 해보고 있어?"

나는 말을 돌렸다.

"아, 하나를 일단 미디카피해놨어. 미완성이라 사운드는 아직 갈아이기는 중이시만. 혹시나 해서 바로 보컬 녹음도 가능할 정도로 만들었어."

"정말? 들려줘!"

우린 복도 건너 작업실로 들어갔다.

언제 봐도 으리으리한 방이었다. 전문 음악가의 방이라고 해도 믿어질 만큼 악기와 음향기기로 가득한 방이다.

"우와, 이게 다 뭐래?"

아람은 감탄하며 여기저기를 둘러보았다. 아람은 이 방에 오는 것이 처음이었다.

"여기 있는 거 잘못 만지면 너 집까지 팔아야 될걸?"

나는 녀석의 귀에 살짝 속삭였다. 녀석은 깜짝 놀라 어깨를 움츠린다. 물론 뻥이다. 전에 가격도 들었었는데 입이 떡 벌어지는 가격의 징비들이긴 해도 그 정도는 아니었다.

"무슨 곡이야?"

오빠는 컴퓨터며 각종 장비를 딸깍딸깍 작동시키며 말했다.

"〈서쪽에서〉."

"엉? 왜 그것부터? 첫 번째 곡부터 하지 않고."

조금 부족한 설명이 있다. 테이프에 녹음된 곡은 모두 일곱 곡. 두 개로 나뉘어서 각각 다섯 곡, 두 곡씩 녹음돼 있다. 테이프 A에는 〈러브 스타카토〉 〈가벼운 발걸음으로〉 〈서쪽에서〉 〈꿈의 날개〉 〈첫눈, 로맨스!〉가 있었다. 나머지 〈고요한 메아리〉, 〈달빛 따라 춤을〉은 B에 들어 있었다.

하지만 가사집에 적혀 있는 순서는 달랐다. 가사집에서 지정한 첫 번째 곡은 〈첫눈, 로맨스!〉였다. 나는 당연히 이 곡부터 한다고 생각하고 있었다.

"그냥 이게 가장 잘 들리고 카피하기 쉽더라고."

곡의 순서는 상관없었다. 어차피 모든 곡을 외울 정도로 듣고 있었으니까. 오빠는 굉장히 프로페셔널해 보이는 프로그램을 실행시키고 굉장히 복잡해 보이는 알록달록한 트랙들을 보여주었다. 어떻게 돌아가는지는 몰라도 저 무수한 컬러 영역들이 합쳐져서 하나의 음악이 만들어지는 거겠지.

이내, 사람 머리통만한 스피커 양쪽에서 소리가 쏟아져

나왔다. 내가 받은 데모 파일과는 비교도 안 될 만큼 생생한 소리였다. 이 소리가 복사되고 열화되어 내 폰까지 다다른 게 아닐까 하는 생각이 들 정도였다.

단 하나, 목소리가 없는 점만 제외하고는.

그렇지만 나는 빠진 부분을 이내 채워 넣을 수 있었다. 노래는 내 머릿속에 들어 있었기 때문이었다. 나는 들리지 않을 정도로 작게 입 안에서 따라 불렀다.

아침이 밝아오네요. 잠은 좀 주무셨나요. 오늘은 또다시 오늘이 시작되어요, 그대는 알고 있나요…

역시 좋은 노래였다. 미완성이라고는 하나 이렇게 각 악기가 잘 들리는 편곡으로 들으니 느낌이 또 남달랐다. 정말 내 노래로 녹음을 하고 싶다는 생각이 마구 생겨났다.

"소리 완전 좋잖아! 이거 다 어디서 녹음한 거야?"

아람이 말했다.

"다 여기서 했지. 기타 빼고 전부 가상악기야."

"드럼도?"

"응. 진짜 드럼 소리 같지?"

"그게 다 컴퓨터로 만든 소리라고?"

"엄밀히 말하면 만든 소리는 아니지만 전부 편집이 가능하달까? 실제 드럼 소리를 샘플링해 만든 가상악기를 미디 신호를 통해서 재생하는 방식이야. 벨로시티, 그러니까 타격 강도라든가 아니면 스프링 울림이라든가 방의 잔향이라든가 전부 재현 가능해. 요즘 정말 좋아졌다니까. 전설적인 악기와 음향 장비를 전부 집에서 쓸 수 있어. 이 드럼도 그렇고 신디사이저도 그렇고."

오빠는 신이 난다는 듯 설명했지만 사실 나한테는 컴퓨터로 음악을 만든다는 게 뭐가 그리 대단한지 크게 와닿지 않았다. 어차피 컴퓨터 한 대씩을 손에 들고 다니는 세상인데 무슨 기술이 또 있든 뭐가 신기하랴.

"그리고 한미채는 정말 천재였던 거 같아. 한국에 온 게 고등학생 때라고 했거든. 그런데 그때 이런 음악을 만들었다는 게 정말, 정말 대단한 거야. 코드를 분석해 보면 어떻게 이런 전개가 나올 수 있나 경탄스러워. 이 부분 있잖아."

오빠는 트랙을 옆으로 넘겨 가며 소리를 부분부분 들려준다. 역시 나는 뭐가 대단한지 이해하기 어려운 부분이었다. 노래 분위기가 중간에 자주 바뀌긴 하는데 나한테는 평범하게 바뀌나 기가 막히게 바뀌나 그냥 바뀌는 것으로밖에 들리지 않는다.

워낙 노래가 부드럽고 자연스럽게 이어져서 별다른 변화를 느끼지 못하는 것일지도 모른다. 그만큼 듣기 편한 노래라는 말이다. 그 점만큼은 전문가가 아닌 나라도 이해할 수 있었다.

"내가 궁금한 건 이거야. 이 노래 가사. 언제 쓴 걸까?"

오빠는 의자를 우리 쪽을 향해 돌려서는 말했다.

"응? 무슨 말이야?"

가사야 당연히 생전에 썼겠지. 정말 그 말의 의도가 이해되지 않았다.

"한미채가 활동하던 시기가 구분되잖아. 일본에 있을 때와 한국에 있을 때. 곡이야 대부분 일본에서 썼을 거라 봐야 하겠지만 가사는? 이건 한국에서 썼다고 할 수도 있지 않아?"

"그러네 그건."

"마지막 곡이 가사는 있지만 녹음은 안 됐다는 점도 그래. 이건 아무래도 녹음 이후에 가사를 썼다고 봐야겠지. 가사를 쓴 시점이랑 곡을 만든 시점이 각각 다르다는 말이야."

"녹음은? 일본에서 한 거야? 한국에서 한 거야?"

아람이 질문했다.

"음, 그게. 처음엔 다 일본에서 녹음해 온 거라고 생각했거든. 아무래도 그게 그럴듯하니까. 그런데 가사를 한국에서 썼다고 하면 좀 달라지지. 물론 인스트는 일본에서 다 만들고 보컬만 한국에서 녹음했을 수도 있고. 테이프 레코더로 그게 가능하니까."

나는 가사 내용을 떠올려 보았다.

이 노래는 누군가에게 말을 건네는 방식으로 전개된다. 화자는 '서쪽'에 있고 어디론가 떠나왔고 떠나 온 곳에 있는 '그대'에게 말을 한다. 어쩌면 이 가사 전체가 편지일 수도 있겠다. 쉽게 작사가 본인의 이야기라는 추측이 가능하다. 떠나온 사람은 한미채. '서쪽'은 다름 아닌 일본 기준으로 서쪽에 있는 우리나라를 말한다.

그렇다면 '그대'는 누구일까? 부모님? 고향에 있는 애인? 아마 중요한 것은 아닐 것이다. 다만 여기서 화자는 말한다.

자그마한 내 마음도 닿을 수 있을까요. 아직 멀기만 한데. 돌아가고 싶진 않아. 제가 정했잖아요. 언제까지라도 바라고 바라요.

화자는 '멀리도 떠나왔'지만 아직 가고자 하는 곳에 닿지 않았다. 그곳은 어디일까. 가사 속에 분명히 나온다. 가쁜 숨 감싼 꿈. 바로 꿈이다. 그는 꿈을 꾸며 떠나왔다.

이 노래는 한미채 자신의 처지를 이야기한 노래였다. 그렇다면 이 가사를 쓴 시점은 일본을 떠나 한국에 와 있던 바로 그 시기에 썼다고 보는 편이 타당하다.

"그런데 내용으로 정황을 짐작하기 어려운 가사도 있고. 이런 걸 다 물어볼 수 있으면 좋을 텐데."

"기회가 되면 물어보자! 그런데 우선 노래를 해줄 수 있는가부터 물어보는 게 좋겠지?"

나는 관심을 돌리려 했다. 자꾸 정보를 캐묻는 쪽으로 흘러가면 곤란하다. 대답을 해줘야 하는 것은 나이기 때문이다. 만일 대화가 가능하다고 여겨지는 상황이 온다면 알려지지 않은 그럴싸한 비밀 한두 가지는 말하지 않으면 대번에 신뢰를 잃게 될 것이다. 이 문제를 어떻게 해결해야 할지 나는 내내 고민하고 있었다.

우리는 너무 자주는 말고 2, 3일에 한 번 정도 분신사바를 해보기로 했다. 각 차시 뭘 물어볼지, 어디까지 말을 하다 끝낼지 나는 내막으로 정해놓고 있었다.

너무 늦어지지 않게 우리는 집에서 나왔다. 저질러 버렸구나, 하는 생각만이 머릿속에 흐믈흐믈하게 가득 차 있었다.

"괜찮냐?"

옆에서 따라 걷던 아람은 말했다. 가로등 하나 없는 골목이어서 길은 어두컴컴했다.

"응? 뭐가?"

"아니 그냥…."

녀석은 잠시 말을 흐리다가 말했다.

"표정이 무거워 보여서."

"엉? 내가?"

"응."

"뭐야….'

왠지 김이 새는 소리였다.

"그냥 생각이 많아져서 그럴 거야."

"생각이 왜? 사기 치는 게 걸릴까 봐?"

사기라는 말은 일부러 골랐을 테지만 왠지 따질 힘은 나지 않았다. 밤공기는 조금 싸늘했다.

"그런 것도 있고."

"아님 아직도 거리감을 느껴서?"

"응?"

나는 발을 멈추고 옆을 돌아보았다. 녀석도 멈춰서서 말했다.

"오랫동안 못 봤는데 그사이 음악에 빠진 거라며. 그래서 거리감 느껴지는 게 아닐까 해서. 소꿉친구잖아. 나라도 그럴 거 같은데. 모든 것을 알고 있다고 생각하는 상대가 갑자기 딴사람이 돼서 나타난 거 같잖아. 이전엔 음악가 속성은 없었을 테니까."

뭐야 이 녀석.

나는 가만히 녀석을 올려다보았다. 노랗다 못해 하얘 보이기까지 하는 그의 머리카락이 밤에 물들어 있었다.

나는 뭐라 할 말을 찾지 못하고 있었다.

3

내가 노래를 좋아했던가? 잘 기억이 나지 않는다. 친구들끼리 돌려 듣는 플레이리스트를 만들기도 하고 책상 위에 폰을 놓고 둘러앉아 신인 아이돌의 뮤비를 품평하기도 하는 고등학교 생활을 지냈지만 정말 그게 음악을 좋아해서 했다는 기분은 들지 않았다. 그건 그냥 친구들이랑 노는 거였지.

당연히 초등학생 때 다니던 피아노 학원도 그리 즐겁지는 않았디. 그긴 될 그내로 학원이었으니까. 엄마가 보내서 다니던 것에 불과했으니까. 노래방도 뭐 놀러 가는 거지 음악이 좋아서 혹은 노래 연습하러 가는 건 아니었다.

그에 비해 민재 오빠는 확실히 어릴 적부터 남다른 음악 애호가였다. 초등학교 때는 그렇게 시끄럽게 몰려다니는 타입이 아니어서 늘 학교 구석에서 혼자 뭔가를 하고 있었다. 그때 하던 것이 음악감상이었다. 복도나 운동장, 등하굣길에서 만날 때는 늘 이어폰을 끼고 있었다. 난 한 번도 오빠가 듣는 음악에 관심을 가져본 적이 없었던 것 같다. 오빠는 늘 이상한 노래만 들었으니까.

이제와서 새롭게 취향을 만드는 것이 쉬운 일이라는 생각은 안 든다. 단지 오빠가 들려준 한미채의 노래가, 선생님이 소개해준 옛날 아이돌 노래가 나한테 맞았던 것이었다. 단지 목표 때문만이 아니라 그저 그 노래들이 좋았다. 노래를 듣는 것이, 내 목소리를 스스로 다룰 수 있게 되는 과정이 즐거웠다.

그렇지 않는다면 당연히 지루할 수밖에 없을 것이다.

특별 보충수업 내내 따라다니면서 옆에서 자거나 폰 두들기거나 괜히 끼어들어 방해나 하는 노란 머리 놈팽이 같은 경우 말이다.

아람은 부스럭대다가 지적받기도 했고 내 조준점 엇나간 발성을 흉내 내다가 쫓겨나기도 했고 게임 실행하다가 음소거하지 않아서 흐름을 끊기도 했고 문 바로 밖에서 통화하며 시끄럽게 하기도 했다. 그러면서 얌전히 앉아 있을 땐 지루하다는 티를 팍팍 내니 여간 귀찮을 수가 없었다. 선생님도 종종 야단치기는 했지만 어차피 정규 수업도 아니었고 녀석도 예이 예이 하면서 슬슬 도망치다가 다시 나타나곤 해서 별 소용이 없었다.

도대체 뭐 하러 여기 붙어 있는지 알 수 없는 녀석이었다. 급기야는 출석 도장만 찍고는 나갔다가 끝날 때쯤 돌아오기도 했다. 그러려면 그냥 집에 가버리란 말이야.

녀석의 방해에도 불구하고 수업은 알차게 진행됐다. 나는 내 목소리를 알아가기 시작했고 더불어 80년대 일본 가수들의 창법도 익혀갔다. 그런 쪽으로만 부를 수 있는 것도 아니었다. 선생님은 목소리를 통제할 수 있게 되면 스스로 원하는 창법을 구현할 수 있을 것이라 말했다. 나는 그 말에 용기를 얻었다. 나는 내가 생각하기에도 엄청난 변화를 겪고 있었다. 자신감이 붙었다. 당장 쓸 수 있을지는 확신할 수 없었지만 이대로 연습을 더 하고 곡을 제대로 익혀 놓으면 녹음도 할 수 있을 것 같다는 생각이 들었다.

"선생님이 보기에 단비랑 저 테이프를 녹음한 사람이랑 성대라든가 체형이 비슷한 거 같아. 그래서 비슷한 톤을 낼 수 있을 거야."

선생님은 말했다.

"성대는 그렇다 쳐도, 체형도 목소리랑 관련 있나요?"

"물론이지. 모든 소리는 공기의 떨림이잖아. 성대는 말하자면 소리의 근원지일 뿐이고 우리가 듣는 소리는 입안, 골격, 덩치, 몸무게 등의 여러 매질을 통해서 최종적으로 결정돼. 그러니까 선생님의 성대를 쏙 떼어다가 단비한테 붙여도 똑같은 소리가 안 나온다는 거야."

그 말은 영혼이 옮겨와도 똑같은 소리가 나지 않는다는 말 아닐까? 그 점은 물어볼 수 없었다. 하지만 만일의 경우 변명거리로 쟁여놓아야겠다. 혹여나 내 목소리에 오빠가 만족하지 못할 경우 말이다.

"그런데 쟤 말이야."

오늘도 아람은 잠깐 붙어 있다가 휙 하니 쏘다니러 나샀고 음악실에는 선생님과 나 둘뿐이었다.

"네. 저 녀석이요."

"오빠랑도 아는 사이인 거야?"

"네, 아뇨? 음, 원래는 몰랐는데 무턱대고 나 따라가서 알게 됐어요."

"아하. 그럴만한 녀석이긴 하지."

선생님은 고개를 끄덕였다.

"그런데 걘 왜요? 역시 좀, 거슬리죠?"

나는 문을 슬쩍 확인하며 목소리 낮춰 말했다.

"그래도 정말 딱 둘만 있으면 좀 심심하지 않을까?"

"에이, 심심할 새가 어딨어요. 오히려 진도 나가는데 방해만 되지."

"그래도 그 애 덕분에 나 찾아올 생각 했잖아. 나중에 제대로 고맙다고 해야 돼."

"뭐, 그렇긴 하죠."

"그럼 녹음할 때도 따라올 거래?"

"네. 뭐."

그때야말로 녀석이 없으면 안 될 상황이니까. 생각해 보니 상황을 처음부터 지금까지 죄 벌려 놓은 게 다름 아닌 아람이었다. 이렇게까지 아람 의존도가 높아질 줄은 몰랐는데. 그래도 나중에 고맙다는 말은 잊지 않기로 했다. 떡볶이라도 사주면서.

"흐음. 그래. 너희가 알아서 할 일이지."

무슨 말이시? 녹음 말인가?

노곤한 겨울 햇살과 함께 수업은 다시 시작됐다.

4

그리하여, 대망의 녹음일이 되었다.

그 이후로 분신사바는 한 번 더 해봤다. 이런저런 핑계로 답을 회피하다가 따 히니의 대답만 일이내토곡 유도하느라 조금 진땀을 빼야 했다.

내 몸을 빌려줄 테니 녹음을 해보지 않을래요?

대답은 예.

이날을 위해 몰래 갈고 닦았단 말이야. 큰마음을 몇 번이나 먹었는지 모른다. 아무래도 분신사바 정도의 조용한 행사로 귀신 들리는 연기를 하는 것은 무리라는 생각에 다다랐다. 역시 뭔가 다이나믹한 것을 보여줘야만 했다.

바로 푸닥거리 말이다!

본래 충청도 지방의 굿은 앉아서 하는 앉은굿이라고 해서 현란한 복장과 춤추고 난리 피우는 과정이 없다고 한다. 하지만 엄마는 타지 출신이라 타지의 굿을 배워 이 지방에 정착했다. 그래서 엄마는 기본저으로 두세 가지 계통의 굿을 할 수 있다고 했다. 아무래도 시각적 효과가 필요해서 앉은굿은 탈락이었다. 난 적당히 화려하고 방방 뛰는 동작을 가르쳐달라고 했다.

"그래서 이걸 몇 분 하면 돼? 5분?"

그 동작은 정말, 죽을 맛이었다.

"얘는. 그거로 신님이 만족하겠어? 최소 몇십 분은 해야지."

"이건 약식이잖아. 10분! 그 이상 못해. 더 뛰었다간 정말 기진맥진해져서 귀신 들리기 딱 좋은 상태가 될 거야."

같은 합의 아닌 합의를 한 것이었다. 엄마한테 무구도 더 빌렸다. 옷도 중요한데 아무리 생각해도 일본 출신 여고생이 한국의 화려한 무복을 좋아할 것 같지는 않았다. 원래는 부르려는 신에 맞춰서 입는다고 했으니 오히려 교복을 입는 게 더 맞지 않나 싶었다. 그래도 생 교복이면 뭔가 없어 보여서 교복에다 고깔모자만 쓰기로 했다.

그리고 이렇게 하는 것이다. 두 사람이 열심히 연필을 맞잡고 분신사바를 한다. 그 사이 내가 그 주위를 돌며 열심히 춤을 춘다. 분신사바가 단순히 연필을 움직이는 정도 효과를 보인다면 귀신을 직접 몸에 불러들이려면 그 이상을 해야 하는 게 당연한 이치다. 귀신은 받은 대로 돌려준다고 엄마는 말했다. 그렇지만 그건 사람도 마찬가지라고 했다. 우리가 상대하는 게 사람이니까, 적어도 그만큼의 근성은 보여줘야 한다.

이래 봬도 아직 현역 여고생이란 말이야. 보여주겠어. 근성.

결전의 시간. 아람과 민재 오빠는 작은 밥상 위에 엄마가 만든 용지를 올리고 손을 맞잡았다. 나는 복장을 갖추고 방울을 든 채로 그 옆에 경건하게 섰다.

딸랑.

내 방울 소리를 신호로 두 사람은 주문을 외우기 시작했다.

"분신사바, 분신사바, 오잇떼 쿠다사이. 분신사바, 분신사바, 오잇떼 쿠다사이…."

딸랑.

"분신사바, 분신사바, 오잇떼 쿠다사이. 분신사바, 분신사바, 오잇떼 쿠다사이…."

주문의 리듬과 방울이 점차 뱀처럼 꼬여간다. 그것만으로도 이미 우리는 낯선 공간에 들어와 있었다. 나는 방울을 점차 급하게 흔들었다. 주문 소리도 점점 빨라졌다. 그렇지만 아직 부족했다. 여기서 춤을 추라고? 이 시를 읊는 것 같은 경건함 속에서 마구 날뛰라고?

그럴 순 없다.

그때였다. 마치 면도날처럼 공기를 찌르는 소리가 들려왔다. 집안 곳곳에 설치된 스피커에서 들려오는 소리였다.

그것은 현란한 일렉트릭 기타의 속주였다. 단선율의 속주가 지나가고 이번에는 모든 것을 뭉개버리는 듯한 기타 리프가 들려왔다. 그리고 그 사이를 드럼이 비집고 들어오며 노래가 시작된다.

주다스 프리스트의 〈Metal Meltdown〉이었다.

"끄아아아아아!"

사실 엄마가 가르쳐준 춤은 따라 하려야 따라 할 수 없었다. 아무래도 심리적 거부감이 너무 컸다. 아직 나는 엄마가 하는 일을 받아들일 수 없다. 엄마도 마찬가지일 것이다. 그래서 언제나 대충대충 가르쳐주는 것일 테고. 진심으로 딸이 신들리는 일은 바라지 않을 것이다.

그래서 내 맘대로 했다. 3년 만근 여고생의 공력이다. 노래방에서 갈고 닦은 막춤 솜씨, 여기서 끄집어내 주겠어. 본래의 굿은 장구나 꽹과리를 치며 이뤄진다. 시대가 바뀌었다. 언제까지 그런 것들에 의존할 텐가? 시끄럽기로는 역시 메탈도 거기에 못지않았다.

이하 있었던 일은 차마 묘사할 수 없다. 고깔을 쓰고 방울을 든 여고생이 어떤 모습일지 한번 상상해 보시라. 복도와 이방 저방을 뛰어다니면서 폴짝대고 머리 흔들고 넘어졌다가 튕겨 일어나고 엉덩이를 털고 깡총거리고 손을 치켜들고 괴성을 지르고….

아아, 내가 대체 뭘 하는 걸까. 이 짓을 하려는 건 민재 오빠한테 잘 보이고 싶어서였잖아. 아, 이제 솔직해졌다. 그런데 이런 미치광이 여고생을 대체 누가 좋아해 줄까? 눈물이 나올 것 같았지만 이상하게 머리가 개운했다. 아하. 그래서 굿을 하는 거구나. 과도하게 몰두하고 모든 정신을 쏟아내고 나 자신을 잊어버리고 무언가와 하나가 되는 것 같고. 어쩌면 불교에서 말하는 해탈이 이런 것일 수도 있지 않을까 하는 생각도 들었다. 정말 나의 자아가 점점 옅어져 사라지는 느낌이었다. 그야말로 정신이 아득해지는 고음 속에서 나는 방방 날뛰었다.

이 노래에는 이런 가사가 나온다.

"Here comes the metal meltdown, No one survive."

그렇지만 지금 나에게는 이 가사가 이렇게 들렸다.

"Here comes the mental meltdown⋯."

아아, 멘탈이 녹아내린다.

5

언제부터 오빠를 특별하게 느꼈을까. 아마 평범하다고 여기던 것들이 사실 평범한 게 아니라는 것을 깨달았을 때가 아닐까.

10대의 세 살 차는 정말 잔인한 간격이다. 내가 중학교

116

에 들어갔을 때 오빠는 고등학교로 밀려나 버렸으니까. 감수성이 최고조에 달하는 중학생 시절을 우린 같이 보내지 못했다. 처음에는 상관없었다. 아직, 아직은 마음이 깊어지기 전이었다.

중학교에 들어와서 나는 꽤 실망하고 말았다. 고작 한 살 더 먹었을 뿐인데, 고작 입는 옷이 달라졌을 뿐인데 학교의 분위기는 사뭇 달랐다. 특히 남자애들이 그랬다. 동네가 조금 섞여서 그런 걸까? 나는 초등학생 때보다 한결 거칠어지고 천박해지고 허세를 부리는 남자애들에게 질리고 말았다.

그러다가 입학하고 몇 주 만에 민재 오빠를 만나게 됐을 때 느껴지는 그 상쾌함, 우아함, 여유로움, 고풍스러운 분위기에 나는 생경함마저 느꼈다. 아, 내가 이런 사람이랑 소꿉친구였구나. 잘록한 허리. 나른한 눈빛, 꼭 단추를 하나 풀어놓는 교복 와이셔츠, 길쭉한 손가락, 결코 유행어를 섞지 않는 나긋나긋한 말투. 솔직히, 솔직히 다른 나라 사람이라는 생각이 들 정도였다.

그 시절 오빠는 정말 빛나 보였다. 이따금 오빠네 고등학교를 지나갈 때 운동장에서 농구 하는 오빠를 볼 수 있었다. 고등학교 운동장은 철책으로 막힌 언덕길 아래에 있었는데 중학교 하교 시간과 오빠가 농구 하는 시간이 자주 겹치곤 했다. 그래서 그 철책에는 늘 여중생들이 매미처럼 달라붙어 있었다. 농구하는 한민재를 구경하려고. 뒤늦게 알았는데 오빠는 중학교에서도 이미 농구 스타로 유명했다고 한다. 우리 중학교에 농구부가 있었는데 그걸 창설할 수 있게 한 일등 공신이 바로 오빠였다고. 정기 친선전 때 한민재의 3점 슛이 터질 때마다 들리는 함성을 듣고 우암산에서 새 떼가 일제히 날아올랐다는 전설은 내가 졸업할 때까지도 남아 있었다.

나는 그 철책에 오래 붙어 있지는 못했다. 아무래도 주변 여학생들이 조금 부담스러웠고 또 거기서 잘 이는 사람을 구경하고 있는 게 조금 부끄러웠기 때문이었다. 그렇지만 오빠는 내가 조금이라도 있을라치면 금방 나를 발견하고는 손을 흔들어 주었다. 그럴 때마다 여학생들은 자기들에게 응답해주는 줄 알고 함성을 질러댔다. 나는 눈을 마주치고 손을 슬쩍 흔들어 주고는 자리를 피하곤 했다.

난 중학교 시절은 그리 순탄하게 보내지 못한 것 같았다. 재미있는 일 따위는 없었고 학교생활은 어깨에 매달려 질질 끌려오는 짐 같았다. 빨리 고등학교에 가고 싶다는 생각뿐이었다. 그런데 어느 날, 3학년 1학기 초였을 것이다. 나는 서둘러 짐을 챙겨 하교할 준비를 하고 있었다. 그렇지만 마음과 달리 손이 자꾸만 허둥댔고 나는 그만 한발 늦게 교문에 다다르고 말았다.

녀석들은 아예 마지막 수업을 빼먹고 나를 기다리고 있

었다. 오전 국어 시간이 문제였다. 나는 딱히 녀석들을 건드릴 생각이 없었다. 하지만 수업이 하필 서로의 작문 첨삭해 주기였고 나는 어쩔 수 없이 무리의 대장쯤 되는 녀석이 쓴 처참한 상태의 문장을 하나하나 짚어줘야 했다. 그 정도만 해도 괜찮았을 텐데 녀석은 심통이 났는지 반론을 시도했다. 그것도 틀린 내용으로. 아무리 그래도 '안 된다'는 너무하잖아. 나는 다시 그걸 정정해줄 수밖에 없었다.

확실히 그 일이 문제였다. 가뜩이나 나에게 적대적이었던 그 무리는 하루종일 사냥감 주위를 어슬렁거리는 육식 동물처럼 나를 노려보았다. 나는 이런 불길함에는 익숙했다. 그래서 서둘러 학교를 빠져나가고자 했는데 그만 늦어버린 것이다.

무리는 다른 반 녀석들까지 해서 대여섯은 돼 보였다. 세어보지는 않았다. 나는 고개를 푹 숙이고 있었으니까. 2학년 때 같은 반이었던 녀석도 있었다. 아무래도 상관없는 일이었다. 나는 다음에 올 일을 예상했다. 이대로 사이좋게 우린 아무도 없는 공터나 으슥한 골목으로 이동하겠지. 그리고,

"단비 아냐?"

마치 공간을 가르듯, 나를 향해 목소리가 날아왔다. 목소리는 마치 하교하는 학생들과 나를 둘러싼 무리 사이를

헤집어놓듯이 해서 보이지 않는 통로를 만들어주었다.

"어?"

나는 말이 막힐 수밖에 없었다. 그때를 위해 준비된 말 따위는 없었으니까.

"저 사람!"

"맞아! 그 선배야!"

"와아아! 나 가까이에서 처음 봐!"

그 일대가 술렁이기 시작했다. 약간 거리에 떨어져 나를 향해 서 있는 그 사람은 다름 아닌 한민재 오빠였다. 오빠는 교복 차림에 보스턴 백을 어깨 뒤로 걸치고 있었다.

"여기서 뭐 하고 있었어? 지금 끝난 거야?"

오빠는 내 주위를 둘러싸고 있는 무리는 거들떠보지도 않은 채 나에게 다가왔다.

"어? 어어."

나는 대답했다. 사실 조금 어색한 느낌도 있었다. 중학교 들어와서 오빠와 만난 건 손에 꼽을 만큼이었고 그때도 안본 지 몇 달은 된 때였으니까.

"얘들은? 친구?"

오빠는 고개를 살짝 까딱하며 말했다. 나는 고개를 저었다. 거기서 확실히 밝혀둘 필요가 있었다. 너희는 내 친구가 아니야. 오빠는 이해했다는 듯 고개를 끄덕였다.

"오늘 너네 학교에서 농구부랑 미팅 있거든. 연습 시합도 할 거야. 보러 올래?"

"응!"

나는 말이 끝나고 1마이크로초의 시간도 지나지 않아 외쳤다.

우린 바로 걸어갔다. 주위의 무리는 마치 공기 같은 취급이었다. 슬쩍 보니 주동자의 얼굴이 뭐라 이루 말할 수 없는 복잡함으로 뒤덮여 있었다. 별달리 할 말은 없어 보였다.

우리는 체육관으로 향했다. 조금 고민해 봤는데 슬쩍 팔짱을 끼어도 괜찮지 않을까 하는 생각이 들었다. 왜 그런 생각이 들었는지는 지금도 의문이다. 나도 조금 들뜬 감이 있었고 왠지 그때는 그래도 될 거 같다는 생각이 마구마구 밀려왔다.

오빠는 가만히 팔을 나에게 맡겼다.

6

"단비야!"

의식이 들기 전에 뭔가 기척을 냈던 것 같다. 그 바람에 나를 부르는 거센 소리에 나는 억지로 정신을 일으킬 수 있었다.

"정신이 들어? 괜찮은 거야?"

눈을 뜨자 두 사람의 머리가 천장 불빛의 역광을 받으며 내려다보고 있었다. 익숙한 침대가 아니었다. 그렇다면 여긴 아직 오빠네 집인가?

"으응…. 몇 시야?"

"30분 정도 지났어. 열 시 조금 전."

민재 오빠가 말했다.

나는 몸을 일으켰다. 설마 혼절할 줄이야. 이게 그 신들리는 경험이라는 것일까? 극도의 몰입으로 인한 정신적 쇼크의 자아 상실. 신내림은 과학적으로 따지자면 콘서트장에서 실신하는 사람들이 겪는 것과 같다고 했다. 당연히 나에게서 뭔가 새로운 존재가 느껴지거나 하는 것은 아니다. 안 보이던 것이 보이거나 하지도 않는다.

하지만,

"오빠… 나…"

"응. 단비야. 물 좀 떠다 줄까?"

"으응. 그런데 나 좀 이상해…."

"이상하다고?"

아람은 한 발짝 물러서서 말없이 나를 내려다보았다. 나는 슬쩍 눈을 마주치고는 오빠를 향해 다시 시선을 돌렸다.

"뭔가가… 느껴져…."

"뭔가라니? 무슨 말이야?"

"평소의 나 같지 않아… 뭔가가… 내 안에 있어…."

"설마…."

오빠의 안색이 굳어졌다. 나는 목소리 톤에 유의하며 말했다.

"그런데 위험한 느낌은 아니야. 조금은 서러워하지만, 조금 부끄러워하는 것 같기도 해. 뭐라 설명하기가 어렵네. 이건 내가 느끼는 감정인데 내 감정이 아니야."

"그렇다면 역시, 귀신이?"

아람이 전에 없이 낮고 진중한 톤으로 말했다.

나는 잠시 말을 멈췄다가 말했다.

"몰라. 그런데… 머릿속에 뭔가가 떠올라… 어떻게… 이 충동, 어떻게 할 수가 없어…."

"충동? 무슨 충동?"

오빠가 긴장한 얼굴로 물었다.

"노래… 노래가 하고 싶어…. 나 왠지 할 수 있을 거 같아. 가사랑 멜로디가 머릿속에서 마구 떠올라."

"정말이야? 그 사람, 그 사람이 온 거야?"

"모르겠어. 혼란스러워…. 그런데 지금 내 속에 가득 차 있는 건 노래야. 이걸 내보내지 않으면, 나, 난 터져버릴지도 몰라."

"기, 기다려 봐! 금방 준비할게!"

오빠는 일어나서 허둥지둥 녹음 세팅을 했고 나는 몸을 일으키고 앉았다. 아람과 나는 잠시 눈빛을 교환하며 가만히 있었다.

우리가 오기 전부터 작업 중이었기 때문에 빠르게 준비를 마칠 수 있었다. 나는 비틀비틀 오빠가 마련해준 책상 한쪽 공간으로 걸어갔다. 그곳에 마이크가 요상한 각도로 매달려 있었다. 녹음실 영상이나 홈 레코딩 영상을 보며 마이크 사용법은 어느 정도 익혀 놓았다. 마치 익숙한 공간을 다시 찾은 것처럼. 나는 그 앞에 섰다.

나는 거기 밀번 헤드폰을 착용했다. 녹음할 때는 마이크에 다른 소리가 들어가지 않도록 헤드폰을 통해 모니터링한다는 것도 알고 있었다. 아, 아. 내 목소리는 마이크를 통해 다시 헤드폰으로 들려왔다. 오빠가 헤드폰을 쓰면서 모든 준비가 끝났다.

"목소리 들려?"

오빠 쪽에도 마이크가 있어서 내 귀로 전해졌다.

"응. 잘 들려."

"잠깐 소리 벨런스 체크해볼게. 인스트 볼륨 괜찮은지 알려줘."

전에 들었던 〈서쪽에서〉 반주가 헤드폰으로 나왔다. 적당한지 가늠하기 어려웠지만 까탈스럽게 굴 수는 없었다. 노래를 부르는 것이 먼저였기 때문이었다.

124

"괜찮겠어?"

"응. 해볼게."

"테스트 삼아 원 테이크로. 처음부터 끝까지 한 번에 갈게."

"응."

테스트. 그렇지만 나는 테스트라 생각하지 않았다. 죽은 자의 힘을 빌려오는 데 여러 번 재녹음하면서 진을 빼는 건 아무래도 이상하다. 이번 한 번에 끝내야 한다. 그러지 않으면 오빠의 신뢰를 얻을 수 없다.

나는 주먹을 불끈 쥐었다. 학창시절을 가득 채운 노래방 경험. 그리고 선생님과의 특훈, 가사를 보지 않고 부르기 위한 무수한 노력. 지난 한 달 정말 열심히 준비했다고.

가자, 김단비. 네 야망을 보여주는 거야.

이 사람 앞에서, 그리고 떠나버린 비운의 아이돌을 위해서.

7

마지막으로 오빠를 본 날을 아직 기억한다.

고등학교 2학년 2학기가 시작되고 얼마 지나지 않아서였다. 서울로 대학을 갔던 오빠는 2학년이 되면서 휴학하

125

고 집으로 내려와 살고 있었다. 우리는 하굣길에 우연히 만났다.

요즘 뭘 하느냐는 질문에 대학이 적성이 맞지 않는다느니 하고 싶은 일을 하는 게 어떻냐느니 하는 말만 되돌아왔다. 나는 조금 비웃어줬던 것 같다. 집이 그런대로 잘 살면 그냥 되는대로 살아도 되지 않겠냐고. 세상에는 어쩔 수 없이 정해진 길을 가야 하는 사람도 있다고.

그 말에 오빠는 조금 시무룩해졌다. 하지만 나도 조금 삐져 있었다. 그 직전에 진로와 대학 등록금 문제로 엄마와 말다툼했었기 때문이었나. 집도 있고 집에 돈도 있는 사람이 뭔가에 도전할지 말지 망설이고 있으면 조금 화가 난다. 그냥 등을 떠밀어주고 싶었다. 그냥 해버리라고! 너 같은 사람이 하지 않으면 누가 한다는 거야?

그때 오빠는 뭘 하고 싶다는 건지 일절 입을 열지 않았다. 지금 생각해 보면 그때부터 음악을 하고 싶었던 것 같기는 하다. 뭐, 스무 살이 넘어서 음악 시작한다고 하면 고민이 안 될 수는 없었겠지.

오빠는 말했다.

"역시 그렇지? 내가 너무 겁먹고 있는 거지? 세상엔 무턱대고 도전하는 사람도 많은데. 역시 좀 배부른 고민이지."

어휴. 저 구김살 없는 서글픈 표정.

그걸 좀 망가트려 보고 싶다는 생각을 하고서, 얼마 지나지 않아 그것을 후회해야만 했다.

그게 마지막 만남이었다.

8

아.

입을 다물 수가 없었다.

온몸이 땀에 젖어 있었다.

이 황홀함. 반주와 내 목소리가 동시에 엮여 갈 때의 그 짜릿함.

이래서 노래를 하는 거구나. 혼자 연습할 때와는 완전히 다른 감각이었다. 조금 틀린 부분이 있을지도 모르겠다. 그렇지만 나는 지금 내가 할 수 있는 가장 완벽한 무언가를 세상에 내놓았다는 것을 확신할 수 있었다. 그것은 목 바깥으로 나온 순간 알 수 있는 사실이었다.

오빠가 천천히 헤드폰을 벗자 나도 따라 벗었다. 오빠는 잠시 말없이 모니터를 쳐다보았다. 녹음 트랙은 여전히 재생되고 있었다. 막대가 옆으로 움직이면서 네모나고 긴 칼라 상자가 만들어지고 있었다. 내 목소리는 한참 앞에 있겠지.

탁.

오빠는 키보드를 눌러 그것을 정지했다.

"엄청나. 정말, 정말로 들어온 거구나!"

오빠의 목소리에는 희열이 가득 차 있었다.

"완벽했어. 이건… 살려야 돼. 바로 지금이 아니면 나올 수 없는 목소리야. 아마 다시 해도 이 느낌은 안 나올 거야."

"정말 괜찮겠어? 조금 틀린 거 같은데."

"아, 조금씩 틀린 건 괜찮아. 수정할 수 있으니까. 중요한 건 톤이거든. 내가 생각한 톤이 그대로 나왔어."

수정할 수 있다고? 이미 녹음된 소리를? 정말 기가 막힌 세상이구나. 나로선 잘된 일이다. 다른 것보다도 계속 신비로운 무언가에 둘러싸인 척하는 게 피곤하다. 귀신은 금방 나가버렸어, 하며 도망치고 싶다.

그런데 오빠는 말했다.

"혹시, 바로 하나 더 할 수 있어? 첫 곡이 한 큐에 끝났으니까. 다음에 또 불러오려면 좀 있어야 할지도 모르니…."

이게 무슨 소리야. 새로운 곡을 하자고? 〈서쪽에서〉를 할 수 있었던 건 그 곡을 먼저 만들고 있었다는 말을 들었기 때문이었다. 최근까지 가장 많이 연습한 곡이기도 하고. 물론 다른 곡들도 어느 정도 연습하기는 했지만 당연히 준비가 안 됐다.

그렇지만 나는 지금 귀신이 힘을 빌려준다는 설정이다. 어떤 곡은 되고 어떤 곡은 안 된다고 하면 뭔가 미심쩍어질 것이다. 의심이 생기는 순간 굿판은 끝난다.

역시 오늘은 여기까지! 하고 끝내야겠지? 다음 곡이 뭔인지도 모르는데. 아니, 사실 알고 있었다. 지난번 왔을 때 작업하던 곡의 일부를 들어서 알고 있었다. 아마 반주가 완성돼 있다면 그 곡일 것이다. 바로 첫 번째 노래. 〈첫눈, 로맨스!〉.

그리고, 그 곡은 두 번째로 많이 연습한 곡이다. 이유는 없었다. 그냥 이 노래가 좋았다. 너무 신나고 기운 넘치는 곡이었다. 그리고 나는 이 곡이 가장 한미채 자신을 드러내는 곡이 아닐까 생각했다. 근거는 없었다. 일곱 노래는 제각각의 성격을 가지고 있었다. 전부 다른 화자가 부르기라도 하듯. 그중 가사를 쓴 한미채 자신을 담은 노래가 없을 리는 없다고 생각했다. 그게 바로 첫 번째 곡이 아닐까? 그래서 첫 곡으로, 가장 신나는 곡으로 만들지 않았을까?

이 곡이라면, 지금도 부를 수 있다.

나는 고개를 끄덕였고, 노래가 다시 시작되었다.

마법의 순간처럼 시간이 멈춰버려. 눈송이 같은 내 맘 어디로 가야 할지 알 수가 없잖아.

아, 꿈속에서 만났어. 운명 같은 내 사랑. 심장 소리가 내

귓속까지 가득 차올라….

그리고 이건, 내 노래이기도 했다.

9

그렇게 꿈꾸고 있는 것 같던 첫 녹음이 끝나고.

"맞아!"

닥빛은 반으며 잎시 끼고 있던 내 뇌리에 무언가가 스쳐지나갔고 나는 그만 소리 지르고 말았다.

"또 왜?"

말없이 따라오던 아람은 내 정수리에 대고 말했다.

"수시! 너 수시 발표 날짜 지나지 않았어?"

나는 뒤로 홱 돌아서서는 말했다. 정말 까맣게 잊어버렸다. 벌써 12월 중순을 훌쩍 넘어섰다. 요즘 집에서도 늦게까지 노래 연습하고 수업 시간에 주로 엎드려 자다 보니 교실에서의 시간은 서둘러 보내 버리게 돼 버렸다. 그러다 보니 날짜 지나가는 줄도 모르고 있었던 것이다.

아람은 나를 무표정하게 내려다보다가 핫, 하고 웃음인지 한숨인지 모를 소리를 내며 말했다.

"뭐야. 이제 생각난 거야? 언제 기억 돌아오나 지켜보고 있었다. 어떻게 됐을 거 같냐?"

녀석은 능글맞게 내려다보는 얼굴로 말한다. 뭐지? 붙었다면 내가 자고 있더라도 억지로 깨우고 자랑하고 난리였을 텐데. 저 표정은 뭐야? 웃는 걸까? 아니면 웃으려고 간신히 광대 근육을 붙들고 있는 걸까? 분위기가 심각해지지 않게 배려해주는 걸까?

나는 어떻게 말해야 할지 고민했다. 표정 관리가 되지 않았다. 내 얼굴에는 당혹감이 잔뜩 드러나 있을 테지.

"카하하핫!"

녀석은 한 손으로는 나를 가리키고 한 손으로는 배를 잡고 웃었다.

"뭔데!"

"발표할 때 너 자고 있던 거 다 봤지. 애들이랑 수시 얘기할 때 너 없던 것도 알았고."

"그러니까 어떻게 됐냐고!"

"내가 뭐랬냐?"

"엉?"

"당연히 붙는댔잖아."

"그러니까! …어?"

"그렇게 됐다."

"붙…은 거야?"

녀석은 고개를 큼지막하게 끄덕인다. 더는 헷갈리게 하

지 않으려는 듯이. 눈물이 핑 돌았다. 미안함과 안도감이 한꺼번에 밀려왔다. 얼굴이 무너지는 느낌이 들었다.

"야? 야! 근데 왜 울어?"

"놀랐잖아! 바보야!"

"설마 미안해서? 내 중요한 날짜도 까먹고 그냥 지나가 버려서? 꼭 생일이라도 까먹은 거 같아서?"

녀석은 내 손 틈 사이사이를 들여보려는 듯 얼굴을 여기 저기 들이댔다. 나는 녀석의 명치에 주먹을 꽂아 넣었다.

"억!"

"너 진찌 자꾸 그러면 죽는다?"

"운 거 맞지? 잠깐만. 이거 찍어놔야 하는데. 아아, 아깝 다. 밤이라서 사진도 제대로 안 찍히겠네."

나는 고개를 숙이면서 다시 앞서갔고 녀석은 깐죽거리 면서 뒤쫓아왔다.

싸늘하지만 달이 밝은 밤이었다.

카페 안을 떠도는 애절한 멜로디도
그대 단단한 마음을 조금도 두드릴 수 없네요

그대 깊은 눈동자 비쳐지는 모습은
누구의 그림자이려나요 난 초라해져요

그대가 모르는 척 웃어넘기는 말
텅 빈 유리잔 속 맴돌다 흩어져 버려요

그 순진한 상냥함 날 슬프게 하네요
가까이 다가갈수록 난 더 크게 다쳐버려요

우리가 걸어오던 이 굽이진 철길도
살라침이 정해져 있어요 네, 난 알고 있어요

왜 내가 어깨를 받쳐줄 수 없을까요
무심한 달빛은 어딜 비추는지 아파요

문득 저물 듯 생각난다면 날 불러줘요
언제나처럼 아주 오래된 친구처럼 맞아줄게요

그대가 모르는 척 웃어넘기는 말
텅 빈 유리잔 속 맴돌다 흩어져버려요

왜 내가 어깨를 받쳐줄 수 없을까요
무심한 달빛은 어딜 비추는지 아파요

그대가 모르는 척…

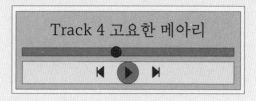
Track 4 고요한 메아리

1

내 작전은 이랬다.

신내림 쇼는 한 번이면 충분했다. 그다음부터는 약식이었다. 내 몸에 귀신을 씌우는 일 말이다. 이제 엄마가 이것저것 그려준 종이 위에서 연필을 들고 있지 않아도 되었다. 단지 두 사람이 내 어깨에 손을 얹고 주문을 외우기만 하면 되었다. 내가 방울을 세 번 흔들면 의식이 끝났다.

그러면 나는 몽롱한 얼굴의 귀신의 말을 전해줄 수 있는 모드가 된다. 질문은 허락되지 않는다 나는 그저 풀피리 같은 목소리로 "노래⋯ 노래가 하고 싶어⋯." 하고 중얼거리면 되었다. 그러면 내 귀에 헤드폰이 씌워졌고 나는 준비된 노래를 했다.

녹음은 정말 순조로웠다. 나는 라이브를 한다는 각오로 모든 녹음이 단 한 번에 마치도록 집중에 집중을 더해야만 했다. 곡마다 창법이 조금씩 다르다는 것이 큰 도움이 됐다. 영단어를 외울 때 특정한 상황을 떠올리며 외우는 것과 비슷한 원리였다. 노래마다 이야기가 있었고 원곡이 표현하는 창법이 있었다. 맥락은 구체적이었고 그것을 기억하는 일은 쉬웠다. 그리고 조금 틀린 건 편집해 준다니까 라이브와는 또 다른 자신감도 있었다.

그렇게 해서 정말 놀랍게도! B 테이프 두 곡을 제외한 A 테이프의 나머지 곡들, 〈가벼운 발걸음으로〉 〈고요한 메아리〉 〈꿈의 날개〉를 한 번에 녹음할 수 있었다.

이 두 곡을 제외한 이유는 각각 달랐다. 〈러브 스타카토〉는 앨범의 하이라이트와도 같은 곡이었고 또 가장 부르기 어려워서 마지막으로 빼기로 했다. 〈달빛 따라 춤을〉은 목소리 없이 반주만 녹음돼 있었다. 그래서 노래 톤을 따로 잡아야 하는 문제가 있었다.

할 수 있는 것부터 빨리 해버리자! 하고 일을 진행했지만 정말 한 번에 세 곡이나 하게 될 줄은 몰랐다. 반주 제작이 그렇게 빠르냐 물으니 기초를 먼저 만들었고 나머지는 나중에 쌓아도 된다는 답이 돌아왔다. 노래는 집 짓는 것과 다르다며.

녹음을 마치고 나는 또 기진맥진해서 오빠의 침대에 드러누웠다. 세 곡이나 불렀지만 그 생난리를 생략했기 때문에 오히려 지난주보다도 일찍 끝날 수 있었다.

침대 끄트머리에는 아람이 앉아 있었다. 민재 오빠는 녹음 트랙 정리를 하느라 커다란 모니터에 파묻히다시피 앉아 있었다. 우린 잠시 할 일이 없어졌다. 나야 멍하니 쉬고 싶었지만 계속 옆에서 구경만 하고 있던 아람은 조금 심심했을 것이다.

"그런데 꼭 이래도 돼?"

"응?"

아람이 말을 걸자 나는 누운 채로 턱을 위로 올려 뒤집힌 녀석을 보며 대꾸했다.

"이대로라면 형은 네가 노래 부른 게 아니라 귀신이 불러준 거로 알 거 아냐."

"그렇겠지."

나는 슬쩍 책상 쪽을 보았다. 오빠는 귀를 완전히 덮는 밀폐형 헤드폰을 끼고 있었다. 저 헤드폰은 소리를 재생하지 않더라도 외부 소리를 차단해 준다. 우리 목소리는 전혀 들리지 않는다는 말이다.

"형한테 도움이 되고 싶다며? 그런데 이대로라면 너보다는 귀신의 공로를 더 쳐주지 않을까?"

정확한 설정은 귀신의 기억을 빌려 내 성대로 노래한다는 것이지만 그런 건 시시콜콜 설명하면 신비함이 깨져버리기 마련이다. 본래 이런 초자연적인 현상은 적당히 애매하고 적당히 불분명하게 넘어가야 제맛이라고 엄마가 그랬다. 아마 오빠도 적당히 귀신의 노래로 이해하고 있을 것이다.

"그러겠지…."

나는 여기 딜레마가 있다는 사실을 깨달았다. 아니, 진작 알고 있었지만 저 얄미운 녀석 때문에 비로소 자각하게 되었다고 말해야 옳을 것이다. 노래에 대한 내 기여를 인정받으려면 이것이 치밀하게 꾸며진 '쇼'라는 것을 고백해야만 한다.

그게 어느 쪽도 쉬운 일이 아니라는 것을 나는 인정해야만 했다.

"어차피 대학 가면 난 서울로 올라가야 하고…."

나는 중얼거렸다.

얼마 전에 수능 성적이 나왔다. 원서를 아주 이상하게 쓰지 않는 한 나는 서울에 있는 대학에 갈 수 있다. 아마도 오빠는 계속 휴학한 채로 청주에 남아 있을 것이다. 헤어짐은 정해져 있다는 말이다.

"그게 뭔 상관인데?"

아람은 말했다.

"엉?"

나는 다시 고개를 위로 올렸다. 목이 눌려 사레가 들었다. 나는 기침을 하며 몸을 일으켜 앉았다.

"서울엔 나도 간다 뭐. 그렇다고 할 말을 안 할 거야? 곧 떨어지더라도 할 말은 하고 가야지. 중요한 건 네가 뭐라고 말하고 싶은가잖아. 어떻게 해야 네 마음에 후회가 안 남을까. 결과 같은 건 생각하지 마. 그거야말로 네가 어떻게 할 수 있는 게 아니니까."

"아….."

꼥밀에서 뜬금없이 옳은 소리를 하는 녀석이라니까. 그렇게 생각하니 마음이 한결 편해졌다. 맞다. 결과는 내가 어떻게 할 수 있는 게 아니다. 오히려 어떤 선택을 하든 별로 좋은 반응이 올 것 같지 않고 결국 떠나야 한다면 차라리 후회 없는 결정을 내리는 편이 낫다.

문제는 어떻게 해야 후회가 없을까 하는 점이다.

이건 아직 시간이 있으니 조금 더 고민해 봐야겠지. 적어도 일곱 곡의 녹음은 다 마치고 난 뒤 결정해도 될 것이다. 만일 귀신 부르는 일이 전부 거짓이었다고 밝힌다면 녹음은 중단될 게 뻔하고 그러면 프로젝트도 완성할 수 없을 테니까.

2

다음 날, 뜻밖의 소식이 날아왔다.

↳ 긴급! 학교 끝나고 바로 우리 집으로 와줘!

민재 오빠의 호출이었다. 그동안 이렇게 일방적으로 갑작스레 부른 적은 없었다. 나는 무슨 일이 일어났다고 생각할 수 밖에 없었다.

↳ 참, 아람이도 같이 와.

하는 메시지도 덧붙었다. 지금까지 단순 회의 목적이라도 아람이 빠진 적은 없었는데 굳이 언급하는 이유는 뭘까? 정규 수업은 4교시까지였지만 내 공식 스케줄은 점심시간 이후 5교시까지였다. 오빠한테도 그렇게 말해 두었다. 노래 레슨을 받는다는 말은 하지 않았지만 말이다.

"그런데 한 번에 세 곡씩 녹음하다니 대단한데?"

선생님의 칭찬도 난 칭찬 같지가 않았다. 오히려 더 고생한 사람은 선생님이었기 때문이다.

심하율 선생님도 그동안 덩달아 바빠져야 했다. 세 곡을 고작 일주일 만에 준비해야 했다. 선생님의 코칭은 정말 프로페셔널하고 섬세했다. 원래 가수의 버릇을 분석했고, 구간별 창법이라든지, 호흡을 세는 방법이라든지, 숨을 쉴 타이밍, 발음이라든지를 그야말로 가사 한 글자 한 글자마다 정리해서 알려주었다. 나도 어느 정도 분석을 하긴 했지만 정말이지 차원이 다른 일이었다. 프로 보컬리스트가 이렇게 노력하는 거였나 싶고.

"선생님 덕분이죠. 선생님도 정말 정말 수고 많이 하셨 어요. 그렇게까지 꼼꼼하게 알려줄 줄은 몰랐어요. 음악 시간이랑은 완전히 다르잖아요!"

"음악 시간에도 비슷하게 했어. 너네가 다 자서 그렇지."

"헤헤. 그랬나?"

난 음악 성적은 좋았다 뭐.

"히. 이거 알아요? 녹음할 때 헤드폰 끼고 하는 거."

오늘은 어디 싸돌이다니시도 않고 자리를 지키는 아람 이 끄트머리 책상에 앉아서 말했다.

"응. 보통 그렇지. 모니터링도 돼야 하니까. 아람이도 녹 음하는 거 본 거야?"

"네. 그런데 부르는 사람은 헤드폰으로 반주까지 다 듣 는데 그냥 옆에 있는 사람은 어떻겠어요? 쌩 목소리 무반 주 라이브 듣는 거잖아요."

녀석은 키득거리면서 말한다.

"너 뭔 말 하려고?"

나는 조금 거리가 있는 눈초리를 쏘았다.

"별말 안 할 건데? 그냥 그렇다고."

"그러니까 쌩 목소리가 뭐!"

"화장실에서 아무도 없는 줄 일고 혼사 노래 부른 적 있지?"

"너어!"

난 자리에서 벌떡 일어났다. 밀어내기를 하듯 아람도 한 칸 바깥으로 자리를 옮겼다.

헤드폰으로 내 목소리를 모니터링하고는 있었지만 그래도 실제로 공기 중에서 어떻게 들릴지는 알 수 없다. 귀에 들리는 게 정말 내 목소리인가 하는 불확실함도 조금 있었다. 무엇보다 마이크로 수음되지 않은 잡소리, 이를테면 조금 떨어져서 작게 중얼거린 소리나 침 삼키는 소리, 숨소리 같은 건 내 귀에 들리지 않았다. 저 녀석은 굳이 그런 소리가 자신에게 노출돼 있었다고 일깨워준 것이다. 신경 쓰이게 말이야!

"아람아. 그렇게 놀리고 싶니."

선생님이 끼어들었다.

"목소리는 선생님이랑 잘 만들었잖아. 여기서도 피아노 반주긴 해도 거의 생으로 불렀고. 장담하는데 잘했을 거야. 게다가 프로듀서가 통과라고 했으면 잘 됐다는 말이겠지."

"졸업하기 전에 쟤 운동장에 머리만 남기고 파묻어버릴 거예요."

"그것도 좋은 생각이다. 그지?"

선생님은 아람 쪽으로 고개를 돌리며 싱긋 웃었다.

"에이, 쌤이랑 편 먹냐!"

아람이 무의미한 항의를 했다.

"어쨌든, 남은 건 두 곡이지? 정말 딱 어려운 곡만 남았네. 보컬이 없는 〈달빛 따라 춤을〉은 어떻게 할 건지 정했어?"

"아뇨. 아직. 아마 귀신한, 아니, 이래저래 연구해 본다고 하는데 정하진 않은 거 같아요. 그런데 비슷하게 하면 되지 않을까요?"

"곡에 어떤 감정을 담는지가 제일 중요할 거 같아. 어떤 심정으로 불러야 할지."

"그냥 가사 내용대로 하면 되잖아요."

"응. 가사 내용대로. 그런데 가사가….."

"가사가?"

선생님은 잠시 말을 멈췄다. 이 노래에 생각할 게 그렇게 많은지 의문이었다. 밝고 경쾌한 노래였다. 가사는, 솔직히 정확히 와 닿지는 않았다. 헤어진 연인에게 잘 살아라, 라고 하는 내용 같긴 한데 곡의 통통 튀는 리듬에 비추어 보면 '이제 나는 내 길을 가겠어!' 하는 긍정적 내용으로 보인다.

분명히 오빠는 귀신에게 자세히 의도를 물어보려 할 것이다. 어떻게 해도 그런 상황을 피할 수는 없을 텐데 그렇다면 내가 미리 대답할 거리를 만들어 놔야 한다. 전문가

144

인 선생님의 의견을 듣는 것도 괜찮겠다는 생각이 들었다.

그런데 선생님은 말했다.

"아직 잘 모르겠어. 역시 이런 건 프로듀서가 정해야겠지?"

"후움⋯."

나는 왜 선생님이 여기서 말을 아끼려는지 이해할 수 없었다.

"이 노래 가사들은 전부 이어졌을까?"

"네?"

불현듯, 선생님은 질문을 던졌다.

"난 그게 궁금하거든. 분명히 형식상 이어지게 만든 노래들은 아닌데 그래도 중간중간 앨범이 이어지게 구성이 갖춰져 있어. 그리고 자투리 트랙이 있었지?"

자투리 트랙이 있었다. 아니, 먼저 카세트 테이프의 구조부터 설명해야겠다. 트랙별로 나뉜 보통의 앨범과는 달리 카세트 테이프는 앨범이 처음부터 끝까지 하나의 테이프에 녹음된다. 말하자면 지금 말하는 1번 트랙, 2번 트랙 이런 개념이 없는 것이다. 그냥 1번 곡 재생 시간이 다 되면 그 뒤에 녹음된 곡이 재생되는 방식이었다.

내가 전달받은 파일들은 오빠가 곡마다 임의로 끊어서 개별 파일로 만든 것이다. 그런데 그렇게 완전한 데모곡 형태로 만들어진 부분 뒤에 남은 부분이 있었다. 완전한

곡의 형태는 아니었고 보컬라인도 없는 짤막한 구간들이
었다. 그것을 오빠는 자투리 트랙이라고 불렀다.

나는 그 트랙도 MP3로 보내달라고 했다. 선생님의 요청
때문이었다.

"네. 그런데 그건 노래가 아니잖아요."

"응. 아마 완성된 곡으로 발전시키지 못한 파트들 짤막
하게 녹음해둔 것일 거야."

"설마 그것도 노래로 만들려고?"

지금 민재 오빠의 의욕이라면 충분히 가능하고도 남는
다. 그럴 경우 일이나 너 일이 복잡해질지 가늠이 되지 않
는다. 완전히 오리지널 노래를 만드는 것과 다를 바 없지
않겠는가.

"음, 아냐. 그건 아닐 거야. 선생님 짐작이긴 한데 말이
야. 아마 그 트랙은 그 자체로 두는 게 아마 원곡자의 의도
일 거야."

"네? 그건 노래가 아니잖아요. 길이도 짧고⋯."

"한미채가 만들려고 한 게 앨범이라는 사실을 기억해야
해. 앨범에는 모든 곡이 주인공이 될 수 없거든. 어떤 곡은
지나가는 곡이 되고 어떤 곡은 티비나 라디오에 나올 수
없을 만큼 길기도 해. 〈러브 스타카토〉처럼 말이야."

맞다. 이 곡은 무려 6분이 넘어간다. 게다가 노래는 중간
에서 끝나고 마지막은 악기만 주구장창 이어진다. 처음 들

었을 때는 이게 무슨 노래인가 싶었다.

"이 곡은 난 필연적으로 곡의 마지막에 놓인다고 생각해. 보통 그렇거든. 가장 거창하고 웅장하고, 막 복잡한 곡 있잖아. 그런 곡이 앨범의 후반부에서 딱 무게를 잡아 주는 거야."

"그런데 이건 6번 곡이고, 이 뒤에 한 곡이 더 있잖아요."

가사 종이에 따르면 말이다.

"후식 같은 건가 보지."

아람이 끼어들었다. 나는 고개를 홱 돌렸다. 녀석은 어느샌가 내 바로 옆자리로 슬그머니 옮겨 와 있었다.

선생님은 말했다.

"그런 구성의 앨범도 많아. 대곡 뒤에 비교적 가벼운 곡을 배치해서 정리하는 거야. 혹은 인스트 트랙으로 해결하기도 하고. 한번 생각해 봐. 이 앨범에서 첫 곡으로 〈첫눈, 로맨스!〉외에 다른 곡이 올 수 있을 거 같아?"

나는 대답할 수 없었다. 명약관화했다. 만일 이 노래들을 이어 붙여 하나의 앨범을 만든다면 그중 첫 번째 곡은 바로 그것이 돼야 한다. 왜인지는 설명할 수 없었다. 그것은 1 다음에 2가 오는 것처럼 자명하고 의심할 수 없는 진리였다.

"중요한 건, 이 앨범은 뚜렷한 의도를 가지고 프로듀싱

된 앨범이라는 사실이야. 그렇다면 가사도 그렇지 않겠어?"

머릿속이 밝아지는 것이 느껴졌다. 이제야 선생님 말의 의도를 알아챌 수 있었다. 곡이 어떤 흐름을 갖고 이어진다면 가사에 연결고리가 있을 수도 있다는 말이었다.

"그럼 선생님은 어떻게 생각해요? 가사 없는 이 곡, 무슨 생각으로 쓴 거고 어떻게 부르는 게 좋을 거 같아요?"

"그 점에서 고민해 봤는데 말이야."

선생님은 말했다. 그다음이 중요하다. 그래서 어떻게 가사든이 시도 연관되었고 그리하여 〈달빛 따라 춤을〉은 어떻게 그 사이에 위치해야 할까.

"전혀 모르겠어!"

선생님은 푸르르, 풍선 바람 빠지는 것처럼 말했다.

"네에?"

"뭔가 연결점이 있는 거 같은데 말이야. 몇몇 곡에서는 그게 보이는데 몇몇 곡은 또 아냐. 그렇다면 굳이 그걸 연결 지어야 할 이유도 모르겠고."

선생님마저 그러시면 전 어떡하나요. 엉엉.

"물론 앨범에서 모든 곡이 다 연관 있어야 하는 건 아니지만 말이야."

선생님은 말했다.

"한번 단비가 찾아볼래?"

"네?"

"서로 관계 있을 것 같은 노래들을 한번 골라 봐. 이건 결국 프로듀서의 결정을 따라야 하겠지만 무엇보다 중요한 건 부르는 네 해석이니까."

그건 그렇다. 귀신의 이름을 빌린 내 해석이 결국 이 녹음에 담길 노래다. 오히려 프로듀서의 뜻보다도 우선하는 게 내 느낌이다. 내가 알아야 한다. 전부 내가 알아내지 못하더라도 적어도 나는 알아야 한다.

"〈첫눈, 로맨스!〉가 첫 만남 얘기라면…."

나는 신중히 머릿속에 든 가사들을 주르륵 검토했다. 그것들은 의심할 나위 없이 내 머릿속에 들어 있었다.

"역시 〈달빛 따라 춤을〉은 헤어진 이후의 이야기 같아요. 첫 만남. 그리고 이별 이후. 그렇다면 이별 과정을 다룬 곡도 있어야겠네요. 그렇게 삼부작으로 이어져야 자연스러워요."

"그렇겠지? 그럼 그 사이를 이어줄 곡은?"

답은 하나밖에 없었다.

"〈고요한 메아리〉!"

나는 퀴즈쇼 패널처럼 외쳤다.

3

우리가 얻은 이 결론을 민재 오빠한테 얘기해도 될까? 그러니까, 노래들 사이에 일정한 스토리가 있다는 결론 말이다. 이런 의문이 모임 장소로 가는 동안에 들었다.

내 해석이 중요하다고 하나 이런 과정을 오빠한테는 밝힐 수는 없었으니까. 차라리 귀신의 입을 빌려서 말해주는 게 나으려나.

"뭘 미리 고민하고 있어. 직접 얘기해보면 되지."

마치 생각을 읽기라도 한 것처럼 아람이 말했다.

"내가 뭔 생각하는 줄 알고?"

"네 생각 뻔하지 뭐. 어차피 오늘 정한 거 형한테 말할까 말까 고민하고 있었잖아."

"응….'

"…뭐야? 왜 갑자기 우울해졌어?"

녀석은 내 앞으로 돌아 나와 가로막고 어깨를 숙여 내 얼굴을 들여다봤다. 나는 잠깐 멈췄다가 그대로 방향을 바꿔 다시 앞질러 갔다.

사실 이는 표면적인 고민이었다. 방금 생긴 고민거리가 좀 더 근본적인 고민을 코팅하듯 덮어씌운 것뿐이었다. 어제 아람이 했던 말대로 무엇이 더 내 마음에 가까운가 하는 것이 진짜 문제였나. 이 노래가 귀신의 힘을 빌린 것이 아니라 내가 이렇게 노력하고 고민해 녹음된 것이라는 것을 밝힐 것인가 말 것인가.

녹음 당일이라서 좀 쉬고 싶기도 했고 뒤숭숭하기도 해서 어제는 연습을 전혀 하지 않았다. 그 대신 잠을 늦게까지 이루지 못하고 늦게까지 뒤척였다. 수능 끝나고 성적까지 나온 인생 일대의 해방기에 이렇게 머릿속이 복잡한 일을 겪을 줄이야. 1년 전의 내가 봤다면 배부른 고민이라고 욕했을 것이다.

그렇지만 고민하지 않을 수 없었다. 이미 일은 저질러버렸고 오빠는 한미채의 영혼을 불러다 노래를 만들고 있다고 굳게 믿고 있다. 지금의 오빠에게 진실을 말하는 것의 무게는 결코 가볍지 않다. 분명히 배신감도 느낄 것이다. 당연히 거기 대고 내 진짜 동기를 밝힌다면 그보다 더 애매하고 우스꽝스러운 일은 없을 테지.

땅만 보고 걷고 있었는데 어느새 민재 오빠의 고래 등짝 같은 집에 다다랐다. 긴급 호출이란 게 뭘까. 굳이 말 안 해도 거머리처럼 따라붙는 아람까지 필수로 대동해야 하는. 묘한 긴장감을 안고서 벨을 눌렀다.

"어서 와. 좀 갑작스럽지만…."

민재 오빠는 현관문까지 마중 나와서는 말했다. 아람이 있는 것도 확인하려는 듯 내 뒤까지 건너보고는 안쪽으로 물러섰다. 마치 잘 찾지 않는 집에 방문했을 때 안내해주는 모습 같았다. 그렇게 해야 할 이유가 뭐지? 또 새삼스레 갑작스럽다는 건 또 무슨 말이지? 어차피 모임은 대개 그때그때 상황에 맞춰 이뤄졌는데.

하면서 집 안으로 들어서자마자 나는 약간 말뜻을 오해하고 있었다는 사실을 깨달았다. 갑작스럽다는 말은 이 모임 자체를 말하는 것이 아니었다. 집 안에 있는 사람은 오빠뿐만이 아니었다. 양복 입고 현관 통로 근처에 꼿꼿이 서 있는 남자 하나, 패딩을 대충 껴입고 벽에 기대 서 있는 남자 하나, 그리고 응접실 소파에 현관문을 등지고 앉아 있는 남자까지 총 세 사람이 그 안에서 우리를 기다리고 있었다.

세 사람의 역할이 각각 다르다는 것은 당연히 알 수 있었다. 그리고 보나 마나 우리를 기다리고 있는 사람은 소파에 앉아 있는 남자였다. 뒤통수만으로도 그가 나이대가 있다는 것을 알 수 있었다. 어떤 점에서 그렇게 느꼈을까? 골프 셔츠의 답답해 보이는 넥 카라? 조금 부자연스럽게 곡선을 그리는 짧고 검은 머리?

우리는 오빠가 안내하는 대로 소파에 가서 앉았다. 고개 한 번 돌리지 않던 남자는 멀리서 본 것보다 더 나이 들어 보였다. 50대? 60대? 아니, 어쩌면 더 될지도. 그는 약간의 새가 입혀진 인경을 쓰고 있었다.

"나도 이렇게 갑자기 찾아오실 줄 몰랐는데…."

오빠는 ㄷ자로 배치된 소파의 가운데에 앉아서 말했다. 친한 사이는 아닌 것으로 보였다. 오빠는 남자를 어려워하고 있었다. 이 남자의 방문에 오빠는 곤란해하는 중이었다.

"내가 얘기할게요."

낯선 방문객은 입을 열었다.

"갑작스럽게 이렇게 찾아와서 한민재 씨를 비롯해 두 사람에게 미안하게 생각합니다. 처음 연락한 게 어제였거든요."

굉장히 부드럽고, 사무적이고, 동시에 외교적인 말투였다. 이런 목소리는 딱 한 번 들어봤다. 교장 선생님이 장학사를 만날 때.

"나는 이런 사람입니다."

그는 품에서 명함을 꺼내 우리 두 사람에게 나눠주었다. 믿을 수 없는 글자가 적혀 있었다.

JG엔터테인먼트 대표이사 이진구.

"JG!"

"으잉?"

나와 아람은 동시에 외쳤다. 나도 모르게 외칠 수밖에 없었다. JG엔터테인먼트는 우리나라 3대 연예 기획사라고 일컬어지는 곳이 아닌가! 90년대부터 지금까지 그야말로

연예계를 지배하며 그곳에서 신인 가수가 데뷔한다는 소
문만으로도 온 세상이 술렁이는 그곳!

거기에 이진구는 이 기업의 설립자이자 수장, 그 안에서
벌어지는 모든 일의 최종 결정권자, 언론에서 이른바 '왕
국의 군주'로 일컬어지는 거물 중의 거물이 아닌가.

이런 사람이 도대체 여기에 왜 행차한 거지! 내가 연예
계에 그렇게 관심이 많은 건 아니지만 이 사람은 단순히
기업 오너로서가 아니라 내가 사랑하는 연예인을 있게 해
준 은인 비슷한 느낌으로 일종의 숭배마저 받고 있다는 것
두 안고 있다.

그는 말했다.

"우리 회사가 뭐 하는 데인지는 아시는 거 같으니 소개
는 생략하도록 할게요. 우리 회사는 언제나 새로운 인재를
찾는 데에 심혈을 기울여 왔어요. 그게 지금의 세계적인
명성을 떨치는 케이팝을 만든 원동력이라고 생각해요.

인재는 아무리 많이 모아도 부족해요. 더군다나 세상에
알려지지 않은 젊은 인재는 정말 귀한 존재지요. 저는 한
민재 씨가 사운드 클라우드에 올린 음악을 들어보고 깜짝
놀랐거든요. 이건, 지금 한국에 부족한 신선한 사운드였어
요. 80, 90년대풍을 재현한 노래들로 보이지만 지금 그 많
은 레트로풍 노래 중에서 어떤 것도 이만큼의 재현도를 보
여준 것이 없었거든요.

무엇보다 이 모든 것이 음악을 시작한 지 1년 정도밖에 되지 않은 솜씨라는 점이 놀라웠어요. 만일 우리 회사에서 조금 더 수행을 쌓고 일하는 것을 배운다면 정말, 큰— 쓰임을 받으리라 생각해요."

눈이 감길 정도로 강조되는 '큰.'

"그러면, 지금 민재 형을 스카우트하겠다는 말인가요?"

아람이 흥분을 감추지 못한 목소리로 말했다.

"그래요. 하지만 그 전에 앞서 제안할 게 있어서 이렇게 관계자인 두 사람까지 불러 달라고 부탁드린 거예요."

"제안…?"

나는 물었다. 목소리가 안 나오고 있었다. 지금 목소리를 가다듬을 여유는 없었다.

"네. 먼저 지금 여러분이 만들고 있는 앨범을 우리 회사에서 발매하고 싶거든요."

"저, 정말요?"

나는 그만 목소리를 놓치듯이 소리를 내뿜고 말았다. 황급히 기침을 하고 숨을 가다듬으며 목소리를 고르고 다시 말했다.

"정말인가요? 우리 노래를 JG에서…!"

"정말이죠."

그는 둥그렇게 주름살을 그리며 말했다.

조금 빼먹은 이야기가 있다. 어제 녹음에 앞서 민재 오

155

빠는 녹음된 곡을 미리 공개해보면 어떨까 제안했다. 사운드 클라우드에서는 누구든 곡을 발표할 수 있고 누구든 와서 들어볼 수 있다. 조금씩 공개하며 반응을 보고 그걸 이용해 음원 유통사에 유통을 의뢰하며 이런저런 지원을 요구할 계획이었다. 그래서 올라간 곡이 먼저 녹음된 〈첫눈, 로맨스!〉와 〈서쪽에서〉.

조금 순서가 뒤바뀌긴 했지만 완전히 의도대로 돼버린 것이다! 다른 데도 아닌 JG라니! 머릿속에서 파노라마가 펼쳐졌다. 돈의 향기가 노릇노릇 풍겨 나오는 뮤직비디오, 우리로부터 촉발된 레드도 붐, 실화를 바탕으로 한 영화 제작, 거기에 노래를 부른 나는 계속 어딘가로 바삐 불려 다니고 어쩌다 보니 세계적인 팝스타가…. 잠깐, 혹시 침이라도 흘리고 있지 않나 볼을 양손으로 감쌌다.

"그뿐이 아니에요. 우리 회사와 함께하기로 한다면 회사의 스튜디오를 쓸 수 있을 뿐 아니라 제작에 드는 모든 비용까지 지원해 줄 거예요. 악기라든가 세션이라든가. 이미 혼자서도 충분히 훌륭하게 하고 있지만 그래도 대학생 용돈으로는 조금 부족하죠?"

"아, 그건…."

이 사람은 아직 민재 오빠의 상황을 모르겠지. 나는 끼어들려 했다. 하지만 민재 오빠와 눈이 마주쳤고 웃으며 고개를 젓는 탓에 더 나서지는 못했다.

굳이 말하고 싶지 않은 일도 있으니까.

"그런데 어제 통화했다고 했죠? 그런데 이렇게 급하게 청주까지 내려와서 스카웃 제의를 하는 이유가 뭐예요? 보통 이렇게 하나요? 사장님이 직접 나서는 일은 별로 없을 거 같은데."

아람은 발표하듯 한 손을 들고 말했다. 조금 시큰둥한 목소리였다.

"그야, 나도 빨리 보고 싶었으니까요. 젊은 천재의 등장을!"

JG는 양손을 펼치며 말했다.

"오랫동안 이 판에 있으면서 판의 흐름이 바뀌는 결정적인 순간을 몇 차례나 목격해 왔거든요. 그 판은 우리가 주도하는 때가 있었고 라이벌 회사가 주도하는 때도 있었지요. 그렇지만 그건 지나기 전에는 알 수 없고 지나고 나면 누구나 알아채는 그런 것들이에요. 결국 누가 먼저 그 흐름을 읽느냐에 따라 시장을 주도하느냐 마느냐 하는 성패가 갈린다고 할 수 있거든요.

그래서 미래의 씨앗이 보이면 나도 흥분될 수밖에 없는 거예요. 아, 저 인재를 내가 손에 넣으면 몇 발짝을 앞서 나갈 수 있겠구나. 그게 내 눈에는 보여요. 그게 바로 한민재 씨고요."

"그래요. 뭐, 그렇다 치자고요."

아람은 역시 좀 삐딱한 자세였다.

"그런데 지금까지 한 말이 전부 민재 형에 대한 건데 말이에요. 정확히 누구를 말하는 거예요? 그 인재. 민재 형? 아님 여기 보컬까지? 그런데 이 프로젝트가 어떻게 시작된 건지 들었죠?"

JG는 잠시 아람을 바라보았다. 나는 그 생각은 하지 못했다. 지금 이 사장님은 민재 오빠만 언급했지 내 이야기는 한마디도 하지 않았다. 그렇다면 이 음악을 말할 때는 누구의 음악을 말하는 걸까? 민재 오빠? 나? 아니면 과거의 한미캐? 이 노래들은 민재 오빠의 기술로 복원한 것이긴 해도 작사와 작곡, 편곡까지도 전적으로 한미채가 한 것이었다. 지금 이 사람은 정확히 무엇을 칭송하는 것일까?

그는 잠시 우리 셋을 둘러보다가 답했다.

"이 곡들이 창고에서 발견된 옛날 테이프에서 발견된 미공개 곡이라는 건 들었어요. 정확히 말씀드려야겠군요. 저는 한민재 씨의 사운드 디자인 능력을 높이 삽니다. 그것만으로도 우리 회사에 두고 성장하는 것을 지켜볼 필요가 있다고 생각했어요.

그리고 이렇게 찾아온 이유는 노래를 사기 위해서입니다. 삼촌으로부터 테이프를 물려받았다면 현재 이 곡의 저작권 소유자는 한민재 씨가 됩니다. 이 곡의 유동권, 서삭

인접권을 판매할 권리도 한민재 씨에게 있고요. 그렇지만 이 곡이 세상에 나오게 된 것에는 두 사람의 공도 있었기 때문에 도의상 허락을 구하기 위해 이렇게 직접 찾아온 거예요."

그러니까 그 말은,

"보컬을 바꾸시겠단 말이죠?"

아람이 말했다.

JG는 눈빛 하나 안 바뀌고 말했다.

"그래요. 노래 부른 본인이 아마 잘 알 거예요. 이 보이스로는 안 된다는 것을요. 모든 노래에는 주인이 있어요. 마치 퍼즐이 맞물리는 것처럼. 맞는 보이스가 있고 안 맞는 보이스가 있다는 말이에요. 원곡자도 그렇게 생각할 거예요. 더 나은 보이스를 찾아주는 것이 바로 우리 프로듀서가 하는 일이지요. 원본 목소리를 따라 하려 노력한 흔적은 보이지만, 역시 지금 시대에 맞는 음악을 내려면 트랜드에 맞는 목소리로…"

"이봐요! 이 노래는!"

아람이 벌떡 일어나 외쳤다. 나는 아람의 소매를 붙잡았다. 녀석은 일어나다 말고 엉거주춤 서서 나를 내려다보았다. 손에 힘을 놓지 않았다. 아람은 그대로 서 있다가 천천히 엉덩이를 내렸다.

내가 말할 차례였다.

"저도 알아요. 이건 내 노래가 아니라는 거. 그런데 이 노래를 부를 자격이 있는 사람은 딱 한 사람, 한미채뿐이에요. 얘기는 얼마나 들으셨는지 모르겠지만. 그렇지만 지금 권리? 저작권? 잘 모르겠지만, 이 노래를 갖고 있는 사람은 민재 오빠잖아요? 전부 맡길게요. 전 여기서 뭐라 주장할 자격 없는 거 알아요. 지원 빵빵하게 받고 또 회사에서 기회 받는 게 훨씬 좋은 일이죠. 신경 쓰지 않아요."

"정말 생각이 깊은 학생이군요."

JG는 말했다.

"그렇게 말해줘서 고맙고요. 그런데 아직 소선노 안 들어봤잖아요, 그죠?"

그는 껄껄 웃으며 옆에 서 있던 패딩 남자한테 손짓했다. 남자는 반으로 접히는 두꺼운 서류철을 가지고 왔다.

"이건 계약서예요. 다들 계약서는 안 써봤죠? 어려운 법률 용어로 적혀 있어서 알아보기 힘들 텐데 핵심 내용만 요약해 설명해 줄게요.

우선, 이는 저작권 양도 계약입니다. 아, 보통은 이런 저작권 양도 계약은 하지 않아요. 그런데 지금은 특수 상황이잖아요. 엄밀히 따지면 한민재 씨는 이 곡들을 우연히 얻은 것이고 그것도 저작자한테 직접 받은 것이 아니죠. 이 곡을 소유해야 할 당위는 그렇게 크지 않다고 생각해요. 그래서 이를 우리 회사에 넘기고 회사의 전문 인력이

관리하는 것이 좋지 않을까 하고 제안하는 거예요."

"말은 그럴싸하게 해도 결국 이 노래들이 탐난다는 거 아니에요?"

아람이 말했다. JG는 아람의 공격적인 태도에도 불구하고 조금도 흔들리지 않았다.

"탐나는 게 당연하죠. 그만큼 훌륭한 곡이니까요. 훌륭한 원석을 발견하면 그게 당연한 일 아니겠어요?"

"결국 우리 보컬은 아니라는 말이잖아요. 투자라든가, 돈이 문제가 아니라 이거 우리끼리 해보려고 이것저것 준비하고 나름 열심히 연습하고 공부하고 하고 있었는데 갑자기 돈 많은 사람이 나타나서 돈 줄 테니 저리 짜져, 이러면 잘도 좋게 받아들이겠어요."

"그런데 일단 조건부터 들어보고 생각해 보는 것이 좋지 않을까요? 아직 뭘 받게 될지는 듣지 않았잖아요."

아람이 한번 말해 보라는 듯 입을 다물자 돈 많은 사장님은 보따리를 풀어놓기 시작했다. 믿을 수 없는 말들이 그의 입에서 쏟아져 나왔다.

"가격은 곡당 일억입니다. 일곱 곡이니 7억이죠. 여기에 세금 감산이 조금 있을 거예요. 거기에 한민재 씨는 우리 회사에 6개월 인턴 후 정규직 채용을 약속합니다. 물론 그 사이 직무 교육도 받게 되죠. 이 경우는 작곡가나 엔지니어로서의 경험과 선배들의 노하우를 전수 받는 과정이 되겠죠. 말하자면 대한민국 최고 전문가들과 함께 실전을 쌓을 기회를 얻게 된다는 것이지요.

이제 대학 진학하는 두 분은 장학금 형식으로 4년 학비를 지원해 드립니다. 어떤가요?"

아람도, 민재 오빠도, 나도 입을 벙끗하지 못했다. 곡당 일억이라니! 대충 천만 원 정도 생각하고 있던 나 자신의 소박함이 원망스럽다. 그건 원래 우리 몫이 아니니 안 받는다 치더라도 4년 장학금이라니. 학교 다니기 위해 학자금 대출 걱정, 기숙사나 자취방 걱정을 미리 해야 하는 우리 집으로서는 도저히 거절하기 힘든 제안이다.

무엇보다도, 오빠의 미래가 열린다. 다른 곳도 아니고 무려 JG 취직이다. 좋아하는 일을 할 수 있게 될 뿐 아니라 프로의 지도도 받을 수 있다. 정말 돈이 문제가 아니라 다른 선택을 하는 것이 이상할 정도의 혜택이다.

JG의 말은 우리 세 사람의 입을 다물게 하기에 충분했다. 기세등등하던 아람조차도 이를 악물고 고개를 숙였다. 녀석이 실감하는 굴욕이 내게도 느껴졌다. 당연히 고민되겠지. 녀석의 집도 그렇게 넉넉한 편은 아니다. 우리 엄마라면 고민한다는 이유만으로 등짝을 때릴 만한 일이다. 냅다 받아오지 않고 뭐 했냐고.

"아, 곡 비용은 일단 원칙상 한민재 씨한테 전부 가게 돼 있습니다. 법적인 문제도 있으니까요. 그 안에서 적설히 기여도에 따라 분배하는 것은 여러분께 맡길게요."

그는 덧붙였다. 그 말에 아람은 움찔했지만 별다른 대꾸는 하지 않았다.

"그나저나, 녹음은 아직 두 곡뿐인가요?"

우리의 침묵을 깨줄 수 있는 사람은 분하게도 JG뿐이었다.

"아뇨. 어제 세 곡 더 녹음했어요. 믹싱은 아직."

오랜만에 민재 오빠가 입을 열었다.

"어떤 곡인가요? 모두 일곱 곡이라고 했죠?"

"어, 〈가벼운 발걸음으로〉랑…."

오빠는 말을 하려다 머뭇거렸다. 아마도 제목을 묻는 것이 아니라는 것을 깨달았겠지.

"잠깐 들려드릴까요? 보컬 에디팅만 한 건데 가믹스 버전 들려주려고 구글에 올린 게 있어요."

하면서 허락을 구하듯 내 눈을 바라봤다. 나는 고개를 끄덕였다.

오빠는 폰으로 구글 드라이브를 열어 내가 어제 녹음한 노래를 들려주었다. 에디팅을 했다는 건 음정 보정을 했다는 뜻일까? 내가 불렀기에 기억하는 틀린 부분이 있었고, 그래서 알아채지 못하는 부분도 있었다. 사운드 클라우드에 올라온 노래든 파일명에 가믹스라고 적힌 이 노래든 내 노래는 깔끔하고 정확했다. 귀신이 불렀다는 것은 설정

일 뿐이지만 이 노래를 내가 부르지 않았다는 말은 사실이었다.

나는 이런 노래를 부를 수 없다. 내 목소리를 이어폰으로 들으면서 뼈저리게 확인한 사실이다. 내 목소리는 이 노래에 어울리지 않는다.

4

당연히게도 그들은 단 셋이서 움직이는 것이 아니었다. JG가 문을 나서자 어디서 대기하고 있었는지 두 사람이 더 달라붙어 동행했고 또 어디다 주차하고 있었는지 까만 차가 집 앞까지 와 기다리고 있다가 대표를 싣고 갔다.

그들이 떠나자 집안은 다시 넓어졌다. 보일러가 계속 돌아가고 있어서 그리 휑하다는 느낌은 안 들었다. 그렇지만 우리 세 사람은 한동안 계속 말이 없었다. 혀에 가시가 박힌 것 같았다. 말을 하려면 혀에 가시를 더욱 깊숙이 박아 넣어야만 했다. 그건 다른 두 사람도 마찬가지일 것이다.

쉬운 방법이 있었다. 이대로 아무 말 없이 헤어지고 민재 오빠가 조용히 JG에게 연락하는 것. 그러면 우리는 각자 보상을 받을 것이고 아무 일 없다는 듯 겨울이 지나면 나는 서울로 올라가 버리면 된다. 가시는 평생 흉터가 돼서 남아 있겠지만 그래도 살을 째는 고통은 겪지 않아도 된다.

그건 다른 두 사람도 마찬가지일 것이다.

"맘에 안 들어."

먼저 입을 연 사람은 아람이었다.

"돈이면 다 되는 거냐고! 뭐, 장학금? 7억? 누구를 거지로 아나. 나, 난 이딴…."

아람은 말을 다 잇지 못했다. 녀석의 목소리는 떨리고 있었다.

"만일 받게 되면, 너희들 몫도 있으니까, 똑같이 나눌게."

민재 오빠는 말했다.

"오, 오빠…?"

"그게 너희한테도 좋을 거야. 등록금도 등록금이고, 예전에 그랬잖아. 이사 다니는 게 너무 싫다고. 이 돈이면 그래도…"

"형은 그럼,"

아람이 한 번도 들어본 적 없는 묵직한 목소리로 말했다.

"그 제안을 받고 싶은 거야? 억대 현금을 받고, 취직도 시켜주고. 또 강남 가서 살고. 그렇게 하고 싶은 거야?"

"그건 아냐. 그냥…."

"그게 상식적인 선택이지. 누가 그걸 마다하겠어? 그리고 저 아저씨 말대로 형한테 이 노래가 있는 건 그냥 우연이고. 그걸 소유해야 할 이유도 없잖아. 안 그래?"

아람의 말은 전에 없이 뒤틀려 있었다. 화를 꾸역꾸역 안에 욱여넣어 돌처럼 다진 듯한 목소리였다.

"아냐! 난…"

"그럼 뭔데! 그럼 우리 집안 형편을 걱정하느라 그런다는 거야? 학비도 못 내고 집도 없고 하니까? 우릴 동정하느라 그런 거냐고!"

"편아람! 너 왜 그래?"

나는 말했다. 아람의 심정은 충분히 이해한다. 당연히 나도 똑같이 느낀 거니까. 분하니까. 거절 못 할 정도의 보상을 주면서 지금까지 우리가 노력하던 것을 비웃으며 가로채려 하니까. 차라리 부당하게 노래들을 뺏어가려 했다면 이렇게 분하지 않았을 것이다. 그랬다면 세 사람이 힘을 합쳐서 대항했겠지. 그런데 이건 너무 비열하다. 너무도 간단히 팀이 깨지고 말았다. 어쩌면 저작권을 넘기는 대가로 책정한 7억을 구체적으로 배분해주지 않은 것도 다 의도된 것일지도 모른다는 생각이 들었다. 이렇게 싸움을 유도하려고. 이렇게 돈과 형편 앞에 흔들릴 수밖에 없다는 사실이 분했다. 흔들리는 것이 예정돼 있었다는 사실이 너무도 분했다. 무당의 딸이라는 사실이 너무너무 분했다.

"어…."

아람은 나를 돌아보고는 기세가 누그러졌다. 눈앞이 뿌예지고 있었다. 참아보려 했지만 가슴이 무언가로 꽉 막혀서 넘쳐흐르려 하고 있었다.

아람은 팔을 허우적대다가 주머니에서 무언가를 꺼내 나에게 주었다. 손수건이었다. 나는 작은 천에 얼굴을 묻었다. 손수건에서는 섬유유연제 냄새가 났다.

옆에서는 길게 한숨을 내쉬는 소리가 났다.

그런데 그 순간 몰려든 생각은 그것뿐만이 아니었다. 여기에는 내가 두 사람과 공유하지 못하는 것도 분명히 있었다.

며칠 전, 첫 빙의와 녹음이 끝나고 혼자 이 집을 찾았을 때의 일이었다.

오빠는 내가 온 줄도 모르고 있었다.

스피커에서는 〈서쪽에서〉가 흘러나오고 있었다. 컴퓨터 화면에서는 한미채의 모습이 담긴 유일한 영상, 데뷔 전 찍은 카메라 테스트 겸 프로모션 영상이 재생되고 있었다.

원래의 영상은 총 10분 정도라고 한다. 그 필름을 바탕으로 만들어진 방송용으로 편집한 30초짜리 영상이 있고 그 영상의 메이킹 필름, 간단한 인터뷰 등이 얼기설기 편집된 영상이 있었다. 지금 오빠가 보는 것은 그 어느 것도 아니었다. 나 또한 모든 영상을 봤기 때문에 알 수 있었다. 그것은 영상 자료를 활용해 곡의 런닝타임에 맞춘 뮤직비디오였다.

영상 편집을 할 틈은 없었을 텐데. 머릿속으로 일정을 그려가며 그게 가능한 일인가 생각했다. 아니, 불가능한 건 아니다. 영상을 녹음 이전에 만들었다면 말이 안 되지 않는다. 내가 다시 이 집을 찾아오기 이전에. 테이프를 발견하고, 노래를 컴퓨터로 옮기고, 혼자서만 그것을 듣고 있었을 시기에. 영상이야 오래전부터 인터넷을 떠돌았다고 하니까.

거기에 곡을 입혀본 것이다. 내가 왜 이런 추측을 했을까? 그냥 머릿속에서 앞다투어 치고 올라온 생각이었다. 오빠의 이 노래에 대한 애착을 잘 알고 있었기 때문이다.

노래가 끝나가는 데도 오빠는 인기척을 느끼지 못했다. 나는 조용히 양말을 바닥에 끌면서 뒷걸음질 쳤다. 오빠의 볼을 타고 흐르는 한 줄기의 작은 물길을 보았다.

누구의 목소리일까? 지금 듣고 있는 건.

내가 녹음했지만 그것은 내 목소리가 아니었다. 나는 단지 목소리의 제공자일 뿐이다. 꼭 그것이 귀신 같은 번거로운 단계를 거쳤기 때문은 아니다. 명백하게 다른 사람이 녹음했다 해도 그건 마찬가지였을 것이다. 목소리는 역사

적 건축물을 복원하는 데 쓰이는 소나무와 다를 바 없다. 그 시절 자라고 베어진 나무는 이미 불타버리고 없지만 새로운 나무가 그 자리를 차지하면 다시 그 건축물로 인정받을 수 있다.

나는 소나무였다. 오빠가 하는 일은 나를 깎고 다듬어서 원래의 건축물을 복원하는 일이다. 완성된 노래의 주인공은 내가 아닌 게 당연했다. 그것은 여전히 한미채의 노래였다.

타지에서 고향 혹은 두고 온 누군가를 그리며 부르는 노래. 가슴이 뭉클해지는 노래이긴 하지만 오빠한테 여기 몰입할 부분이 얼마나 있을까? 가족이 생각나서? 그런데 이 노랫말은 대상이 그렇게 명확하지 않다. 거기에 이 노래의 주인공은 분명하게 말한다. '돌아가고 싶지 않아'라고.

그보다는, 그보다는….

영상이 끝나자 나는 발소리를 냈다. 마치 방금 도착한 것처럼. 오빠는 평소처럼 맞아주었다.

"뭐 하고 있었어? 음악 들리던데."

나는 모르는 척 말을 걸었다.

"응. 뮤직비디오를 만들어보면 어떨까 해서."

"뮤직비디오?"

"응. 영상 남은 거로 한번 해볼까 해서 이것저것 해보고 있었어."

모니터에는 아무것도 남아 있지 않았다. 작업 중인 영상이든 완성된 영상이든 인기척을 느끼고 재빨리 닫아버렸다는 뜻이다.

내가 이미 목격했으니 거짓말은 아니었다. 그렇다면 오빠는 뭘 감추려 하는 걸까?

"단비야."

오빠는 무언가를 정신없이 클릭, 클릭하며 말했다.

"응?"

화면에서는 영어 페이지가 빠르게 넘어가고 있었다, 뭘 찾는 걸까. 음악 하는 사람은 평소 뭘 얼마나 찾아보는 걸까.

그러다 마우스가 멈췄다. 오빠는 그대로 화면을 향한 채로 말했다.

"혹시, 유령이랑 대화는 못 해?"

"응? 대화?"

"응. 분신사바는 반응이 느리고, 직접 대화는 못 하는 거야? 그러니까 빙의 상태에서."

이 질문이 나오기를 기다리고 있었다.

"음. 아무래도 직접 소통하는 건 아닌 거 같아. 아무래도 흩어지기 쉬운 존재니까. 아주 정성 들인 의식 끝에 간신히 한두 마디 듣는 정도야. 사람처럼 길게 얘기하는 게 안돼."

"그럼….."

나는 말할 틈을 주지 않았다.

"대신 아주 강한 의지랄까, 그런 게 느껴져. 귀신이 원하는 게 내 몸으로 전해지는 거야. 이 경우는 노래였고. 엄마가 그러는데 이렇게 구체적으로 귀신이 뭔가를 하려 하는 경우는 드물대. 아마 매개체가 많아서 가능했던 것 같아."

"그래…?"

오빠의 목소리는 힘없게 들렸다.

"왜? 하고 싶은 말이 있어?"

"그냥….."

오빠는 잠시 그대로 멈춰 있다가 말했다.

"다음 할 곡을 정했는데."

"응? 반주 벌써 다 했어? 어떤 곡이야?"

"아니. 기초적인 부분만. 드럼 베이스랑 코드랑. 보컬 녹음하고 나머지 쌓아도 될 거야. 집 짓는 거랑 달리 지붕부터 만들어도 되는 게 노래니까. 〈가벼운 발걸음으로〉랑, 〈서쪽에서〉랑, 〈고요한 메아리〉. 나머지 두 개는 가장 나중에 하게."

"왜 그 두 개는 나중이야?"

"〈러브 스타카토〉는 이 앨범의 하이라이트 같은 곡이야. 대곡이고 또 어려운 곡이거든."

"〈달빛 따라 춤을〉은? 이건 가사가 없어서?"

"응. 그래서 이거 어떻게 할지 물어보고 싶었어."

"그냥 다른 곡이랑 비슷하게 하면 되지 않아?"

"음, 그게…."

오빠는 머릿속이 복잡한 듯 말을 한참 잇지 못했다. 그 대답은 결국 듣지 못했다. 대신 오빠는 말했다.

"한미채는, 왜 그런 선택을 해야 했을까."

"으응?"

"어떤 기분이었을까. 꿈을 찾아서 왔는데, 오히려 꿈끼 함께 자신을 버려야만 했던 기분. 얼마나 비참했을까."

"우울증 같은 거 아닐까? 왜, 예전엔 이게 병이라는 인식도 없었잖아."

"그러면, 음. 별다른 설명이 필요 없긴 한데. 나도 약 먹고 많이 나아진 거고."

"아, 그래?"

오빠가 약을 먹고 있었다는 말은 처음 들었다. 사실 안 그런 게 더 이상한 일이긴 했다.

"그래도, 한미채를 알고 나서 몇 년 동안은 나도 별 의문이 없었어. 그런데 테이프가 발견됐잖아. 이렇게 스스로 곡을 만들고 또 한국에 와서 가사까지 쓰고 녹음까지 했고, 그것도 거의 완성된 앨범 구성으로 준비하고 있었잖아. 그런데도 목숨을 버려야 했다면, 그 아픔의 깊이가 얼마나 깊었다는 걸까."

오빠가 한미채를 안 게 꽤 오래전이구나.

"난 그렇게 생각했어. 혹시 내가 이 테이프를 발견한 건 한미채의 뜻이 아닐까? 내가 준비되기를 기다리고 있다가 마치 숙명처럼 나를 창고로 이끈 것이 아닐까. 이 노래를 되살려 달라고."

나는 아무 말도 할 수 없었다.

민재 오빠는 천천히 의자를 내 쪽으로 돌렸다. 오빠의 얼굴은 일그러져 있었다. 이루 표현할 수 없는 비통함이 거기에 잔뜩 담겨 있었다.

"난, 너무 가슴이 아파. 이 노래들이 진작 발표됐으면 한국 음악계가 완전히 달라졌을 텐데. 아티스트들은 다 안다니까. 자기 작품이 얼마나 대단한지. 폴 매카트니가 〈Hey Jude〉를 썼을 때 이게 역사적인 명곡이 될 거라는 자신감이 없었을까? 난 무조건 믿었을 거라 생각해. 그 곡은 객관적으로 뛰어나니까. 한미채의 곡도 마찬가지야. 이게 당시 우리나라로서 파격적인 시도가 됐을 거라는 것을 당연히 알았을 거야. 이런 과감한 신스 웨이브, 멜로디, 서사….

그런데도 그걸 포기하고 몸을 던졌어. 이건, 보통의 절망과 슬픔으로는 결단할 수 없는 일이야. 나는 그 마음이 느껴져. 지금, 한미채가 내 곁에 있는 게 느껴져. 분명히 그 사람은 내게 말하고 있는 거야. 내 목소리를 들어 달라고. 그래서 네 몸을 빌려서 노래를 다시 해주는 거고. 이 순간이 오기를 그동안 기다리고 있었던 거야. 30년이 넘도록."

그 말을 듣고 있는 동안 나는 아무 말도 할 수 없었다.

5

결국 그날은 아무 결론도 내리지 못했다. 우리는 침묵을 팽팽하게 잡아당겼고 누구도 먼저 손을 놓지 못했다. 이게 뭐 하는 건가 싶은 마음이 그 긴장을 앞질렀을 때 나는 자리에서 일어났다. 아람도 함께 일어났다. 그렇지만 우리는 돌아가는 길은 함께 하지 않았다. 아람이 갈라지는 길까지 뒤따라오기는 했지만 같은 길을 걷고 있던 것은 아니었다.

집에 돌아오자 힘이 쭉 빠져서 엄마와 실랑이할 마음도 들지 않았다. "나 왔어." 하고 나는 그대로 침대로 가 쓰러졌다. 하아. 이러면 엄마가 와서 또 말 걸 텐데. 하는 생각이 뒤늦게 들었는데 역시 좀 늦은 생각이었다.

"우리 딸, 왜 이렇게 기운이 없어? 오늘도 민재네 갔다 왔지? 왜, 연애 사업이 잘 안 풀려?"

엄마가 매번 이런 식으로 말하는 건 그냥 엄마가 이런 사람이라서다. 특별히 내 기분을 고려해서 하는 소리는 아니라는 말이다.

그렇지만 이러는 게 가끔은 도움이 될지도 모른다. 나는 몸을 벌떡 일으켰다.

"맞아. 연애 사업 말인데."

엄마는 마치 순간이동이라도 하듯 재빨리 내 옆에 와 앉
았다.

"이제 본격적으로 들이대는 거야? 그래서? 어디까지 갔
어? 아람 녀석이 방해는 안 되든?"

"그렇게 안 본격적이거든!"

나는 엄마를 밀쳐 침대 바깥으로 쫓아냈다.

"딸을 뭐 남자에 안달 난 사람으로 만들고 있어."

엄마는 내 발밑에 쪼그려 앉아 과장되게 울상을 지어 보
이며 말했다.

"엄마라면 딸의 앞날에 관심이 안 생길 수 없잖아."

"관심도 정도껏 이어야지."

"그래도 뭔가 일이 있는 건 맞지?"

엄마는 싹 태도가 바뀌어 말했다. 물론 여전히 쪼그려
앉은 채였다.

"좋은 일은 아냐."

"뭐가 잘 안돼? 혹시 들키기라도 했어?"

"아아니. 오히려 그 반대."

"반대? 민재가 귀신을 냅다 믿어버린단 말이야?"

"엄마. 자기 직업에 진지한 거 맞아?"

정말 이렇게 말할 땐 항상 헷갈린다니까.

"그럼 잘 돼 가는 거 아냐? 녹음만 끝나고 '사실 이건 오빠를 향한 내 마음이었어!' 하고 밝히면, 빰 빠바밤 —."

엄마는 웨딩 마치 멜로디를 입으로 불렀다. 도대체 한 문장으로 어디까지 전개하는 거야?

"그게 문제라고요. 너무 잘 믿어버렸잖아. 오빠는 내가 노래 부른 게 아니라 한미채가 부른 거라고 정말 철썩 같이 믿고 있어. 난 안중에도 없다고."

엄마는 그제야 조금 진지한 태도가 되었다.

"음. 나중에 밝히면 오히려 역효과려나?"

"그리고 오늘 사건이 생겼는데,"

"사건?"

"스카웃 제의가 왔어. 오빠한테만. 보컬을 바꾸래."

"뭐어어어어?"

엄마는 벌떡 일어났다.

"기획사에서? 대박! 아니, 그런데 보컬을 바꾼다면 네가 아니라 다른 사람 쓰겠다는 거야?"

"응. 그리고 우리한테도 보상을 주겠대. 그런데 이건 묻지 마. 엄마 또 딴마음 먹을 게 분명하니까."

"알았어, 그건 빼놓고 얘기하자. 그래서 민재는? 받아들이겠대?"

"아직 확실히는 말 안 했어. 그런데…,"

"그런데?"

나는 잠시 떠도는 생각들을 붙잡아 핀으로 꽂아놓아야 했다.

"그게 한미채가 노래하는 게 아니란 걸 알게 되면, 오빠는 아무 거리낌 없이 거기로 갈 거 아냐…. 오빠의 고민은 한미채 때문이니까. 나 때문이 아니라."

이번에는 엄마마저도 할 말을 잠시 놓치고 말았다. 엄마는 잠시 주변을 서성이다가 내 옆으로 와 스르륵 앉았다.

"걱정이 많겠구나."

"응."

"어려운 일이네."

"응."

엄마는 내 흘러내린 머리카락을 쓸어 귀 뒤로 넘겨주며 말했다.

"그래도, 이렇게 고민한다는 게 좋은 거야."

"응? 무슨 말이야?"

"충분한 고민 뒤에 내리는 선택은 어떤 것도 틀리지 않아. 고민한 만큼 성장하는 거고. 그게 바로 어른이 돼 가는 과정이야."

"뭐야, 그런 소린…."

이런 원론적인 소리는 아무 도움도 되지 않았다.

"중요한 건 후회하지 않는 거야. 그 순간의 최선을 다하면 후회는 남지 않거든. 복잡하게 생각하지 마. 가장 가슴

깊숙한 네 마음의 목소리를 따르면 돼. 이를테면 그쪽에서 준다는 장학금 같은 것도 말이야."

눈이 번쩍 뜨였다. 엄마가 어떻게 그걸?

"너 대학 보내려고 적금 들어 놓은 것도 있거든. 엄마가 여유롭지는 못해도 대학 정도는 보낼 수 있어요. 그런 거 신경 쓰지 말고 가장 마음 가는 대로 하기. 알았지?"

"거기서 연락 왔었어? 이미 알고 있었는데 처음 듣는 척 호들갑 떤 거야?"

"딸이 얘기하는데 이 정도 리액션은 있어야지."

"에휴…. 아니, 엄마 번호는 어떻게 알았대?"

"글쎄. 민재가 알려준 게 아닐까?"

"그럴 리가. 그래도 친구 엄마 번호를 마음대로 알려줘? 민재 오빠가?"

"음, 내 번호는 찌라시에도 적혀 있고."

"그래도 그게 내 엄마라는 걸 알아야 되잖아."

"그게 중요한 게 아니야."

"중요하지!"

"얘는, 모처럼 엄마가 멋진 말 하고 있는데!"

"안 어울려! 차라리 평소처럼 돈 많은 집 신랑 낚아채 오라는 소리나 하라고!"

"안 그래도 할 거다 —."

"굳이 안 해도 돼!"

어휴, 이 모양이라니까.

간신히 혼자만의 시간을 되찾고 멍하니 누워 있는데 전화가 왔다. 확인할까 고민하다가 화면을 보니 아람이었다. 이어폰을 귀에 꽂고 전화를 받았다.

"어."

"잤냐?"

"아니."

"어."

전화를 걸어놓고 성의가 없었다. 목소리도 약간 눌려 있고 타닥타닥 소리가 들리는 것을 보아 게임이라도 하고 있는 것 같았다.

"잠깐만."

확 끊어버릴까.

잠시 기다려 주니 잠음이 사라지고 명료한 녀석의 목소리가 들려왔다.

"아, 미안. 곧 끝날 줄 알았는데."

"이겼냐?"

"응."

"다 끝나고 걸든가."

"갑자기 생각나가지고."

"뭐가?"

"제안 말야."

"JG?"

"응."

잠시 녀석의 숨소리만 들려왔다.

"어떻게 하고 싶어?"

어떻게 엄마나 이놈이나 내가 머리 비울 시간을 주지 않는다니까. 나는 아무 대답도 하고 싶지 않았다. 아무 결정도 하고 싶지 않았다. 솔직히 정말 모르겠다. 선택을 내가 내릴 수 있는 것도 아니고 어느 쪽이든 괴로울 것만 같아서 그냥 아무 생각 하지 않고 있다가 대뜸 이렇게 하기로 했어, 하고 통보나 받았으면 좋겠다.

그런데 왜 그렇게 다들 집요하게 묻는 건데?

"어차피 결정은 형이 내릴 거라는 거 아는데, 그래도 그냥 니 생각을 듣고 싶어서. 장학금이고 뭐고 다 떠나서, 귀신 쇼 같은 것도 다 집어치우고 말이야. 넌 노래가 하고 싶어?"

아람은 마치 준비한 듯한 말을 던졌다.

"그럼 넌? 어떻게 하고 싶어?"

"난….'

따지고 보면 여기서 가장 반대할 이유가 없는 게 이 녀석이다. 아람은 나랑 작당하고 분신사바에 어울려주고 노래 레슨할 때 녹음할 때 따라다닌 것 말고는 하는 게 없으니까. 그거 그만두고 대신 4년 장학금 받는 거라면 도대체 마다할 이유가 없지 않은가. 이 프로젝트를 진행해서 녀석이 얻는 것이 뭐가 있나. 기껏 시작한 일 그만둬서 찝찝한 것 말고는 없을 것 아닌가. 그거 하나 때문에 장학금을 포기하는 건 아무래도 어리석은 짓이다.

아람은 말했다.

"난 솔직히 정할 자격 없다고 생각해."

"응?"

"내가 이득 보자고 뭔가 말하는 건 아무래도 좀 아니야. 내가 만일 어떻게 하자고 하면 그건 어쨌든 팀원으로서 뭔가 제시를 하는 거잖아. 그건 너랑 의견이 다르면 설득하겠다는 뜻이잖아."

"그렇지."

"그런데 이거로 뜻이 꺾이는 건 너잖아. 생각해 보면 이건 내 일이 아니야. 네 일이지. 이걸 계속하느냐, 돈 받고 그만두느냐. 물론 민재 형 일이기도 하고. 그러니까 난 기권. 다수결이 될지 모르겠지만 네가 하자는 대로 할게."

뭐야 이 녀석.

아람은 지금 내 마음이랑 완전히 반대로 찔러오고 있었다. 그런데 그 말이 맞다. 이건 내 문제고 내가 정해야 할 일이다. 정말 너무하다니까. 난 아직 어른이 될 준비 따위는 되지 않았다고. 그런데 이렇게 등 떠밀기야?

나는 뭐라고 대답해야 할지 몰라 베개에 얼굴을 파묻
었다.

6

다음 날인 토요일. 우리는 다시 작업실에 모였다.

민재 오빠는 작업 중이었다. 아니, 프로그램을 열어 놓
고 멍하니 앉아 있었다. 오빠는 우리가 밖에 들어오고 나
서야 인기척을 알아채고는 허둥지둥 주변을 정리한다.

"뭐야, 눈 뜨고 졸고 있었어?"

"아, 으응. 잠깐 멍하니 있었네. 어, 마실 거? 차?"

"여기까지 올라왔는데 뭔 차야. 문도 안 잠가두고. 이런
큰 집엔 도둑 들어와도 아무도 모르겠다."

나는 그렇게 말하고 카페트 바닥에 주저앉았다.

"우리가 왜 왔는지는 알겠지?"

아람은 침대에 털썩 주저앉는다.

"으응⋯."

오빠는 의자를 천천히 돌려 우리 쪽으로 향했다.

그렇다. 우리는 결판을 지으러 이 자리에 왔다. 우리 노
래의 결판. 내 마음의 결판.

먼저 아람이 말했다.

182

"난 여기서 아무 말도 안 할게. 난 음악이랑 관계없으니까. 그런데 같이 꼼사리 꼈다는 이유로 JG한테서 뭔가를 받을 수 있게 됐단 말이야. 내가 말하는 건 아무 의미 없는 거 같아. 그러니까 두 사람이 정해. 난 그대로 따를 테니."

이렇게 말하기로 어제 우린 약속 했다. 그리고 내 결정은 지금 이 순간까지 미뤄두기로 했다. 아람은 그저 내 뜻을 묵묵히 지지하기로. 그렇지만 테이프의 주인은 민재 오빠니까 결정에는 관여하지 않기로.

민재 오빠는 말했다.

"카톡 봤어. 서로의 입장 생각하지 말고 자기 이야기만 하자고?"

"응."

나는 대답했다.

"우리 집안 사정이라든가 서로의 미래라든가 그런 거 생각하지 말고 각자 가장 원하는 걸 말하기. 그래야 협상이 이뤄질 테니까."

"협상이라 하기엔…."

"너무 매정해? 그런데 어쩔 수 없어. 이건 우리끼리의 협상이기도 하고 각자 자신과의 협상이기도 하잖아. 그러니까 가장 중요한 건 자기 마음을 솔직하게 말하는 거야."

"넌…."

"응?"

민재 오빠는 뭐라 웅얼거렸다.

"넌 항상 그래왔어. 똑부러지고, 마음먹으면 곧바로 움직이고. 반면 난 항상 주저하고 고민하고 겁먹고 그 자리에 주저앉아 있기만 했어."

"뭐야… 갑자기 그런 얘긴 왜…."

"고맙단 말 하려고."

"으, 으응?"

오빠는 의자에서 내려와 바닥에 무릎 꿇고 앉았다. 우리의 거리가 순식간에 가까워졌다. 나도 반사적으로 엉덩이를 들어 어정쩡하게 무릎을 꿇었다.

"고마워. 난 사실 항상 네가 등을 떠밀어주기를 기다리고 있던 건지도 몰라. 그리고 미안해. 지난 몇 년, 나 때문에 너도 마음고생 심했지?"

"아, 아냐. 오빠가 더 힘들었을 텐데. 난…"

"어리광부리고 싶었던 거야. 누가 끄집어내 주기를 바랐던 거야. 이제 아무도 내 목덜미를 잡아 끌어주지 않는다는 걸 알고 그게 너무 절망스러웠던 거야. 난 어릴 때랑 똑같아. 전혀 성장하지 못했어."

무슨 반응을 해야 할까. 그보다 내가 여기서 끼어드는 게 좋지 않을까? 유리에 묻은 얼룩처럼 미묘한 불안감이 엄습해왔다. 그냥 내가 먼저 선수 쳐 버리자. 그래야만 한다는 생각이 본능처럼 밀려들었다.

그러나 고민하는 사이 조금 늦고 말았다.

"그런데 웃긴 게 뭔지 알아? 그런 나를 움직이게 해준 게, 뭐라도 할 수 있게 등을 떠밀어준 게 다름 아닌 한미채였어. 가장 절망스러웠을 때, 난 그 테이프를 발견했어. 그리고 그게 한미채의 음악이라는 것을 알게 됐어. 너희도 봐서 알겠지만 그건, 그건 마치, 이 세상에 내려온 천사 같았어. 도저히 빠져나올 수 없을 것 같은 끈적끈적한 어둠 속에 잠겨 있던 나는 그 음악을 보고, 처음으로 빠져나갈 빛을 발견했어. 난 그 빛을 길잡이 삼아 빠져나올 수 있었어.

그런데 그건 불가능한 구원이었어. 왜냐하면 한미채는 한참 전 사람이고 이미 죽었으니까. 그렇지만 그 영상, 짤막한 목소리는 영원히 남아. 매일매일 영상을 봤어. 인터넷에서 관련된 모든 정보를 찾아 모았어. 일본 웹까지 들어가서. 스스로 음악을 만들었다고? 10대 때에? 한미채의 모든 것을 알고 싶었던 나는 당시의 일본 음악까지 파고들었어. 그 사람은⋯ 지금의 나의 시작이자 끝이야.

그 테이프는 정말 수백, 아니 수천 번은 들은 거 같아. 난 거기 나오는 소리, 사용한 악기, 샘플, 조각 클립들 하나하나를 다 기억하고 구분할 수 있어. 여러 번 테이프 더빙해서 만든 거라 연주도 완벽하지 않고 음질도 조악하지만 말이야. 소리 자체가 사라지는 건 아니니까. 이걸 듣기 위해

당시 사용되던 오디오까지 구해 놨다고.

그러다가 마침내 장비를 갖추고 이 음악을 복원해야겠다고 마음먹었을 때 네가 나타난 거야. 모든 게 맞물리고 있어. 마치, 마치 우리가 이어져 있는 것처럼."

"오빠."

도저히 듣고 있을 수 없었다. 더 말하게 됐다간 늦어버린다. 내 말의 조각은 이 대화와 점점 멀어지게 된다. 지금 억지로라도 끼워 넣을 수밖에 없다.

"나 할 말 있어."

나는 말했다. 그렇지만 오빠는 내 어깨를 와락 붙들고 말했다.

"믿어져? 이 세상에 존재하지 않는 사람인데, 그것도 아주 오래전 사람인데. 그 사람과 내가 이어져 있다는 기분이 든단 말이야. 이건, 인연이라고밖에 생각되지 않아!"

"…."

제발, 그만둬. 도대체 무슨 얘기를 하려는 거야?

"난 그 사람과 계속 함께 있고 싶어. 그러려면 네가 필요해. JG의 제안은 나도 포기하기 힘들 만큼 엄청난 거야. 그런데, 그렇지만, 나한테 진짜 필요한 건 한미채의 노래야. 그러니까…"

"나 거짓말했어."

이 바보. 왜 지금 말하는 기야?

186

"빙의? 귀신? 그거 사실 다 쇼였어. 아람이랑 엄마랑 짜고 한 거야. 오빠랑 녹음하려고."

"무슨… 소리야?"

"나 요즘 학교에서 노래 연습하고 있어. 음악 선생님이 친절해서 도와주고 있어. 선생님도 쇼와돌 매니아더라. 둘이 만났으면 좋았을 텐데. 그보다, 그러니까, 녹음한 거는 전부 내 목소리였다는 거야. 그러니까 꼭 내가 아니라도 상관없다는 말이야."

오빠의 손이 천천히 나에게서 떨어졌다. 눈동자와 손끝이 자석의 같은 극끼리 만난 것처럼 비틀거렸다.

나도 왜 내 입에서 그런 말이 재생되는 건지, 이해할 수 없었다.

늘 그려보았지 내가 떠나왔던 곳
하지만 난 좀 두렵고 낯설기도 해

눈물이 나왔지 난 도망치고 싶었어
내게 주어진 이 짐이 너무 무거워

새하얀 눈동자들 등을 찌르는 시선
나는 내가 아니었고 그저 꼬리표였어

난 보았어 저 구름이 흘러가는 걸
여기 붙잡힌 날 내려다보았어
난 몰랐어 내 마음이 꿈틀대는 걸
처음 알게 됐지 꿈이 있단 걸

늘 알고 있었지 난 어디에도 끼지 못해
뒤를 밀치지 말아요 난 귀를 막았어

운동장은 넓고 담장은 너무 높고
나는 네게 낯설었고 너도 그랬지

난 보았어 저 멀리서 빛나는 걸
눈부시도록 날 감싸안았어
난 알았어 내 품안에 접혀 있는 걸
높이 치켜올릴 하얀 날개가

울었어 가득히 심장까지
바람이 차가운 볼을 때렸어

난 보았어 저 멀리서 빛나는걸
눈부시도록 날 감싸 안았이
난 알았어 내 품안에 접혀 있는 걸
높이 치켜올릴 하얀 날개가

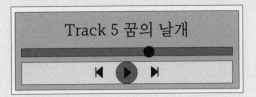

Track 5 꿈의 날개

1

"무슨… 말인지 모르겠어. 왜 그런 소리를 하는 거야?"

오빠는 말했다. 목소리에는 힘이 없었고 구멍 뚫린 풍선처럼 이리저리 흔들리고 있었다.

모든 것을 마법처럼 얻는다는 것은 애초에 불가능했어. 이건 어차피 말도 안 되는 작전이었잖아. 안 그래? 진실이 무엇인지, 넌 이미 알고 있었어. 지금 하는 일은 그저 아무 의미 없는 몸부림일 뿐이었지.

부서져라 김단비. 그럴 거면 차라리 네 모든 것을 다해 진심을 전하는 거야. 어차피 끝장난 일, 마음에 한 점 후회

없도록. 그리고, 그리고….

그렇지만 내 입에서는 머릿속과 다른 말이 흘러나오고 있었다.

"말 그대로야. 다 거짓말이었다고. 언제 알아채나 궁금했는데, 그런데 그럴 필요 없어졌어. 오빠도 고민됐지? 우리랑 지금까지 해온 게 있는데 헌신짝처럼 버리는 게 미안했잖아. 그런데 그럴 필요 없어졌어. 솔직히 다른 데도 아니고 JG잖아. 우리나라에서 비교할 데가 없는 최고 높은데라고. 이거 거절하면 적어도 JG에서 일할 기회는 없을 거야. 그러니까…."

내가 내뱉는 한마디 한마디가 가시로 만든 길을 지나오는 것 같았다. 심장에서부터 목구멍까지가 쿡쿡 쑤셔서 말을 이어갈 수 없었다. 그렇지만 참아야 했다. 이 자리에서는 눈물을 보이면 모두 허사가 되고 만다.

그래서 나는 참아야만 했다. 하지만 말을 길게 이어가는 게 너무 힘들었다.

어깨에 닿는 묵직한 손이 느껴졌다. 어느새 내 뒤로 다가온 아람이 내 왼쪽 어깨에 손을 얹고 있었다. 녀석은 한쪽 무릎을 꿇고 있었지만 여전히 나보다 많이 높았다. 아래에서 올려다본 녀석의 얼굴은 그늘져 보였다. 나는 그런 석상 같은 그의 얼굴은 한 번도 본 적 없었다.

"미안. 방금 한 말 취소."

아람은 말했다.

"안 낀다고 했는데 그래선 안 될 거 같아. 나도 여기 참 전해야겠어."

도대체 이 녀석이 뭘 하려고 그러는 거지? 나는 여전히 아무 말도 할 수 없었다.

"그거, 하지 말자. 아무래도 그건 아닌 거 같아."

넌 나와 입을 맞추기로 약속했잖아! 나는 삐끔거렸다. 녀석은 나를 슥 내려다보더니 민재 오빠에게 시선을 돌리고는 말했다.

"아무래도 그 아저씨 아는 말 좀 밥맛이거든. 대기업이고 돈 많은 어른이고 그래서 자기가 마음대로 다 할 수 있는 것처럼 굴잖아. 형을 스카웃하려는 것도 그냥 돈 많은 놈들이 이것저것 인수해서 갖고 있는 거랑 똑같은 거 아냐? 정말 어떻게 잘 쓰겠다 이렇게 약속한 것도 아니고 그냥 인턴 후에 정규직 기회를 주겠다 이거잖아. 확실히 해야 하는 건데 그 사람은 형 자체를 보고 스카웃하려는 게 아니라 음악 저작권을 사려는 거야."

그것은 정론이었다. 마치 준비해 오기라도 한 듯한 말이었다.

"당연히 나한테도 받는 게 이득이긴 한데, 게다가 난 한 것도 딱히 없고 덩달아 장학금을 받는 거잖아. 굉장히 아깝긴 한데, 이거 엄마힌데 비밀로 하고 용돈으로… 아니 그게 아니라."

마지막은 원래 계획이었겠지.

"무엇보다, 그런 아저씨의 계략 때문에 우리가 하던 일을 중단하는 게 맘에 안 들어."

아람은, 단호한 목소리로 말했다.

"솔직히 말할게. 우리가 짠 거야. 아, 여기선 단비네 아줌마도 한몫했다? 그런데 단비가 노력한 건 진짜야. 매일 학교 끝나고 음악실 가서 레슨 받고 있다고. 목 푸는 게 얼마나 웃긴지 알아? 막 기러기 소리가 난다니까?"

나는 여기서 요란을 떨 수도 없었다.

"난 이 노래는 단비가 해야 한다고 생각해. 왜냐하면 우리는 팀이니까. 우리 세 사람이 시작했고 지난 몇 주 함께 노력해 왔으니까. 속인 건 미안하지만 이쪽도 나름 필사적이었다고."

"아니야!"

난 간신히 목소리를 낼 수 있었다.

"난, 난 오빠를 속였고 그래서 같이 노래할 자격이 없어! 아무리 그쪽에서 이용한다고 하더라도 기회가 생기는 거잖아! 그걸 부정할 순 없는 거야. 오빠는 지금 대학도 다니다 말았고 귀중한 20대 초반을 지금 허송세월하고 있잖아. 기회가 왔을 때 잡지 않으면 안 돼. 우리도 마찬가지야. 나, 난, 거기서 벗어날 수 없어."

"왜⋯."

민재 오빠는 털썩 주저앉았다. 무릎을 세우고 얼굴을 거기에 묻는다. 조금 전보다 힘이 없어진 목소리였다.

"왜 그랬던 거야⋯?"

민재 오빠는 말했다.

무엇에 대한 물음일까. 아니, 이게 물음이긴 한 걸까? 나는 아무 대답도 할 수 없었다.

"휴. 엉망진창이구만."

아람이 쭈그려 앉으며 말했다. 그러더니 불쑥 몸은 일으키더니 민재 오빠의 티셔츠 옷자락을 붙잡고 억지로 일으킨다. 녀석의 태도는 이전과는 완전히 달라졌다.

"형이 말하란 말이야! 뭘 어떻게 하고 싶은 거야? 진짜 귀신이 온 게 아니라서 실망한 거야?"

"그만해!"

나는 일어나서 아람의 팔에 매달렸다. 하지만 녀석은 말을 멈추지 않았다.

"아니면 정말 JG에 가고 싶은 거야? 나는 확실히 말했어. 언제까지 즉답을 피하고 남들 눈치만 보고 있을 거야?"

어깨와 팔뚝이 탄탄하게 빛났던 민재 오빠는 이제 아람이 흔드는 대로 출렁거리고 있었다. 나는 둘을 떼어놓으려고 애를 썼지만 아무 소용이 없었다.

아람 녀석은 갑자기 왜 이러는 걸까? 자기는 선택권이 없다고 하더니 갑자기 태도를 바꾸고는 이젠 진심으로 화를 내고 있다. 둘 사이에 내가 모르는 어떤 일이 있는 걸까? 아람은 이따금 혼자서 이 집을 찾고는 했다. 나한테 말할 필요도 없는 친목질이었다는데 그때 무슨 일이라도 있었던 것은 아닐까 하는 생각이 들었다. 지금 생각해봐야 알 수 없는 일이다. 지금은 두 사람을 말려야 한다.

"난…."

민재 오빠는 말했다. 그것은 말이라기보다는 신음에 가까운 소리였다.

"정말… 기대했었어… 미채를 만날 수 있다고 해서… 그랬는데…."

"미채고 뭐고! 그건 지나간 일이잖아! 언제까지 그런 거에 집착할 건데!"

마침내 아람은 오빠를 침대 위에 내동댕이쳤다.

"정말 모르겠어? 왜 우리가, 왜 단비가 이런 장난을 꾸민 건지! 그러고도 네가 소꿉친구야? 그러고도 남자냐고!"

민재 오빠는 침대에 쓰러진 채로 믿을 수 없는 것을 바라보는 듯한 눈으로 아람을 올려다보았다.

"너, 설마."

아람은 움찔했다. 마치 말이 턱에 걸려 넘어가지 못하는 것처럼.

"설마…."

나도 눈치가 있다. 두 사람이 눈빛만으로 무언가를 나누고 있다는 것 정도는 알 수 있다는 말이다. 비록 그것이 무엇인지는 몰라도. 왜 아람은 이렇게 화를 내는 걸까? 그리고 민재 오빠는 이제 그 이유를 알아버렸다는 것일까? 왜 두 사람 다 나에게 직접 얘기하지 않는 거야? 조금 서운함마저 느껴졌다.

아람은 반대쪽으로 고개를 돌렸다. 이해할 수 없는 긴장이 이 방을 가득 채우고 있었다. 나는 입을 뻐끔거릴 수밖에 없었다.

마침내, 민재 오빠가 말했다.

"너 혹시…."

"그만."

아람은 현실을 부정하려는 듯 말한다. 하지만 부질없는 짓이다. 민재 오빠는 멈출 생각이 없다.

"너도 그랬던 거야?"

"아니야."

"그랬던 거야?"

민재 오빠는 천천히 침대에서 내려와 일어선다. 그리고 진중하고 퀭한 눈으로 아람을 똑바로 바라보며 말했다.

"너도, 한미체힌데 빠져버렸다는 말이야?"

엥?

아람은 오빠 쪽으로 고개를 홱 돌렸다. 뭔가 뚱한 표정이다.

오빠는 대체 무슨 소리를 하는 거야?

내가 아무리 바보라도 그게 아니라는 것쯤은 안다.

2

조금 황당하게 상황이 진정되고 말았다.

나는 힘이 풀려 바닥에 주저앉았다. 아람도 마찬가지인 듯했다.

"하하하핫!"

아람은 엉덩이 깔고 앉은 채로 천장을 향해 큰 소리로 웃었다.

"내가 못 산다니까."

"그러니까 뭔데!"

민재 오빠가 외쳤다. 오빠는 침대에 다시 걸터앉아 있었다.

"지금 뭐가 많이 복잡해졌지?"

아람은 내 쪽을 보며 말했다.

"이게 누구 때문인데!"

나는 외쳤다.

"나 때문은 아닌 거 같은데."

"뭐어?"

"그러니까 얘기를 정리해 보자. 이거, 어디서부터 해야 하지?"

민재 오빠가 말했다.

"아니. 오늘은 날이 아닌 거 같아."

아람은 슥 일어서며 말했다.

"난 빠질게. 두 사람이 먼저 정리하는 게 좋을 거 같은네."

"도망가려고!"

나도 뒤따라 일어났다.

"아냐. 내가 있으면 매듭이 안 풀리니까. 두 사람이 정리되면 그 뒤에 내가 끼는 거로 하자."

녀석은 뒤돌아 나갔다.

그런데 지금 이 상황에서 나 혼자 뭘 어쩌라는 말이야. 오빠랑 단둘이 남아서 거짓말해서 미안하다고 싹싹 빌기라도 하란 말이야? 나는 문밖을 향해 걷는 아람의 뒤로 재빨리 따라붙었다.

"나도 오늘은…."

뒤를 슬쩍 보았다. 민재 오빠는 고개를 끄덕였다. 평소대로의 하얀 표정이있다.

그렇게 모임은 끝났다. 배웅은 없었다. 우리는 대문을 나설 때까지 아무 말도 하지 않았다. 다음은 어떡하지. 어제처럼 또 말없이 각자 길을 걸어야 하나? 아니면 이 기회에 단단히 따져 물을까. 왜 갑자기 끼어들었냐고. 무슨 꿍꿍이냐고.

"아."

녀석은 소리를 냈다.

"응?"

나는 반사적으로 올려보았다. 생각에 빠져 있느라 녀석이 옆에 서 있다는 사실마저 잊고 말았다.

"말했듯이 너랑 형이랑 얘기하는 게 먼저니까 내가 같이 있으면 안 되겠지?"

"어엉?"

"나 먼저 간다. 빠잉!"

조깅하는 자세로 뒷걸음치던 녀석은 손을 번쩍 들어 흔들고는 그대로 몸을 돌려 달려나가 버렸다.

"어어…?"

저 녀석이 성큼성큼 달려가면 난 따라잡을 수 없다. 커다란 나무 대문 앞에 혼자 남겨진 나는 길이라도 잃은 것처럼 서 있었다. 그렇게 춥지 않은 12월이었다. 그렇지만 바람이 품속으로 들어오니 등까지 소름이 돋는 것 같았다. 나는 옷깃을 여미고 걷기 시작했다.

집에 와서 방에다가 금줄을 걸어놨다. 잡귀와 엄마가 들어오지 말라는 의미였다.

오늘 있었던 일을 가만히 복기해 보았다. 오빠는, 한미채를 사랑하게 된 걸까? 불가능한 일이라 생각하지는 않는다. 사람은 어떤 존재든 사랑할 수 있다. 피그말리온은 자기가 만든 조각상을 사랑했고 나르키소스는 자기 자신의 모습을 사랑하게 되었다. 연예인에 빠진 애들도 비슷하다. 결국 그 애들이 사랑하는 것은 실제 사람이 아니라 가수나 배우의 형상과 사진이다. 그 대상이 단지 오래전에 죽은 사람이 되었을 뿐이다.

그렇다면 그 집착도 이해 안 되는 것이 아니다. 오늘 하려던 말도 아마 스카웃을 거절한다는 말이었을 것이다. 오빠는 한미채가 나에게 빙의됐다고 믿었으니까. 생각해 보니 그렇게 쉽게 믿어버린 것도 이상한 일이다. 아마 한미채에 대한 열정이 눈에 보이는 것을 유리하게 해석해버렸던 것이리라. 그렇게 본다면 오히려 이해가 쉽다.

나는 그것을 도저히 견딜 수 없었다. 사실 진작 눈치채지 못할 것도 없었다. 단지 나 또한 그 사실을 외면하고 싶었을 뿐이었다. 오빠가 나와 녹음하는 이유가 나와 어울려주는 이유가 오직 한미채 때문이라는 사실을 인정하고 싶지 않았다.

한미채. 폰을 들어 사진을 다시 찾아보았다. 정말이지, 눈부시도록 예쁜 사람이었다. 이런 사람이 그렇게 일찍 세상을 그것도 스스로 택해서 떠나야 했다는 것이 나도 안타까웠다. 아니, 어쩌면 그랬기에 가장 아름다운 모습으로 영원히 남아버린 건지도 모른다. 그래서 오빠가 그렇게 몰입하고 있는 건지도 모른다.

죽은 사람은 영원히 그 모습으로 남으니까. 한 번 떠난 사람은 두 번 다시 떠나가지 않으니까.

어라.

내가 질투를 느끼는 건가?

문득, 내가 녹음 몇 개를 남기고 훌쩍 작별을 고한다면 나도 그렇게 전설이 될 수 있지 않을까 하는 생각도 해보았다.

아니지. 그럴 일 없을 것이다. 나는 한미채만큼 예쁘지 않고 빛나지 않으니까.

별의별 생각이 다 오간다. 그래도 이제 빙의 연기는 하지 않아서 다행이라는 생각도 들었다. 솔직해지니 마음이 더 편한 것도 사실이었다. 비록 완전히 솔직하지는 못했지만.

스스로 빛나는 사람. 나는 결코 그렇게 되지 못한다. 나 혼자만으로는 아무것도 될 수 없으니까. 생각이 흘러 흘러 노래 가사에 미쳤다. 혼자서 빛나고 말 거라고 당차게 외치는 노래. 높이 치켜올릴 날개가 내 품 안에 접혀 있다는 노래. 나는 이런 노래를 만들 수 있는 사람은 언제나 빛이 난다고 생각한다. 오히려 얼굴은 부차적이다.

이 노래들은 작사가의 인생과 얼마나 관계있을까? 선생님은 이 노래 가사들이 어느 정도 연결돼 있다고 말했다. 그런데 그건 그냥 소설일 뿐일까, 아니면 한미채 자신의 이야기이기도 할까. 개인적인 것이 전혀 담기지 않은 노래는 없을 것이다. 문제는 그 정도다. 한미채는 여기에 얼마나 자신의 이야기를 담았을까?

정규 교육과정의 힘을 빌려 보자. 문학에는 원관념과 보조관념이 있다. 원관념이 말하고자 하는 것이라면 보조관념은 그것을 가리키는 비유라든가 상징 따위의 도구들을 말한다. 가사 각각이 가리키는 상황은 창작일 수 있다. 그렇지만 그 상황 이면에 실제 말하고자 하는 것이 있을 수 있다.

반대로 몇몇 장면은 구체적으로 겪은 것일 수도 있다. 예를 들면 〈꿈의 날개〉의 '뒤를 밀치지 말아요. 나는 귀를 막았어.'라는 문장은 조금 뜬금없게 느껴진다. 이런 게 실제 작사가가 겪은 일이라면? 구구절절 설명할 필요가 없을 수도 있다. 그것만으로도 본인에게는 강렬하게 다가올 테니까.

이렇게 하나하나 분석해 보면 일 수도 있지 않을까?

과연 작사가에게 무슨 일이 있었는지.

나는 가사를 옮겨 적은 메모를 꺼내 들었다.

3

일요일에는 아무와도 연락하지 않고 방안에서 빈둥댔다. 만나기 직전에 민재 오빠는 새로 녹음된 곡들의 가믹스 본을 클라우드에 올려놓았다. 나는 그것들을 듣기도 하고 미뤄둔 드라마를 보기도 하며 적당히 시간을 보냈다.

가믹스? 언제 설명을 들었는데 정확히 기억나지 않는다. 믹싱은 뭐고 가믹스는 또 뭘까. 일단 불완전한 버전이라는 것만은 알 것 같다. 내가 듣기로는 이미 그 자체로 완벽해 보이지만. 그런데 새로 올라온 곡은 두 곡뿐이었다. 〈꿈의 날개〉와 〈가벼운 발걸음으로〉. 〈고요한 메아리〉는 빠져 있었다. 왜일까. 개인적으로 가장 부르기 편했던 곡이라서 들어보고 싶었는데. 이것도 물어봐야 했지만 지금처럼 껄끄러운 상황에서는 불가능한 일.

엄마도 금줄의 의미를 이해했는지 별다른 것을 묻지 않았다. 그보다도 진상손님 때문에 다른 데 신경 쓸 겨를이 없는 것 같았지만. 부적이 효험 없다고 항의해온 손님이 있는 모양이다. 그 바람에 나 없는 사이 경찰도 오간 모양이고 꽤 부산스럽게 보낸 것 같았다.

"이게 다 집이랑도 연관 있다니까. 점집이 이런 아파트에 있으니 신뢰가 안 생기는 거야. 내가 어디 깊숙한 암자에 있어 봐 봐. 위엄이 딱 절로 생기고 이런 잡손님도 절로 멀어질 테고."

저녁밥을 먹으면서 엄마는 말했다.

"절이랑은 좀 세계관이 안 맞지 않아? 그래서 거기서만 암자라고 한 거야?"

"아무튼 말이야. 하다못해 가게가 마당 딸린 으리으리한 이층집이어 봐. 들어오는 마음이 달라질걸?"

"어휴. 오늘 그 소리 안 나오나 했다."

"그런데 정말 아무 진전 없어? 뭔가 일이 있긴 있었지?"

"엄마가 기대하는 건 하 ─나도 없네요."

"그럼 미션 실패네."

엄마는 시무룩하게 입을 아래로 죽 늘리며 말했다.

"미션이 언제 있었다고."

"12월의 연애 사업이라면 누가 말해주지 않아도 미션이 있는 거나 마찬가지지. 내일이 바로 그날이잖아."

"그날?"

"응."

"무슨 날?"

엄마는 먹는 것도 멈추고 나를 빤히 바라보았다.

"정말 몰라서 물어? 크리스마스잖아."

나는 물을 마시다가 그만 사레들리고 말았다.

"컥컥. 아니, 크리스마스는 무슨! 내일이 그날인 줄도 몰랐네."

"아니, 너희 셋 중 아무도 그걸 의식하지 않았단 말이야? 얘들 좀 봐. 어떻게 다들 그러니?"

"크리스마스가 뭔 상관이냐고! 아니, 그보다 자꾸 세계관 안 맞는 소리 할래?"

이것저것 다 받아들이는 게 무속이라지만 적어도 남의 종교 기념일까지 챙기는 건 좀 그렇잖아.

"그래도 말이야."

엄마는 배시시 웃으며 말한다.

"이럴 때가 아니면 언제 핑계라도 만들어보겠니. 기념일이란 게 별거 아니다? 아무 이유 없어도 그날이니까, 하면서 뭔가를 할 수 있는 게 바로 기념일이야."

엄마의 가치관은 정말이지 평생을 살아도 잘 모르겠단 말이야.

그래도,

일리는 있는 말이었다.

크리스마스가 나에게 특별하지는 않아도 그날을 핑계로 뭔가 일을 꾸밀 수는 있는 것이다.

일을 꾸미다니. 왜 자꾸 생각이 이런 쪽으로만 도나 모르겠다. 분명히 엄마 때문이라고.

단지 뭔가를 시도할 기회는 생기지 않을까. 꼭 뭔가 작전을 세우지 않더라도 말이다. 적당히 분위기를 타고 무슨 일이 벌어지고 말지는 않을까.

괜히 싱숭생숭해져서 한 시간을 침대에서 굴러다녔다. 그리고 벌떡 몸을 일으켜 결심했다. 아니 그 전에, 세수부터 하고.

내친김에 샤워까지 하고 양치도 하고 잠옷으로 갈아입었다. 그리고 용감하게 폰을 집어 들었다. 몇 달 전부터 바뀌지 않는 민재 오빠의 카톡 프사를 보았다. 이제 보니 저 프사는 P 어쩌고 하는 회사의 로고였다. 작업실에서 많이 봤는데 그걸 가까이에서 찍은 것이었다. 이 브랜드에 특별한 애착이라도 있는 걸까.

그쪽도 전화를 꺼리는 성격이라서 다행이었다. 나는 메시지를 작성했다.

> 오빠. 어제 일로 얘기를 했음 좋겠어.↵
>
> 내일 괜찮아? 아람 없이 우리 둘만.↵

숫자는 바로 없어졌다.

"너무 빨라!"

아마 폰을 보고 있다가 실수로 확인해 버린 거겠지. 그렇다면 답은 조금 늦어질 거리 예상할 수 있다. 그럼 조금

더 마음의 준비를,

떵동.

마음의 준비할 새도 없이 들려온 건 내 카톡 알림음이었다.

↳ 응. 저녁때 괜찮아?

짧은 메시지였다. 구구절절 사연 잔뜩 담긴 장문보다 이게 나으려나. 만나서 얘기하는 건 확실히 다르니까. 나도 바로 답장했다. 그렇지만 이것은 준비된 내용이었다.

응. 그런데 모처럼 밖에서 보자. 밖에 괜찮아?↵

왜냐하면 크리스마스 묻어가기를 하려면 전등도 있고 장식도 있고 빨간 모자도 있는 바깥이 나을 테니까.

이번엔 시간이 조금 걸렸다.

↳ 응. 갈 만한 데 있어?

물론 생각해 놨다.

상가에 새로 생긴 카페 있더라. 거기 어떨까?↵

↳ 그래 좋아.

시간은? 6시?↵

↳ 응.

그렇게 시간과 장소가 정해졌다. 남은 건 결전뿐.

4

나는 하늘을 올려다보고 있었다.

하늘은 높고 파랗고 아득했다. 구름이 지나가고 있었지만 마치 나를 내려다보고 혀를 차며 지나가는 것 같이 느껴졌다.

나는 내 발을 내려다보았다. 거기에는 족쇄가 채워져 있었다. 이게 뭐지? 너무 쉬운 상징이잖아. 이런 건 내신 문제로도 쓸 수 없다고.

맞아. 이긴 그냥 상징이야. 실제가 아니란 말이야. 나는 묶여 있지도 않고 하늘은 그리 맑지도 않다. 겨울 하늘은 저렇게 새파랗지 않다는 걸 나는 알고 있다.

그런데 왜 나는 여기서 벗어날 수 없는 걸까? 아하. 지금 나는 꿈을 꾸고 있구나. 내 몸은 지금 축 늘어져 있고 머리는 통제를 잃었고 머릿속에는 아무 상관도 없는 이미지가 두서없이 떠오르는 흔한 상태로구나.

잠깐, 이런 장면 왠지 낯이 익은데.

마치 발을 헛디딘 것처럼, 내 몸이 앞으로 확 쏠렸다. 뒤를 돌아보니 교복 입은 녀석들이 서 있었다. 얼굴은 보이지 않았다. 그게 어떤 교복인지도 불분명했다. 그저 교복 입은 녀석들이라는 사실만을 내 머리가 이해할 뿐이었다.

그중 하나가 말했다.

"야, 쟤네 엄마 무당이라며?"

하지 마.

"진짜야? 그럼 대통령도 하는 거야?"

"아니지. 대통령은 꼭두각시고 쟤네 엄마가 실세지."

하지 말라고!

"와 무섭다. 우리 이러다가 살 맞는 거 아니야?"

"그럼 어떻게 돼? 갑자기 막 이이이이 하면서 뒈지는 거야?"

마지막에 말한 녀석은 마비된 것처럼 우스꽝스럽게 연기한다.

하지 마!

나는 소리를 지르려 했다. 하지만 목소리가 나오지 않았다. 내 목 역시 쇠사슬로 메여 있었다.

어떻게 목을 쇠사슬로 묶은 건지, 또 어떻게 그런다고 목소리가 안 나오는 건지 이해되지 않았다. 그렇지만 꿈에 이유는 필요 없었다. 그냥 그렇다면 그렇게 되는 것이다. 나는 발버둥 치려 했지만 쇠사슬은 나를 점점 더 강하게 죄어올 뿐이었다. 녀석들의 웃는 모습, 강신굿을 흉내 내는 모습, 빗자루 끝으로 위협하듯 찔러대는 모습 등이 파노라마처럼 지나가며 쇠사슬은 마침내 내 얼굴 전체를 가려버렸다.

녀석들의 얼굴은 마지막까지 알 수 없었다. 그 어떤 녀석의 얼굴도 나는 똑바로 보지 못했다. 분명히 시야에 다 들어오고 있었는데. 오직 보이는 것은 이를 드러내고 웃는 입, 입들이었다.

5

그러니까 난 이미 알고 있었다. 그게 꿈이라는 사실을 말이다. 항상 악몽은 이렇게 자각몽처럼 나타났다. 생동감은 없지만 그대시 너욱 신남이 빠신나. 서기서 벗어날 수 없다는 아득한 느낌 때문이다.

종종 꾸는 꿈이었다. 그래도 최근 몇 년은 한 번도 이런 일이 없었는데. 조금씩 어스름이 걷히는 방의 천장을 보면서 생각해 보니 이런 꿈을 더는 꾸지 않게 된 건 고등학교 2학년이 되면서부터였다. 어째서였을까. 1학년 때만 해도 나는 제법 소심했다. 중학교 때의 악연은 대부분 잘려 나갔지만 나는 여전히 겁을 먹고 있었고 친구를 사귀는 데에도 어려움을 겪었다.

그런 내 처지가 확 뒤바뀐 게 2학년 때부터였다. 맞아, 그랬다. 고2의 나는 이전과는 완전히 다른 존재였다. 왜 그 랬을까. 특별한 계기라든가 사건이 있었던 것은 아니었다. 권아랍. 그 녀석의 공을 생각하지 않을 수는 없다. 이상

210

하게 녀석은 조금 음침해 보였을 나를 거리낌 없이 대했고 나는 그 덕에 조금씩 본래 성격을 되찾아갈 수 있었다.

그 변화는 나 자신도 알아채지 못할 정도로 시나브로 지나갔다. 아마 아람도 몰랐을 것이다. 당연히 과거의 내 모습을 알 리는 없었을 테니까. 그렇지만 그렇게 내 삶에 나타나 준 것만으로도 녀석은 내 모습을 되찾아 주었다. 그 사이 민재 오빠는 점점 멀어져 갔지만.

그러니까 이건 지난 2년의 결판이기도 했다. 우리가 서로 잃어버린 것들을 마주할 순간이기도 했다.

방문 앞에는 작은 봉투가 놓여 있었다. 색연필로 조잡하게 산타와 사슴이 그려져 있었고 위에는 Merry Christmas 라고 적혀 있었다. 안에는 5만 원짜리 두 장과 포스트잇이 들어 있었다.

산타가 착한 아이에게.

"참 나."

엄마는 한 번도 이런 식으로 선물을 준 적이 없었다. 그런데 산타의 선물을 받을 수 있는 사회적 상한선에 이렇게 턱 던져주다니. 게다가 어릴 때야 얼마가 됐든 상관없겠지만 스무 살을 앞둔 지금 10만 원은 선물이라 하기에는 좀 간지러운 금액이다. 물론 감사히 받겠지만.

포스트잇 뒷면에도 글씨가 있었다.

군자금. 오늘 다 쓰고 오도록!

그런 의미였구만. 나는 중얼거렸다. 엄마는 일찌감치 외출한 것 같았다. 그러니까 이렇게 편지만 남겨둔 거겠지. 나는 여유롭게 한나절을 보냈다. 여자애들이 번갈아 가면서 전화해서 내 안부를 물어 왔다. 어제부터 카톡이 쌓여 있었는데 난 하나도 확인을 안 하고 있었다. 요즘 통 놀아주지도 않아서 꽤나 쑥덕대던 모양이다. 녀석들의 관심사는 내가 크리스마스에 굳센 우정을 져버리고 남몰래 만나는 누군가가 있는가다. 그렇긴 한데, 내가 노래 연습 중이었고 방울 들고 폴짝폴짝 뛰어다녔다는 얘기는 누구에게도 한 수 없지 않은가. 넉분에 내 친구들은 크리스마스에는 다들 한가하다는 사실만 알게 됐다.

결전의 때는 금방 다가왔다.

걸어가는 동안에는 마음을 다잡을 겸 음악을 듣기로 했다. 요즘 쇼와돌에 말 그대로 빙의하느라 그런 음악밖에 듣지 않아서 뭘 들어야 할지 선뜻 고를 수 없었다. 약속 장소까지는 걸어서 10분 정도. 고민하다보면 한 곡 정도밖에 듣지 못한다.

"으음."

아니다. 차라리 내가 부른 노래나 다시 들어볼까 하는 생각이 들었다. 오늘 음악 관련 얘기를 하게 될지도 모르니까. 마침 폰에서 미지믹으로 재생된 음악이 〈가벼운 발걸음으로)였다. 맞아. 지금은 발걸음을 가볍게 해야 할 때. 이어폰으로 되돌아온 내 목소리를 들으면서 나는 앞으로 나아갔다.

하얀 양떼구름이 흘러 지나고
끝없는 하늘 아래 바다가 펼쳐져
두둥실 떠오른 내 몸과 마음은
언젠가 더 높이 한계 위로 오를 거야

계절에 어울리는 노래는 아니었다. 하지만 내가 듣기에도 이 노래는 좋았다. 솔직히 말하자면 요즘 사람들 중에 이 노래를 소화할 수 있는 사람이 있을까 하는 생각이 들 정도였다.

마침 눈발이 날리기 시작했다. 화이트 크리스마스였다.

약속 장소는 학교와는 반대쪽에 있는 상가에 있는 카페다. 이 카페를 고른 이유는 애들한테 잘 알려지지 않은 장소고 아늑하고 오래 앉아 있어도 될 만한 분위기였기 때문이다. 그리 넓은 곳은 아니었지만 좌석이 구석구석에 있어서 남들 신경 쓰지 않고 대화하기에 적절해 보였다.

카페에 들어서니 한 달인가 전에 왔을 때와는 분위기가 또 달랐다. 재즈풍 캐럴이 흐르고 있었고 조금 어두운 실내에 주황색 조명과 과하지 않은 크리스마스 장식이 날짜를 실감케 했다.

민재 오빠는 먼저 와서 눈에 띄는 자리에 앉아 있었다. 10분 정도 일찍 온다고 했는데도 한발 늦어버렸다. 하지만 덕분에 눈치채지 못하게 오빠를 관찰할 기회가 생겼다.

처음 보는 모습이었다. 약간 덥수룩한 머리는 잘 다듬어져 고정돼 있었고 평소와 달리 세미 정장 차림이었다. 조금 과감한 보라색 와이셔츠와 조금 연한 빛의 재킷이 의외의 조화를 보여주었다.

생각해 보니, 민재 오빠를 사회에서 보는 것이 처음이다. 민재 오빠가 완전무장을 하고 나를 만나는 게 처음이라는 말이다.

그 또한 내가 알지 못하는 오빠의 모습이었다.

너무해. 난 그냥 평범하게 학교생활을 채운 고등학생인데. 내가 새로 보여줄 건 하나도 없는데. 오빠는 매번 이렇게 내가 알지 못하는 모습을 보여주었다.

그렇지만 그게 좋은가 나쁜가 생각해 보자면

정말이지, 끝내주게 멋있었다.

우리에겐 있을 수 없는 첫 만남이잖아.

지금까지와는 조금 다른 설렘이 느껴졌다. 나는 어떻게 접근할까 고민하면서 입구에서 직원의 눈초리를 받으며 서 있었다. 그러던 순간, 고개를 든 오빠와 눈이 마주쳤다.

손을 들고 반갑게 웃는 모습. 무심코 튀어나온 그 사람

본연의 모습이었다. 우리가 심각한 얘기할 거라는 것을 잊기라도 하듯.

가슴이 두근거리기 시작했다. 왜 이러지? 한 번도 이런 적은 없었는데.

나는 천천히 테이블로 다가갔다. 내가 앉을 자리가 미리 마련돼 있었다.

"일찍 왔네."

"나보다 먼저 온 사람이 할 소리야?"

나는 자리에 앉으며 말했다.

"기분 전환도 할 겸 아까 낮부터 와 있었어."

테이블 위에는 다 먹고 바닥을 보이는 컵과 물컵 하나가 또 있었다.

"뭐 시킬래? 내가 사줄게. 여기서 식사도 되더라."

"어, 그래?"

그러고 보니 저녁 생각을 못 했다. 여기서도 뭘 먹겠다는 생각은 하지 않았다.

"다른 데 또 가기도 그렇고, 여기서 뭐 먹자. 피자 같은 거 파는 모양이던데."

"으응. 그럼 내가 마실 거 살게! 콜라 같은 거 마셔야 하잖아."

해서, 나는 이름도 기억 못 할 피자를 대충 시켰다.

"둘이 나온 것도 진짜 오랜만이지?"

오빠는 말했다.

"그러게. 나 중학교 때 이후로 처음 아닌가?"

"벌써 그렇게 됐나?"

오빠는 테이블 밑으로 손가락을 세는 것 같았다.

"내가 날짜 감각이 없어서 지금이 몇 년인지도 모르겠네."

하며 옆머리를 긁는다.

"지금 광복한 지 한참 지난 건 알지?"

"어, 진짜? 일본 놈들이 다 물러난 거야?"

"그럼! 이제 집에 안 숨어 있어도 돼."

"우와, 다행이다."

농담에 맞춰주며 순박하게 웃는 모습은 예전이랑 똑같았다.

"그러니까 이제 자주자주 다니라고. 방안에만 있지 말고."

"방안에만 있던 건 아냐. 가끔 장도 보고 그랬다고."

"정말? 2년 내내 배달 음식만 먹은 건 아니고?"

"음식 배달하는 게 더 힘든 일이었어. 마트 가는 건 그냥 계산만 하면 되니까. 배달 오면 문 열어 줘야 하고 배달부를 집에 한 번 들여야 하고 또 쓰레기도 많이 나오고."

"그럴 수도 있겠네. 그런데 솔직히 집이 돼지우리 돼 있을 줄 알았어. 계속 치우며 살았던 거야?"

"응. 처음엔 깨끗해도 하루종일 집 청소만 하며 지냈어. 그럼 잡다한 일을 잊어버릴 수 있으니까."

오빠는 어릴 적부터 깔끔한 것을 좋아하긴 했다. 밖에서도 절대로 흙바닥에는 엉덩이를 붙이지 않았고 손을 씻기 전에는 그 어떤 것도 먹지 않았다.

"그럴 수도 있겠네…."

"친척이 없던 게 다행이었는지도 몰라. 신경 써 줄 사람이 없었으니까. 사실 너한테서도 연락 뜸해져서 내심 고마웠어."

"응?"

"누군가와 대화한다는 게 너무… 너무 무서웠거든. 눈도 마주치기 힘들었고."

"그랬구나."

나는 그 말밖에 할 수 없었다.

"누가 끄집어내 주기를 바라고 있었으면서 동시에 누구하고도 마주하고 싶지 않았어. 양가감정이랄까. 그거랑 비슷해. 이제 다시는 만날 수 없는 사람을 구원으로 삼는 거랑. 마음은 결코 앞으로 나아갈 수 없어. 하지만 과거의 흔적 때문에 나는 치유됐고 점점 마음을 되찾았어."

"…."

"이상하지? 이미 죽은 사람을 사랑한다는 게."

"아, 아냐! 그럴 수 있다고 생각해!"

나는 황급히 말을 막았다.

"그, 짝사랑이랑 똑같은 거잖아. 상대가 죽었든, 아니면 평생 응답이 없든. 보답받지 못하는 건 똑같은 거야. 하지만 마음은 진짜야. 마음이, 마음이 잘못은 아니잖아. 마음이…."

무너지려 하고 있었다. 처음으로 민재 오빠의 입에서 사랑이라는 말이 나왔다. 그토록 내가 피해 왔던 말. 결코 공기 중에 나오지 말았으면 했던 말.

"주문하신 피자 나왔습니다."

종업원이 조금 굳어버린 우리 사이에 끼어들었다. 나는 정신을 차리고 테이블을 정리했다. 나도 모르게 휴지를 갈기갈기 찢어놓고 있었다.

모르긴 해도 근사해 보이는 피자와 접시였다. 캐롤은 끊임없이 흘러나오고 있었다.

"아, 잘 먹을게."

나는 말하면서 콜라 잔을 집어 들었다. 벌써 입이 바싹 말라 있었다.

"이게 나폴리 피자인가 봐."

오빠는 말했다. 평소 먹는 피자와는 조금 다른 모양새긴 했다. 얇고 한 사람당 한 판씩 먹을 만큼 작고 뭐가 많이 올라가 있지 않았다.

"아, 나 잠깐 화장실 좀."

나는 자리에서 일어났다. 오자마자 바로 자리에 앉았으니 무장 상태를 점검할 기회가 없었다. 잠시 작전 타임도 필요했다.

그래, 너무 진지하게 갈 필요 없는 거야. 예전처럼만 하면 돼. 예전처럼. 그때가 어땠을지 잘 기억은 나지 않지만 말이다.

화장실을 오가면서 뭔가가 눈에 밟혔다. 자리에 앉으려는 차 누군가가 빠르게 가게를 빠져나갔다. 나는 잠깐만, 하고 말하고는 그 뒤를 쫓았다. 롱 패딩, 수상하게 쓰고 있던 선글라스, 머리를 푹 덮은 비니, 그리고 그 밑으로 삐져나온 노란 머리.

나는 엘리베이터를 잡아타려던 녀석의 허리를 들이받았다.

"우앗!"

녀석은 휘청거리며 밀려났지만 넘어지지는 않았다.

"너어."

나는 허리춤에 손을 얹고 권아람을 쏘아보았다.

"어이쿠야. 이런 데서 다 만나네. 동네 참 좁지?"

"뻥 치지 마. 우리 몰래 엿듣고 있었잖아!"

"아니야. 우연이라고. 여기 와보니 네가 있었던 거야."

"혼자서 그런 수상한 복장을 하고 카페에 온다고? 밤인데 선글라스는 왜 꼈어?"

"이거? 어? 뭐지? 왜 내 얼굴에 선글라스가. 하하. 어쩐지 어둡더라."

"자꾸 둘러댈래?"

"생각해 봐. 너랑 형이 여기서 만난다는 거 내가 어떻게 알았겠어? 너랑은 주말 내내 얘기도 안 했는데. 그렇지? 거봐. 우연이라니까."

"우리 엄마한테 물어봤겠지!"

"음? 너 엄마한테 약속 시간, 장소 다 말하고 다녀?"

그러고 보니.

난 엄마한테 어딜 간다고 말하지도 않았다. 엄마야 민재 오빠 만난다고 짐작은 하겠지만 이렇게 약속 장소까지 알 리는 없다. 엄마뿐 아니라 그 누구도 이 만남을 알 리가 없다. 심지어 내 친구들까지도.

"맞지? 이런 거 아무한테도 말 안 하잖아 너. 우연이라고, 우연."

뭔가 함정이 있을 것이다. 그렇지만 도저히 생각나지 않았다. 그렇다고 우연히 녀석이 여기 있었다고도 믿고 싶지 않다. 대체 어떻게 된 거야?

아니, 가능성이 하나 남았다. 민재 오빠를 통해서 들었을 가능성. 사실 그거 말고는 생각할 수 없잖아. 약속 내용을 아는 사람은 단 둘. 내 쪽에선 절대 새어나갈 리 없으니

남은 건 한 사람뿐이다.

"어? 지금 머릿속이 보인다. 너 지금 민재 형 의심하고 있지?"

"엉?"

"머리 위로 스크롤이 올라가고 있는데? 약속 장소를 아는 사람은 둘, 나는 아니니까 남은 한 명이 범인이로다."

"뭐야? 그건 또 어떻게 안 거야?"

"머리 위에 글자 떠 있다니까."

나는 괜히 머리를 털어본다. 녀석은 어깨를 들썩이며 키득키득 웃었다.

"아이고야. 잠깐 화장실 간다 하고 나온 거 아냐? 빨리 가봐야 하지 않아?"

그렇다 지금 녀석과 따지는 건 중요한 일이 아니다.

"너, 나중에 두고 봐."

"나중에! 시간 많으니까."

그렇게 말하고 녀석은 엘리베이터 안으로 사라져버렸다.

자리로 돌아오다가 그만 기절하는 줄 알았다.

까르르 소리가 들려서 보니 내 자리에 누군가가 앉아서 민재 오빠와 수다를 떨고 있었다. 그 사람은 다름 아닌 우리 엄마였다!

"어, 엄마?"

엄마는 천연덕스럽게도 나를 향해 손을 흔들었다.

"여기서 만나네, 우리 딸. 어쩜, 엄마한테 얘기도 안 하고 민재랑 만나고 있었어?"

"엄마가 대체 여기 왜 있어? 아니, 걔랑 짜고 염탐하러 온 거지? 엄마가 알려준 거지?"

"으응? 뭘 알려줘? 누구랑 짜? 엄마는 우연히 이 가게에 와봤을 뿐인데 세상에나마상에나, 민재가 있지 뭐니. 반가워서 얘기 중이었는데 네가 있다지 뭐야."

"거짓말하기 미! 긴히 뭠이당 엇븐고 있다가 들키니까 뭐라도 하나 건져보려고 말 붙여보고 있었으면서."

"알 수 없는 소릴 하네, 애는. 엄마가 너 여기 있다는 거 어떻게 알았다는 거니."

"오호. 둘 다 똑같은 변명 준비하셨구만. 빨리 사라지지 못해!"

엄마는 마지막까지 재잘재잘 떠들어대며 쫓겨 나갔다.

한숨을 내쉬며 나는 다시 자리에 앉았다.

"아주머니 여전하시네."

민재 오빠가 말했다.

"아니! 엄마 내 피자까지 집어먹고 갔어!"

내가 잘라놓은 피자 한 조각이 사라져 있었다.

"드시는 거 말릴 수 없어서…."

"어휴."

이건 한 조각 한 조각이 크지도 않단 말이야.

나는 콜라를 들이켰다. 아무래도 이거로는 부족하다. 나는 손을 들어 종업원을 불렀다.

"죄송스럽네. 내 걱정해 주시더라."

"엄마, 오빠 얘기 많이 하긴 했어. 아마 생각한 거랑은 좀 다르겠지만."

"역시 내가 폐를 많이 끼쳤네."

"이제 그런 생각 하지 마. 그게 그만 걱정 끼치는 길이야."

"응… 그럴게."

"무슨 얘기 한 거야? 이상한 소리는 안 했어?"

"응. 막 속사포처럼 말을 하시긴 했지만,"

종업원이 다가왔고 나는 콜라 두 잔을 더 시켰다.

"그런데 우리 오늘 약속 누구한테 말한 적 없지? 엄마라든가 아람이라든가."

"응? 아주머니 오신 게….."

"난 말 안 했거든. 그런데 어떻게 알고 저렇게 쫓아온 건지."

"진짜 우연이 아닐까?"

"절대 아닐 거야. 두 사람이 크리스마스 날 우연히 여기에 각각 혼자 찾아와서 빈둥대고 있었다고? 말도 안 돼."

"두 사람?"

"권아람도 여기 와 있었거든."

"걔가 왜….”

"몰라. 걘 맨날 나 놀리려고 작정한 애니까. 뭐 건수 잡으려고 한 거일 거야. 엄마처럼."

"근데, 음."

오빠가 말을 주저하는 사이, 종업원이 콜라를 가지고 왔다.

나는 다시 입을 적셨다. 말이 끊어진 기회에 나는 피자와 간이 밴 스파게티를 입에 소급 넣었다.

"걔, 널 좋아하는 게 아닐까?"

꿀꺽.

씹지도 않은 면을 삼키고 나는 말했다.

"무슨 말 같지도 않은 소릴."

"생각해 보면 별로 그럴 필요도 없는데 너 따라다니는 거잖아."

"걘 원래 할 일없는 애야. 쓸데없는 일 하는 게 삶의 낙인 놈이라고."

"걔랑 진지하게 얘기해 본 적 있어?"

"애초에 사용자 메뉴얼에서 진지함 항목이 통째로 사라진 녀석이라고."

"그래도 무슨 낌새 같은 거 있지 않았어?"

"낌새는 무슨. 그리고 걘 생각한 게 있으면 필터 안 거치고 바로바로 튀어나오는 애라서 그런 게 있었음 온 세상이 다 알았을걸?"

"그래? 음, 너랑 오래 알았으니까 네가 잘 알 거라 생각하지만."

"그런데 걔는 왜? 난 말이지, 걔는 전혀 신경도 쓰지 않아. 내일 갑자기 졸업하고 헤어져도 하나도 아쉽지 않을걸?"

"그래?"

하고서 오빠는 자기 접시를 조금 비웠다.

이거 어쩌면 좋은 징조일지도? 왜 오빠는 뜬금없이 아람 얘기를 할까. 조금은 의식하고 있다는 말이 아닐까? 그게 아니면 내 마음을 눈치채 주고 있다는 말은 아닐까? 최소한 그 녀석이 신경 쓰이기는 한다는 말이겠지.

엉큼한 망상에 얼굴이 뻥 터져버릴 것 같아.

갑자기 〈첫눈, 로맨스!〉 가사의 한 대목이 떠올랐다. 아냐, 아니라고. 이게 그렇게 망상이라고는,

문득 가사에 생각이 미쳤다. 완벽하게 빙의를 연기하기 위해 짧은 시간 자다가도 머릿속에서 재생될 정도로 암송하던 가사들. 이젠 자연스레 몸에 배서 의식하지 않아도 대목 대목이 불쑥 튀어나오려 한다.

왠지 그 내용에 공감이 가는 것 같기도. 비록 첫 만남도

아니지만, 지금 내 상황이 상대에게 안절부절못하는 노래 가사의 주인공 같잖아.

게다가 내 목소리로 녹음되기도 했고.

"어떻게, 하고 싶어?"

잠시 서로 침묵을 나누고 나서, 오빠가 먼저 말을 꺼냈다.

"노래, 하고 싶어?"

뭐라고 답해야 할까. 토요일에 말하기로 했던 것. 서로의 앞날 같은 것은 생각하지 말고 자기가 원하는 것을 말하기. 단지 그 현상전이면 되는 걸까?

내가 이 거짓말을 한 이유. 내가 지금 이 앞에 앉아 있는 이유. 그것을 말해버리면 어떻게 될까. 어떤 식으로든 이 관계가 종결되고 말 것이다.

"정말 하고 싶으면 해도 돼."

민재 오빠는 말했다. 나는 고개를 들었다.

오빠는 내 눈을 진중하게 바라보면서 말했다.

"내가 네 마음을 헤아리지 못했어. 그렇게 노래를 하고 싶었다니. 해도 돼. 아니, 하자. 잠깐 연습해서 그것도 전부 원 테이크로 녹음할 정도라면 재능이 있는 거니까. 또 네가 한 거보다 잘 어울리는 목소리 찾기도 어려울 거고."

그게 아니잖아. 내가 하려는 말은. 내가 그것 때문에 이렇게 앉아 있는 세 아니잖아. 그냥 노래가 하고 싶어서 그런 우스꽝스러운 짓을 벌인 게 아니잖아.

"오빠…."

나는 힘없이 말했다.

이 말만큼은 하지 않을 수 없었다.

"이 바보야아!"

오빠는 이런 반응을 전혀 예상못했다는 얼굴이었다.

그럼 내가 여기서 무슨 말을 또 할 수 있을까?

6

크리스마스고 뭐고, 다 때려치우고 싶었다. 이 사람이 순진하고 남의 말을 쉽게 믿는 타입이라는 것은 진작 알고 있었다. 그렇지만 이 정도로 답답한 남자일 줄은. 정말 우리 관계가 이 이상으로 나아갈 수 있다는 사실을 꿈에도 생각하지 못하는 거야?

"노래를… 하고 싶었던 게 아니야?"

민재 오빠는 울먹이는 사슴 같은 눈을 하고서 물었다. 아니지! 아니고말고! 그냥 노래가 하고 싶었던 거라면 대놓고 오디션을 보자고 했겠지.

나는 입을 꾹 다물고 오빠를 노려보았다. 오빠는 머릿속에 쌓아 올리고 있던 퍼즐이 한순간에 헝클어진 듯한 얼굴을 하고 있었다.

"그럼, 왜… 그랬던 거야?"

여기서 난 말할 수밖에 없는 걸까. 내가 오빠를 좋아한다고. 그런데 그리 로맨틱한 무드도 아니잖아. 그렇지만 크리스마스니까 대충 용서가 되는 건 아닐까. 오빠도 날 크리스마스 날 차인 사람으로 만들고 싶진 않지 않을까.

아니다. 그 전에 오빠의 마음부터 해결해야 한다. 한미채를 어떻게 받아들일 것인가. 귀신 따위가 없다는 것이 밝혀졌으니 오빠도 뭔가 마음의 정리가 필요할 것이다. 지금 이 상황에서 내가 고백한다면 폭탄을 던지는 꼴밖에 되지 않는다.

"으아! 대체 뭘 어쩌라는 거야!"

나는 머리를 부여잡고 소리쳤다.

목소리가 조금 컸는지 주변에서 힐끗거리는 것이 느껴졌다.

그러니까. 남자가 말이야. 적당히 눈치껏 행동해주면 좋잖아. 이건 저쪽에서 먼저 매듭 풀어줘야 하는 일이란 말이야.

잠시 소강상태를 타고 느릿느릿한 재즈 캐롤이 공기를 채워주고 있었다. 이 애절한 멜로디도 그대 단단한 마음을 조금도 두드릴 수 없네요.

아, 이것도 노래 가사다. 〈고요한 메아리〉. 딱 이런 내용이다. 그 순진한 상냥함이 날 슬프게 하고 가까이 다가갈 수록 난 더 크게 다쳐버리고….

문득, 한 가지 생각이 머리를 스쳐 지나갔다.

"오빠. 한미채 노래 중에서 가장 좋아하는 게 뭐야?"

나는 물었다.

"응? 그건 갑자기 왜… 난 〈서쪽에서〉."

역시. 전에 오빠가 한미채의 동영상에 입히고 감상하던 그 곡이었다.

"왜 그 곡이 좋았던 거야? 거기서 뭘 느꼈던 거야?"

갑작스런 질문 공세에 오빠는 조금 당황했지만 이내 차분히 설명을 시작했다. 나는 그것이 그 자리에서 생각해서 말하는 것이 아니라 본래 갖고 있던 생각임을 알 수 있었다.

"가장 한미채의 마음이 느껴지는 곡이라서. 난 그 곡이 실제 심경을 적은 곡이라고 생각해. 제목부터 '서쪽에서' 잖아. 일본에서 보면 한국이 서쪽. 살던 데를 떠나 와서 느끼는 것을 적은 가사일 거야. 아마….

이 가사는 편지처럼 쓰였는데 그 대상은 아마도 일본에 있는 가족이겠지? 지금 내 꿈은 멀어 보이지만 아직 집으로 돌아가고 싶지 않다고 가족에게 보내는 편지. 그런 내용이 아닐까 해."

나도 비슷하게 느꼈다. 한미채는 한국에서 뭔가 어려

움을 겪고 있었고 그때의 감정을 담아 이 가사를 썼을 것이다.

"보통 노래를 듣고 부른 사람의 이야기에 감동하거나 하는 일은, 없진 않겠지만 많진 않을 거 아냐. 보통 자기 이야기라 생각하는 노래에 공감하지. 난 그게 궁금해. 오빠는 이 노래 어디에 꽂힌 거야? 이 노래에 공감하는 부분이 있어?"

오빠는 잠시 고민하다 대답했다.

"그런 거 같아. 이 노래는 내 노래이기로 해. 난, 혼자가 됐잖아. 놀아가고 싶어도 돌아갈 수 없는 상황이잖아."

돌아갈 수 없는 상황. 시간은 불가역적이니까.

"사실, 말 안 한 게 있어."

오빠는 말했다.

"내가 음악 하기로 마음먹은 건, 대학 들어오자마자야. 미디 동아리에 들어갔어. 실질적으로 독학한 건 맞는데 집에서 홈 레코딩 시스템 만드는 법이라든지 집에서 어떤 작업이든 할 수 있다는 거라든지 하는 건 거기서 아이디어를 얻었어. 음악 공부도 그때 시작했고."

정말로 내가 모르던 이야기였다. 신입생 때라면 나도 고1일 때였다.

"그때 난 생각했거든. 혼자 음악 만들고 그기 인터넷으로 팔 수 있는 시대가 왔구나. 그러면 예전보다 훨씬 많은 기회가 있는 게 아닐까. 그래서 그걸 부모님한테 얘기했거든. 깜짝 놀라셨지. 어릴 때부터 음악 하던 것도 아니고 성인 돼서 갑자기 학과와 상관도 없이 진로를 정하다니. 난 그때 진지하게 휴학까지 생각했어. 동아리가 있으니 자퇴는 좀 나중에 고려하기로 했지만.

그때 난 부모님과 갈등을 빚었고, 그래서 학년이 끝난 겨울 방학인데도 집에 돌아오지 않았어. 조금 어설픈 가출이었어. 그리고 그때 사고가 일어났고….”

오빠는 잠시 말을 멈췄다. 캐롤은 점점 느려졌고 말 사이사이는 점점 벌어졌다.

“그러니까 그 외로움을 너무 잘 이해하겠더라고. 테이프를 발견한 건 집에 돌아와서야. 집 정리를 해야 했으니까… 노래에서는 돌아가고 싶지 않다고 말하고 있었지만, 정말 그런 건 아니라고 생각해. 정말 한미채가 바라는 건 성공해서 당당히 돌아가는 거겠지. 하지만 다시는 돌아갈 수 없는 상황이 돼 버렸고.”

그것은 내가 짐작하고 있던 말이었다. 그 노래에 몰입하고 있던 모습은 나도 본 적 있으니까. 나는 여기서 내가 무엇을 해야 할지 알 수 있었다.

“셋김굿이라고 있거든.”

나는 말했다. 크리스마스에 이런 말이라니. 미안해요, 지저스!

"부정한 걸 쫓거나 죽은 사람 원한을 달래주거나 하는 거야. 난 아직도 엄마가 귀신같은 걸 어떻게 생각하나 잘 모르겠어. 그런데 엄마는 그런 굿 같은 건 진짜라고 말해. 귀신은 있는지 없는지 모르더라도 굿을 믿는 사람은 확실히 있으니까."

"으응."

"예전엔 그게 무슨 말인지 진짜 이해를 못 했는데 요즘은 좀 알 거 같아. 중요한 건 귀신과 관계하는 사람이라는 말."

"무슨… 얘기야?"

"거짓말한 건 미안해. 그렇게라도 하지 않으면 안 됐어. 그런데 중요한 건 오빠 같아."

"나?"

"오빠는 아직 상처가 다 낫지 않았잖아. 그런데 지금까지 한미채가 버팀목이 돼 주고 있었어. 한미채의 유령이 있든 말든 그건 분명한 사실이잖아. 음악을 만들려는 것도 사실 그런 거잖아. 한미채의 한을 위로하려고. 그래야 오빠도 치유 받을 수 있을 거 같으니까.

그런데 이대로는 안 돼. 그냥 음악을 만드는 것만으로는 한이 다 안 풀릴 거야. 오빠도 그건 느끼고 있지? 우린 근본적인 문제로 돌아가야 돼.

한미채는 왜 자살한 걸까. 왜 이런 엄청난 음악을 만들

고 그 어려운 시기에 한국까지 건너오는 큰 결심을 했음에
도 몸을 던질 수밖에 없던 걸까. 그걸 알아내는 게 먼저야.
그 사람의 마음을 완전히 이해하지도 못했는데 그 사람한
테서 치유받는다고 하는 건 좀 이상하잖아."

오빠는 무거운 얼굴로 고개를 끄덕였다.

"그런데, 그걸 어떻게 알아내지?"

"그야 주어진 단서를 총동원해야지! 가사가 있잖아. 당
시 기사도 더 찾아볼 수 있을 거고. 증언도 들을 수 있으면
좋을 텐데. 일본에 있는 가족이랑은 연락 안 되겠지?"

가사. 이상하게 오늘 내내 가사에 집착하게 되는 것 같
다. 이게 다 노래를 너무 많이 불러서 그런 거라고. 요 며칠
말 그대로 한미채의 빙의를 해야 했으니까. 이제 그 부담
에서 벗어날 수 있다는 것은 잘된 일이었다. 역시 솔직한
게 좋다니까.

그런데 자꾸만 마음에 걸리는 게 있었다. 불안하다든가
불편한 느낌은 아니었다. 무언가를 잊어버린, 아니, 생각
의 일부가 깨끗하게 비어 있는듯한 기분이었다. 뭔가 중요
한 한 가지를 내가 모르고 있는 느낌.

"응. 누구인지도 모르니까. 삼촌이랑 연락이라도 되면
좋을 텐데⋯ 음?"

중얼거리며 테이블 위에 놓인 폰을 슬쩍 내려다본 오빠
는 눈이 휘둥그래졌다. 잠깐만, 하면서 등을 움츠리고 메

시지를 입력하던 오빠는 고개 들어 말했다.

"오, 오셨대."

"응? 누가?"

"삼촌…. 고수진 삼촌. 지금 우리 집에 들어와 있대."

한미채와 함께 데모 테이프를 만들었던, 지금은 연락도 끊고 전 세계를 떠돈다는, 나도 어릴 적에 잠깐 얼굴 본 적 있었던 바로 그 사람 말이었다.

흔들리는 창문 너머 활짝 웃는 표정만
가로지르는 엔진 소리에 알아들을 수 없잖아
장난스럽게 하는 말 진심인지 혼란스러워
왜 확신못하니 솔직해져 봐

쏟아지는 별빛만큼 우리들의 거리도 멀어져가
언젠간 만나겠지
그날에도 너와 나는 그대로일까
난 자신없어

내일이 기다려져 하루하루가 새로워
오늘은 또 어떤 구실로 말을 걸어 볼까나
푼수 같다고 말해도 할 수 없잖아 비보니끼 닌
시간은 우리를 기다리지 않아

머뭇거린 고민만큼 행복해질 순간도 작아져가
아픔도 잊히겠지
이 추억도 이 마음도 낯설어지겠지

난 달릴 거야
난 빛이 될 거야 은하 저편까지
우리 이야길 끝맺지 못한다 해도

쏟아지는 별빛 속에 우리 둘의 마음도 담길 거야
영원히 떠돌겠지 파장 속에
우주 가득 맘의 자국을
남길 거야

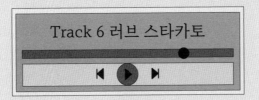

Track 6 러브 스타카토

1

뭐, 어차피 크리스마스라 해서 대단한 기대가 있었던 것은 아니었으니까.

삼촌을 집 앞에 세워둘 수는 없을 테니 우린 적당히 일어나기로 했다. 성과가 없었던 것은 아니었다. 우린 다시 녹음을 시작하기로 했다. 나, 김단비의 목소리로 말이다. 아직 오해는 완전히 풀리지 않았지만 이렇게 진전할 수 있는 것만 해도 어디냐.

"삼촌, 한번 만나볼래?"

밖으로 나서며 민재 오빠는 말했다.

"그래도 돼?"

나는 핸드폰 시계를 보며 말했다. 고수진 삼촌이라면 곧바로 그때의 진상을 알려줄 수 있을 것이다. 당연히 지금 당장 찾아가 캐묻고 싶었다.

"너도 옛날에 만나보지 않았어?"

"응. 두 번인가? 가끔 나타나셨잖아. 좀 무섭다는 인상이었는데."

"너도 기억하실걸? 그리고 우리 하는 거도 말해야 하니까."

"내가 노래 부르니까…. 그런데 허락 안 받고 한 거야?"

"연락이 안 됐잖아. 그리고 예전에 메일로 물어보긴 했어. 그랬더니 그 방에 있는 건 전부 나한테 준 거니까 알아서 하라는 답만 받았어."

"좀 애매한 답이네."

"응. 허락이나 마찬가지라고는 생각하는데, 좀 그런 느낌이 들었어."

"어떤?"

"상관하고 싶지 않다는? 그런 거 있잖아. 결정 내리고 싶지 않을 때. 남한테 완전히 맡겨버리는."

"삼촌은, 한미채와 무슨 관계였을까."

"물어보면 알 수 있겠지."

"87년. 그때 삼촌이 몇 살이었어?"

"스물한 살. 대학 2학년이었지."

그때 한미채는 19살. 곧 해가 바뀌긴 하지만 지금의 나와 동갑이었다.

삼촌을 만나면 물어볼 것이 많았지만 대답을 해줄지, 그리고 물어보는 것이 괜찮을지 걱정이었다. 30년이 넘게 아무에게도 말하지 않고 혼자 간직해온 비밀이라면 밝혀지는 것을 원하지 않을지도 모르기 때문이었다.

하지만 그건 물어봐야 아는 일. 우리는 진눈깨비를 맞으며 어두워진 길을 걸어갔다.

한 남자가 대문에 비스듬히 기대 팔짱을 끼고 있었다. 그는 회색 장발이 롱코트의 어깨까지 내려와왔고 수염이 귀밑까지 덥수룩했다. 어깨가 넓고 팔뚝이 젊은 사람보다도 굵었으며, 배보다 가슴이 나온 탄탄한 체격이어서 나이를 짐작하기가 어려웠다. 머리에는 중절모를 얹었고 옆에는 여행 가방 하나가 놓였다. 멀리서도 고수진 삼촌이라는 것을 알아볼 수 있는 덩치와 행색이었다.

"삼촌!"

삼촌은 고개를 들어서 이쪽을 보았다. 가까이서 본 그의 얼굴은 기억과 똑같았다. 흡사 외국 배우가 아닌가 싶은 인상. 무뚝뚝해 보이면서도 한편으로는 날카로워 보이는 눈매.

"안녕하세요."

나는 먼저 인사를 했다.

"단비냐? 많이 컸구나."

삼촌은 묵직한 목소리로 말했다.

"어, 나도 좀 컸을 텐데."

민재 오빠가 말했다.

"넌 인마, 재작년에도 봤고."

"밖에 추웠죠? 단비도 잠깐 같이 보는 거 괜찮아요?"

"네 집인데 나한테 물을 필요 있냐."

우리는 집 안으로 들어갔다.

어릴 적에도 이랬다. 민재 오빠네서 놀고 있는데 느닷없이 삼촌이라는 사람이 나타났다. 고수진 삼촌은 10년쯤 전에도 백발이었다. 그때는 일주일 정도 머물다 갔고 5년쯤 뒤에는 더 짧게 있다가 사라졌다. 어린 시절의 나는 그가 판타지 소설의 방랑객 같다는 생각도 했었다. 실제로도 그랬을 것이다. 전 세계를 떠도는 삶이 평범하지는 않았겠지. 가족들에게도 그는 듬성듬성한 기억 사이에 사는 사람이었을 것이다. 그 사람에 대해 생각하거나 이야기할 기회가 얼마나 있었을까. 물리적 거리가 멀어지면 마음의 거리도 멀어지기 마련이다.

"이번엔 어딜 다녔던 거예요?"

민재 오빠가 물었다.

"어디랄 게 있나. 사람 발길 닿지 않는 산속에도 가보고 전쟁이 한창인 위험한 땅에도 가보고 지진으로 온 동네가 무너진 곳도 가보고. 사람 사는 데가 다 똑같지."

예시로 든 곳이 다 흔한 사람 사는 곳은 아닌 것 같지만.

"또 떠날 거죠? 이번엔 얼마나 있다 갈 거예요?"

"이번엔 한국에 좀 오래 있을 거다. 나도 나이 들고 하니까 이제 다니기 피곤하더구나."

"여기서 지내시게요?"

"여기? 이 귀신 나올 거 같은 집 말이냐?"

조금 뜨끔했다.

"걱정 마라. 한국에서는 외딴곳에 혼자 가서 살 생각이다. 익숙해지고 살기 편해지면 또 떠나버리고 싶어질지 모르니. 저기 대관령이나 한라산 꼭대기 같은 데 산장 같은 거 구해 놓고 가끔 조난당한 사람도 거둬주며 지내면 나름 재미있지 않겠냐."

역시 이 사람은 생각이 너무 독특하다.

"그래도 한국에서 살면 객사할 가능성은 좀 줄겠네요."

"뭐, 어디서 총알 날아올 걱정은 없으니까. 아닌가? 산중에서 경계 근무 서는 군바리한테 간첩으로 오인돼 사살 당지도? 몰골이 이 모양이다 보니 말이야."

농담인 것 같지만 뭐라 반응해야 할지 정말 모르겠단 말이에요.

"그런데 몇 년에 한 번 보는 아저씨가 보고 싶어서 같이 온 건 아닐 테고,"

삼촌은 내 쪽을 향해 말했다.

"나한테 뭐 묻고 싶은 게 있는 거지?"

나는 오빠 쪽을 보았다. 미리 얘기를 했나? 내가 노래를 부른다는 사실을.

"표정하고는. 내가 왜 갑자기 돌아왔을 거 같냐. 원래 돌아올 생각이긴 했지만 갑자기 표를 끊었다. 민재 네가 만든 노래를 듣고."

"네에? 들었어요?"

오빠는 정말 놀랐다는 듯한 반응이었다. 내 얼굴도 아마 비슷해 보일 것이다.

"나도 스마트폰이란 게 있다. 그리고, 내가 어느 시대 사람인지 잊었느냐. 공교롭게도 추천곡으로 그 노래가 뜨더라. 몇 달 전에 물어보더니만 그새 해버렸구나 싶었지. 그래. 네가 보컬이라는 거지?"

삼촌은 나를 향해 말했다. 마치 미리 다 꿰뚫어 보고 있었다는 듯이.

"네…."

나는 말했다.

"그런데 얘가 노래 불렀단 건 어떻게 알고…."

오빠가 말했다.

"너희가 나한테 볼일이 있다면 그것밖에 없을 테니까. 그리고,"

말을 멈추고는 잠시 내 얼굴을 빤히 쳐다본다.

"닮았어."

"네?"

"어릴 때도 문득 느꼈는데 크고 나니 확실히 알 것 같아. 미채와 닮은 구석이 있어. 이목구비를 말하는 게 아니야. 얼굴은 크고 작게 인격을 드러내거든. 그 사람이 가진 것. 그 사람이 믿는 것. 그런 게 얼굴에 드러나게 돼 있단 말이야. 간단히 표현하자면 인상이 닮았다고 해야겠지. 그런데 그런 단순한 말이 아니야. 너와 그 사람은 비슷한 영혼을 가졌다고 할까."

내가, 한미채와 닮았다니.

솔직히 영광이라는 생각이 제일 먼저 앞섰다. 그렇지만 지금 나는 해결해야 할 과제가 있다.

"그러면 다짜고짜 여쭐게요! 한미채… 님은 왜 자살한 건가요? 삼촌은 그분과 무슨 관계였나요? 왜 테이프를 지금까지 공개하지 않았던 건가요? 왜…."

이 사람 앞에서는 호칭을 어떻게 해야 할지 조금 고민되었다. 그렇지만 이렇게 기회가 왔는데 물어볼 것을 전부 꺼내지 않을 도리가 없었다.

삼촌은 수염을 씰룩거리며 웃더니 맥주 캔을 집어 들고 벌컥벌컥 마셨다. 탁자에는 이미 비워진 맥주 캔 두 개가 있었다.

"궁금한 게 많겠지. 그런데 자그마치 30년이다. 그 세월 동안 입 다물고 있었는데 인제 와서 말해줄 거 같으냐."

"아…."

나도 모르게 말을 흘리고 말았다.

"메일로 네가 말했지. 자다가도 그 음악 생각이 난다고. 네가 음악을 통해 기운을 낼 수 있었다면 그것만으로도 족하다고 생각했다. 그런데 넌 착각하는 것 같다. 네가 힘을 받은 게 음악 때문인지, 아니면 새로 생긴 집착 때문인지. 만일 그렇다면 난 아무것도 말해줄 수 없다."

"그, 그게…."

"스스로 알아내라. 단비랑 머리 맞대도 좋으니까. 동료니까 그 정도는 허락하지. 답이 맞는지 확인 정도는 해주마."

"한 가지만요!"

나는 다급히 말했다.

"종이를 보면 가사에 두 사람 이름이 적혀 있었는데, 두 사람이 같이 쓴 건가요? 삼촌은 얼마만큼 관여한 거예요?"

삼촌은 나를 잠시 빤히 바라보았다. 그러더니 씩 웃고는 맥주를 마저 입에 털어 넣고 말했다.

"그렇게 적긴 했지만, 난 거의 관여하지 않았어. 맞춤법이나 어색한 표현 고쳐준 게 전부야. 가사 내용은 전부 그 사람의 뜻이라 봐도 좋아."

그렇구나. 그거면 됐다. 가장 고민되는 부분이었다.

"또 드릴 말이 있는데요."

민재 오빠가 말했다.

"사운드 클라우드에 올린 거, 그거 들으신 거죠? 반응이 꽤 있었는데, 그런데 그거 듣고 연예기획사에서 연락이 왔어요. 노래늘 팔지 않겠냐고. 대신 전 취직 시켜주고 단비한테도 장학금을 준다고."

"흐음."

삼촌은 안 그래도 무서운 얼굴이 굳어져서 더욱 무섭게 변했다.

"메일 보내려고 했는데 아직 우리끼리 얘기가 되지 않아서요. 그래도…."

"메일로 얘기했듯이 그건 너한테 내가 준 거다. 복원 앨범을 만들든 누구한테 팔아버리든 상관 안 한다."

"그래도 삼촌의 추억이 담긴 음악이고…"

"그럼 나더러 널 말려달라는 말이냐?"

오빠는 대꾸하지 못했다.

"너도 어른이니 네 일은 스스로 정해라. 그게 그렇게 소중했으면 가지고 떠났겠지. 나도 나름 흘러가는 대로 둘 요량으로 너에게 그걸 맡긴 거다. 어떻게 처분하든 상관 안 할 거다."

"그게, 이미 거절하기로 했거든요⋯."

오빠는 간신히 끼어들었다.

"그러냐⋯."

삼촌은 그래도 기분 나쁘지는 않아 보였다.

"거기가 어디였는데?"

"JG요."

"뭐? 그 대형기획사?"

"네."

이 부분에서는 삼촌도 꽤 놀란 것 같았다. 그러니까 우리가 흔들릴 수밖에 없던 거라고요.

삼촌은 새 맥주 캔을 땄다. 그리고 그것을 벌컥벌컥 목구멍으로 넘겨버렸다. 한 절반은 한 번에 비워버린 모양이었다.

삼촌은 캔을 날카로운 소리가 나게 유리 탁자에 내려놓으며 말했다.

"네가 물어볼 게 많은 거 같으니, 하나 특별히 알려주마."

삼촌은 내 눈을 노려보다시피 하며 말한다.

"영상. 잘 보면 뭔가 찾을 수 있는 게 있을 거다. 사람 말고 배경 같은 걸 잘 살펴봐라."

거기서 우리가 뭔가 놓친 게 있다는 말일까?

이내, 대화 주제가 바뀌었다. 삼촌도 취기가 오르는지 이런저런 모험담을 떠벌리기 시작했다. 나는 너무 늦지 않게 집으로 돌아왔다.

2

나음날은 나시 의미 없는 등교일이었다. 우리 학교는 이번 주까지 등교한다. 출석 일수 채우기에 큰 의미를 두지 않는 녀석들이 일찌감치 자체 졸업을 해버려서 교실은 듬성듬성 이가 빠져 있었다.

교실에 도착하자 여자애들이 몰려들어서 나를 에워쌌다. 어제 시내에서 오빠와 걷고 있는 게 누군가에게 목격된 모양이었다. 덕분에 뭐로 시간 때워야 할지 고민만 가득하던 1교시는 졸지에 내 청문회장이 되고 말았다.

"피고는 어제 크리스마스 날 무려 대학생과 데이트를 한 게 사실입니까?"

"피고는 어째서 어제 아무 일도 없을 것이라는 거짓말을 했습니까?"

"피고는 나라를 지키나 죽어산 조상님이 부끄럽지 않습

니까?"

"피고는 우정을 배신한 중범죄자라는 사실을 인정하십니까?"

"사형! 사형!"

"제청합니다! 사형!"

그런데 청문회 당사자한테는 피고가 아니지 않아?

희한하게도 이런 일에 가장 신나서 설칠법한 권아람은 아무 관심이 없었다. 비어 있던 창가 자리에 앉아서 팔로 턱을 괸 채 창밖을 바라보고만 있을 뿐이었다. 오자마자 애들한테 시달리느라 녀석이랑은 한 마디도 나눠보지 못했다. 엊그제 일로 여전히 고민 중인 걸까.

고민이라니. 생각임에도 입 밖으로 웃음이 튀어나왔다. 녀석과 가장 안 어울리는 말이다.

4교시가 끝나고 나는 먼저 녀석에게 다가갔다. 녀석은 확실히 이전보다는 조금 움직임이 굼떠 보였다. 다른 애들이랑 떠드는 소리도 거의 들리지 않았다. 평소라면 여기저기서 그 시끄러운 목소리가 청신경을 건드렸을 텐데.

"야."

아람은 조금 넋이 나간 얼굴로 돌아보았다.

"음악실 갈 거지?"

녀석은 미처 생각지 못한 듯 반응했다.

"맞아. 아직 음악실 다니고 있었지."

"아직은 뭐야. 선생님한테 말도 없이 그만둘 수는 없지."

"그런가."

"그런가는 뭐야. 밥은? 먹으러 나갈 거야?"

지금까지 녀석은 주로 남자애들과 몰려가 점심을 먹고 5교시 시작할 때쯤 돌아오곤 했다. 나는 도시락을 싸 오거나 매점에서 간단히 때우곤 했고.

"아니. 모처럼 같이 먹을래?"

"응? 으응."

오늘은 긴단히 먹을 생각이었지만 녀석이 이렇게 제안해 온 적은 별로 없었기 때문에 나는 수락했다.

역시, 오늘 녀석은 좀 이상하다. 컨디션이 좋지 않은 걸까.

근처에 남자애들이 자주 가는 한식당이 있었다. 이름은 정성식당. 왜 그런지 몰라도 남학생들이 거기를 무척 좋아했다. 그곳에 가본 적 있는 여학생을 3년 내내 한 번도 만나보지 못할 정도였다. 또 남자애들도 거긴 꼭 남자들끼리만 동행했다. 남자애들은 자기들끼리 대화할 때 언어능력이 퇴화하는 경향이 있는데 이 식당에 관한 의사소통도 마찬가지다. 오후 수업이 끝나고 자기들끼리 작당질할 때 누구가가 "정시 고?"라고 콜을 하면 거기 엮인 무리들이

"고."라며 응답하는 식이다. 남학생들은 입학과 함께 '정식'에 가는 문화를 배우고(누가 가르쳐주는지는 모르겠다) 여학생들은 남자애들이 말하는 '정식'이 정성식당이라는 사실을 배웠다.

정성식당은 테이블 네 개짜리의 평범한 한식당이었다. 메뉴도 특별할 게 없었다. 메뉴판도 딱히 없이 딱 세 가지 메뉴, 제육볶음, 김치찌개, 오늘의 정식이 전부였다. 가격은 다 같았다.

"잠깐, 정식이 식당 이름 줄인 게 아니라 이 메뉴 오늘의 정식 말하는 거였어?"

나는 좁은 테이블을 내려치며 말했다.

"음? 몰라. 이게 그 뜻인가?"

"애들이 이거 정식 메뉴 많이 먹어?"

"많이 먹지. 제육이나 김치찌개를 맨날 먹으면 질리니까."

정식은 매일매일 메뉴가 바뀐다고.

"그럼 메뉴 말하는 거일 수도 있겠네?"

"그런데 그게 그거 아냐? 가게 이름 줄여서 부르든 메뉴 말하는 거든. 어차피 '정식가자' 하면 여기 오는 거니까."

"그거도 그러네. 그러면 제각각 다른 뜻으로 부르고 있던 걸지도 모르겠다. 졸업하기 전에 설문조사 같은 거 안 해보려나."

"그런 거 신경 쓰는 애가 있을까."

"남자애들 중엔 없겠지…."

묘한 미스터리다. 졸업하기 전에 어디 메모라도 남겨 둬서 후대가 풀도록 할까 하는 생각을 잠깐 해봤다.

여기서는 제육볶음을 먹어봐야 한다는 말에 나는 그거로 골랐다. 아람은 정식으로. 식사는 금방 나왔다. 완전 맛있다! …는 아니었지만 그럭저럭 괜찮은 맛이었다.

밥을 먹는 동안 아람은 말이 별로 없었다. 아무래도 뭔가 할 말이 있는 듯했다. 할 말이 있을 때에야 말이 없어진다니 표현이 좀 이상하지만 왠지 그렇게 느껴졌다.

나는 먼저 말을 꺼냈다.

"노래, 계속하기로 했어."

"엉."

"네가 말한 대로 오빠랑 얘기했다고. 니가 염탐하려 하던 그 자리에서. 하나하나 설명하진 않았는데 대충 서로 넘어가기로 된 거 같아."

"잘됐네."

"응. 그리고 갑작스럽게 고수진 삼촌이 돌아왔어. 노래 올린 거 발견하고 급하게 오기로 했대."

"그래?"

"응."

"…."

말이 끊겼다. 녀석은 밥그릇을 비우느라 바빴다. 하지만 그 때문은 아니었다. 나는 젓가락질을 멈추고 말했다.

"너, 괜찮아?"

"응?"

"오늘 좀 이상해 보이는데."

"오늘? 별로."

"평소랑 텐션이 다르잖아. 뭔 일 있는 거야? 산타할아버지가 선물 빼먹기라도 했어?"

농담처럼 말하려고 애를 써봤다. 그렇지만 별다른 반응이 없었다.

"오늘 좀 쌀쌀해서 그런가."

"너 진짜 왜 그래?"

나는 젓가락을 내려놓았다. 물을 마시고 숨도 크게 들이켰다. 분명히 뭔가가 있다. 뭔가 달라진 일이 있는 게 분명했다. 녀석을 안 2년 동안 한 번도 보여준 적 없는 태도였다. 그냥 넘길 수는 없는 일이다.

"아아니. 그냥."

녀석은 그렇게 또 발뺌하려는 듯 고개를 돌리다가 내 쪽을 힐끗 보며 말한다.

"나, 오늘부터 음악실 안 가려고. 녹음도 두 사람끼리 하는 게 좋을 거 같아."

"응? 왜?"

"그냥. 갑자기 김빠졌달까. 어차피 나 하는 것도 없고. 엄마한테 이 얘기 했는데 엄청 뭐라 그러더라. 덩달아 장학금 받을 수 있는 거였다면 수작 부려서 곡 넘기지 않고 뭐 하냐고."

"그거 때문에 빠지겠다는 거야?"

"꼭 그런 건 아닌데."

"그럼? 그때 하는 말이랑 다르잖아. 하는 게 많진 않아도 우린 팀이잖아! 팀이라면 끝까지 같이 가야지."

"뭐야, 너 그런 말도 할 줄 알아?"

조금 얼굴이 날아오르는 말이긴 했다. 하지만 나도 그렇게 생각하는걸. 우린 팀이다. 옆에서 깐죽대는 것 말고는 하는 게 없어도 그것까지 팀이다. 그 때문에 거절하기 힘든 제안을 거절하려 하는 게 아니던가.

권아람은 말했다.

"어차피 넌 노래하려는 목적이 따로 있었잖아. 안 그래?"

"으, 으응? 무, 무슨 목적이 있다고…."

갑작스러운 지적에 나는 진정으로 당황하고 말았다. 설마 이 녀석 눈치채고 있던 거야? 내가 민재 오빠한테 잘 보이려고 노래 시작했다는 걸.

"그럼 내가 방해되는 거 맞잖아. 안 그래? 와, 이거 정말 완벽한 결말 이니야? 자본가의 유혹을 떨치고 귀찮은 군

더더기는 알아서 떨어져 나가고. 화이팅이라고, 김단비."

조금 전 말없이 겨울 나물 비빔밥을 빠르게 비웠던 아람은 스르륵 일어났다. 식당 공간은 녀석에게 조금 비좁아 보였다.

"모처럼이니 내가 쏠게. 마저 먹고 음악실 가봐. 난 딴 애들이 기다리고 있어서."

녀석은 그렇게 말하며 테이블에 지폐 몇 장을 내려놓고는 휙 돌아 그대로 나가버렸다. 나는 야, 야, 하며 손을 뻗었지만 닿질 않았다. 녀석이 열고 닫은 문으로 찬바람이 들어와 가게 안을 휘감다가 사라졌다.

"왜…."

나는 빈자리를 향해 힘없이 물어보았지만 답을 들을 수는 없었다. 이유를 알 수 없는 복받침에 눈앞이 흐려졌다.

왜 이렇게 되는 거야?

3

갑자기 쟤가 왜 그러는 거지? 내가 뭔가 잘못한 게 있는 걸까? 머릿속이 혼란스러웠다. 우린 그래도 절친이었잖아. 너만큼은 학교에서 말하지 않아도 통하는 사이라고 생각했는데.

255

2학년 봄. 녀석과의 첫 만남을 아직도 기억한다.

1학년 때 내가 배운 점이라면, 아무하고도 접점을 만들지 않으면 괴롭힘당할 일도 생기지 않는다는 사실이다. 중학교, 초등학교 때의 나를 아는 사람이 아무도 없는 반에서 나는 그냥 평범하게 그늘을 찾아다니는 아이가 될 수 있었다. 아무도 나에게 시비를 걸지 않았다. 그렇지만 아무도 나와 먼저 친해지려 하지 않았다. 중학곳적 관계를 바탕으로 일찌감치 땅따먹기 하듯 무리의 선이 그어졌고 적극적으로 어떤 세력에 가담하지 않으려는 녀석은 자연스럽게 고립되있다. 물론 방학알 때 즈음에는 두루두루 말을 트고 지냈지만 여기에는 일종의 신분의 벽이 있었다. 가끔 무리에 껴서 떠들썩하게 놀러 다니기는 했어도 학기 초에 그어진 국경선은 너무도 뚜렷해 보였고 나는 어떤 무리에도 속하지 못한 채로 1년을 보냈다.

나는 그게 평범한 내 학교생활이라고 생각했다. 사실, 드디어 그것을 되찾았다는 사실에 감사하기까지 했다. 그래서 나머지 2년도 지난 해와 같을 거라 예상하고 새 학기를 맞이했다.

"같은 반 됐네?"

하고 웬 길쭉한 남자애가 말을 걸어오기 전에는.

기억에 없는 녀석이었다. 특히나 녀석처럼 날티나는 남자애는. 지금처럼 괴감하게 틸색하시는 않았지만 본연의 그 느낌은 똑같았다.

"어? 기억 못 하나? 그럴 수 있지 뭐. 나중에 생각나면 말해줘!"

라고 말했는데 지금까지도 전혀 짚이는 일은 없다. 죽 지켜보니 반 애들한테 돌아가면서 말을 걸던데 나한테는 할 말이 딱히 없어서 적당히 지어낸 말이 아닐까 짐작했다.

어쩌다 보니 그게 무슨 말이었는지 물어보는 것을 잊어버리고 지냈다. 느닷없이 이게 왜 떠오르는 걸까. 어차피 지금은 물어볼 수도 없는데. 도저히 걷잡을 수 없는 서러움과 슬픔 때문에 예전 기억이 덩달아 두둥실 떠오른 것이 아닐까. 눈물을 참을 수 없었다. 나는 바보같이 엉엉 울면서 학교로 터벅터벅 걸어 돌아갔다.

"아니, 단비야! 왜 울고 있어?"

복도에서 마주친 심하율 선생님은 놀라서 발소리를 내며 달려왔다.

"무슨 일 있어? 아람이는?"

내가 혼자라는 사실이 선생님 눈에도 들어온 모양이었다.

"선생님…."

이야기를 하고 싶었다. 나도 이해할 수 없는 일이긴 하지만 누구에게라도 이 먹먹함을 토해내고 싶었다.

음악실에 단둘이 마주 앉아서 나는 두서없이 터놓았다. JG가 찾아온 날부터, 그때 있었던 다툼, 카페에서 마주친 일, 고수진 삼촌을 만난 것, 그리고 오늘 일까지. 말하면서 몇 번이나 다시 복받쳐 올랐다. 선생님은 되묻지도 않고 차분히 이야기를 끝까지 들어주었다.

"그랬구나. 많이 속상하겠다."

"걔가 갑자기 왜 그런 걸까요? 제가 뭐 잘못한 게 있나요? 혹시 잘못한 게 있는데 그게 있는 줄도 모르고 있던 거라면   ."

"선생님이 너희들 사이에 있던 일을 전부 아는 건 아니지만 말이야."

선생님은 나를 안심시키려는 듯 웃는 얼굴로 말했다.

"내 생각에 단비가 잘못한 건 하나도 없어. 그리고 아람이가 뭔가 오해하고 있는 것도 아니야."

"그럼 왜 그런 거예요? 혹시 옛날 일 때문일까요? 지금이랑 상관없는. 그럴 때 있잖아요. 갑자기 예전에 있던 서운한 일이 생각났는데 그걸 느닷없이 얘기할 수도 없고 하지만 계속 화는 나고…"

"그런 것도 아닐 거야. 왜? 예전에 뭐 잘못한 거 있어?"

"아뇨. 아마…. 짚이는 건 처음 만났을 때 못 알아본 거밖에 없어요. 걘 날 아는 것처럼 말했는데 전 기억 못 했거든요."

"그게 서운했으면 2년 사이 한번 얘기했겠지."

"졸업할 때까지 떠올리지 못했는데도요?"

"아람이 성격을 생각해 봐. 그렇게 중요한 일도 아닐 거야. 아마 1학년 때 복도에서 마주쳤다거나 하는 일일 걸. 장담하는데 그것 때문은 아니야."

"그럼 왜 그런 걸까요?"

"그건⋯."

선생님은 잠시 고민하다가 말했다.

"선생님이 말해줄 만한 게 아닌 거 같아. 그런데 이건 확실해. 아람이는 절대로 네가 싫어졌다거나 실망했다거나 해서 그러는 게 아니야. 차라리 다른 말할 수 없는 이유가 있기 때문일 거야."

"말할 수 없는 이유⋯?"

"응. 너도 모든 걸 선생님이나 엄마한테 말하지 않잖아. 누구나 그런 게 있어. 죽었다 깨어나도 그것만큼은 말하지 못한다고 생각하는 거야. 그건 자신을 위해서일 수도 있고 단비 너를 위해서일 수도 있어."

"그런 게⋯ 어떻게 있을 수 있죠?"

"그걸 아는 게 어른이 되어가는 과정이라고."

"다 그 소리."

"그런데 생각해 봐. 아람이가 어떤 애인지. 이유도 말하지 않고 널 미워할 만한 애야?"

나는 잠시 생각하다 답했다.

"…그건 아닌 거 같아요."

"그러면 조금 시간을 주고 다시 이야기해 올 때까지 기다리는 게 좋지 않을까? 오늘 내내 조금 이상했다고 했지? 분명히 나름 고민하던 게 있었을 거야. 그러다가 갑자기 욱하고 터져 나온 것일 수도 있어. 조금 시간이 지나면 스스로 더 정리할 수 있는 게 있을 거야. 그때까지 진득하게 기다려 보자."

"언제까지요? 곧 방학이잖아요."

"두 사람 집이 아주 멀진 않지?"

"네."

"음. 그럼 방학 때라도 만날 수 있을 테지만, 그래도 강제로 만나게 되는 학교 나올 때 마무리 짓는 게 좋겠지. 정해진 건 없어."

오늘이 화요일. 앞으로 사흘. 그 사이 과연 뭔가가 달라질 수 있을까. 나도 어느덧 많이 진정된 것 같았다. 조금 선선해진 머리로 차분히 생각해 봐도 토요일에 민재 오빠한테 그렇게 화를 낸 이유부터 오늘까지 녀석의 변화는 이해할 수 없었다.

또 다. 또 녀석 앞에서 울어버렸다. 아니, 이번엔 뒤에서 울었다고 해야 하려나. 최근 들어 자꾸만 이런 일이 생기는지 모르겠다. 이미 진정된지 오래였지만 여기 생각이 미치니 이번에는 조금의 화도 솟아나는 것 같다. 적어도 대가는 치르게 할 테다. 소녀를 눈물짓게 한 죄. 두고두고 받아낼 테다.

"오늘은 노래 연습하지 말자. 이미 충분히 잘하고 있고 그럴 상황도 아니니까."

선생님은 말했다.

"네…. 그런데 노래 얘기는 하고 싶어요."

"나머지 두 노래 말이지?"

"네. 아직 어떤 느낌으로 해야 할지 못 정해서."

"단비는 어떤 거 같아? 지금까지 다섯 노래를 녹음했고 나머지 두 곡도 엄청 많이 들어봤잖아."

"솔직히… 잘 모르겠어요. 엔진은 왜 나오는 거고, 별빛이 쏟아지는 곳은 어디인지, 파장은 또 뭔지. 이게 비유인지, 아니면 진짜 우주 얘기인지."

"〈러브 스타카토〉 말이지? 선생님 생각에도 그 노래가 가장 이질적인 거 같아. 그리고 엄청 장엄한 노래잖아. 정말 우주가 생각나지 않니? 차라랑, 하는 소리나 곡의 절반을 차지하는 신디사이저 솔로나."

"맞아요. 타이틀 곡? 이라 하기엔 너무 길긴 한데 진짜 멋있는 곡이에요."

"그걸 꼭 우리가 흔히 쓰는 타이틀 곡으로 구분하지 않아도 돼. 앨범 안에서 주인공 역할을 하는 게 타이틀 곡인데 그게 꼭 대중적으로 듣기 쉬운 곡을 말하는 건 아니니까."

"그렇군요. 너무 긴 것만 빼면 앨범 타이틀 곡은 그게 맞다고 생각했어요."

"그럼 이렇게 생각해 보면 어떨까? 프로듀서의 입장에서 말이야. 보통 앨범의 중심이 되는 가장 중요한 곡을 제일 먼저 만들지 않았을까? 완성 순서야 달라질지 몰라도, 적어도 가장 먼저 생각하고 그걸 중심으로 나머지를 구상하시 않았을까?"

"그럴 거 같아요. 아! 어쩌면 굳이 다른 곡이랑 관계있다고 보지 않아도 될 거 같아요. 이 곡의 이미지를 일본에서 가장 먼저 생각하고 나머지를 하나하나 붙인 거라고 하면."

"맞아. 그런 식으로 앨범을 구상할 수도 있을 거야."

"그러면 이 노래 가사가 한미채가 말하려고 하는 가장 중요한 이야기일지도 모르겠네요. 반대로 말하면, 미처 보컬녹음을 하지 못한 마지막 곡 〈달빛 따라 춤을〉은 가장 마지막의 심정일 테고요."

"그럴 수도 있겠다. 아, 한번 가사가 만들어진 순서를 맞춰보면 어떨까? 그러면 조금 더 한미채의 마음을 알 수 있지 않을까?"

가사가 쓰인 순서. 한국에 와서 고수진 삼촌과 함께 가사를 썼다고 한다면, 노래를 통해 표현하고자 하는 것은 가사를 쓴 시기마다 조금씩 달라졌을지도 모른다. 그 과정을 추적해보면 무언가 알 수 있을지도 모른다.

4

학교를 나와서는 곧바로 민재 오빠네로 향했다. 아니, 곧바로는 아니었다. 혼자서 조금 머릿속을 비울 시간이 필요했다. 어차피 약속한 것은 아니라서 조금 여유 부려도 아무도 뭐라 그럴 사람이 없었다. 어차피 혼자서 가는 거고. 겨울이면 늘 휑해 보이는 무심천의 난간에 앉아서 귀에 이어폰을 꽂고 멍하니 앉아 있었다. 바람이 쌀쌀해서 웅크리고 있었다. 역시 어수선한 머리를 정리하는 데에는 찬바람과 음악만 한 게 없다.

선곡으로 잠깐 고민했다. 역시 요즘 듣는 쇼와돌 노래로 해야 할까. 음악 공부와 연구 때문이 아니더라도 듣기 좋은 노래가 너무 많았다. 당연한 말이다. 그때는 그게 가장 잘 나가는 음악이었을 테니까. 처음에는 가수 이름도 외우기 어려웠지만 점차 귀에 익은 노래가 생겨났다. 가수마다 다른 특징을 파악하기도 했다.

제일 마음에 든 가수는 사이토 유키. 한미채의 곡이랑은 거리가 조금 있었고 나와는 정반대 이미지를 가진 사람이 었는데 목소리가 흉내도 못 낼만큼 독특하고 아름다웠다. 어떻게 이런 목소리가 나오는 걸까 하는 생각을 자꾸만 하게 된다. 좋은 목소리를 들으면 귀가 녹아내릴 것 같다는 표현을 쓰잖아. 그런데 지금까지 쓰인 그 말은 전부 반납해야 한다. 왜냐하면 사이토 유키만큼 귀가 녹아내릴 것 같은 목소리를 가진 사람은 찾기 어려울 테니까.

자동 추천곡으로 처음 접한 사이토 유키의 곡을 끝까지 다 듣고 나는 이어폰을 뺐다. 너무나 아름다운 곡이었다. 제목은 일본어라서 읽을 수도 없었다. 정보를 검색해서 제목 읽는 법과 뜻을 알 수 있었다. 해석하자면, 〈당신과 만나서〉. 바로 내 최애 픽으로 선정.

잠깐 이 감동을 간직하고 싶었다. 그러려면 잠시 음악은 쉬어야 한다. 짚이는 데가 있었다. 어제 고수진 삼촌이 말한 것. 영상을 보면 뭔가 알 수 있는 힌트가 있을 것이라는 말. 지금 내 폰에는 민재 오빠가 편집한 동영상 파일이 들어 있다. 편집 영상이라서 모든 영상이 다 담긴 것은 아니다. 운이 좋다면 여기서 뭔가를 찾을 수 있겠지. 그런데 뭘 찾아야 할까?

영상은 약간 비스듬한 각도의 카메라 테스트부터 시작한다. 조금 쑥쓰러워하며 웃다가 NG가 나기를 두어 번. 간단히 자기소개를 한다.

　안녕하세요. 한미채예요. 일본에서 왔어요. 어머니는 한국 사람이에요. 네? 아 그건 말하지….

　그런데 당시 한국인들에게 재일교포는 어떤 의미였을까? 지금보다 인식이 더 안 좋지는 않았을까? 만일 제대로 데뷔했다면 그 사실을 제대로 알렸을까? 마지막에 스텝이 한 말은 뭐였을까? 혹시 일본에서 왔다는 사실을 말하지 말라는 말은 아니었을까?

　목소리가 담긴 것은 그 부분뿐이었다. 이후로는 공원 같은 곳, 한강, 스튜디오 등을 오가며 모델의 매력을 보여주는 일종의 프로필 영상들이었다. 배경이 겨울로 보였으나, 옷차림은 조금 춥게 느껴졌다. 여기서 뭘 찾아야 하는 걸까. 그냥 귀엽다는 것 말고는 알아낼 게 없을 것 같은데.

　그러다가 한 장면. 뭔가를 발견했다.

　카메라가 조금 기울어져 엉뚱한 곳을 찍고 잡음이 그대로 녹음되는 구간이었다. 알아들을 수 없는 목소리가 웅성웅성 들려왔는데 카메라는 책상을 바라보고 있었다. 책상 위에는 이것저것 잡다한 물건이 놓여 있었고 그중 하나가 노란빛의 서류철이었다. 교무실에서나 볼 수 있는 아이콘 모양의 그거. 거기에 큼지막하게 글씨가 적혀 있었는데 잘 보면 읽을 수 있을 것 같았다.

　동양음반.

혹시 이게 아닐까, 삼촌이 말한 힌트. 동양음반이라는 이름은 처음 들어봤다. 하지만 수소문해 보면 관계자를 찾을 수 있지 않을까. 어쩌면 지금 이름 바꿔서 영업할지도 모르고. 어쩌면 한미채를 기억하는 사람을 찾을 수 있지 않을까.

바로 검색해봤다. 물론 큰 기대는 하지 않았다. 이게 힌트라는 보장도 없었으니까. 그렇지만 내 기대는 완벽하게 빗나가고 말았다. 무슨 말이냐 하면 내 낮아진 기대치를 가뿐히 뛰어넘는 결과가 나와버렸다는 뜻이다. 너무나 쉽게 믿기 일쑤야 할 사실이 드러나고 말았던 것이다.

동양음반은 위키 백과에서도 찾을 수 있는 상호였다. 왜냐하면 그곳의 창업자는 이진구, 그곳의 현재 이름은 JG엔터테인먼트였으니까.

5

긴급상황이었다.

아람한테도 전해야 할까? 서둘러 걸어가며 생각해 보았다. 아무래도 그게 맞겠지? 풀어야 할 문제가 있긴 했지만 우리가 싸운 것도 아니고 지금까지 이 일을 함께 준비한 동료로서 빼놓을 수는 없는 일이니까.

간단히 톡을 남겨놨다. 한미채에 대해 새로 알아낸 게 있어. 오빠네로 와. 이제 오든 말든 녀석의 선택에 달린 일이다.

민재 오빠는 연락을 받지 않았다. 갑작스레 찾아가는 일이 많아서 지금 가도 별말은 안 할 테지만 지금 오빠네에는 식객이 있었다. 갑자기 방문하는 건 아마도 예의 없는 짓이겠지? 그렇지만 그런 걸 따질 새는 없었다. 안 받으면 안 받는 대로 일단 들이닥쳐 보고 봐야 했다.

아래층에서 보니 방에 인기척이 있었다. 벨을 눌러도 반응이 없길래 담을 넘었다. 현관은 당연히 잠겨 있었다. 이집에 혼자 올 때만 누릴 수 있는 특권이 있었다. 이 집과 어린 시절을 함께한 사람에게만 주어진 것이었다.

이 집에는 '산타 구멍'이라는 개구멍이 하나 있다. 어릴 적 나와 오빠가 붙인 이름이다. 산타의 길이라고는 하나 배불뚝이 이미지의 산타는 드나들기 어려운 장소다. 집과 담장 사이 좁은 공간을 양발로 버텨가며 조금씩 위로 올라가면 아슬아슬하지만 손으로 잡을 수 있는 홈이 보인다. 바깥에서는 보이지 않아서 외부인이 알아채기 어려운 곳이다. 그 홈을 손으로 잡으면 발을 딛을 만한 벽의 결이 또 보인다. 자세가 잘 나오진 않지만 거기 발을 뻗는데 성공하면 약 1.5층의 높이에 매달릴 수 있게 된다. 그대로 벽을 타고 돌아가면 창문이 나오고 울퉁불퉁한 벽돌로 만들어져 올라가기 좋은 구간이 나온다. 창틀과 가스관을 쥐고 2층부터 시작되는 벽돌 홈을 밟으며 올라가면 2층 다락 창에 다다를 수 있다.

여기까지가 바로 산타 구멍. 다락창은 너무 작아서 지금의 나도 간신히 들어갈 수 있는 정도다. 잠금쇠는 아예 없다. 지난번에도 이 길을 통해 들어왔지. 그게 중학생 때 이후 처음이었다.

역시 오빠는 작업 중이었다. 헤드폰을 쓰고서 온통 알록달록한 음악 프로그램을 들여다보고 있었는데 소리가 헤드폰 바깥으로 새어 나와서 뭘 듣고 있는지 알 수 있었다. 〈고요한 메아리〉였다. 뭔가 안 풀리는 게 있는지 같은 구간만 반복해서 들어보고 확대해서 보고 칼로 잘라 보고 하는 게 문외한인 내가 보기에도 헤매는 행색이었다.

나는 오빠가 잠시 허리 펴는 틈을 타 인기척을 냈다.

"어? 단비야."

나를 알아챈 민재 오빠는 진이 빠진 것처럼 의자에 기댄 채 헤드폰을 벗었다.

"뭐가 잘 안돼?"

나는 화면을 힐끗 보며 물었다.

"으응. 애매한 게 있어서."

"삼촌은? 집에 아무도 없어?"

삼촌이 있었다면 벨을 눌렀을 때 문을 열어줬을 테니까.

268

"삼촌은 오전에 나갔어. 다른 지역에 있는 친척들 만나러 간대."

"하룻밤밖에 안 자고?"

"원래 떠돌아다니는 사람이니까."

삼촌이 없다는 건 중간 확인은 물 건너갔다는 말이다.

"그래도 대단하다. 그냥 이동하는 것만으로도 피곤할 텐데. 모처럼 돌아왔는데 며칠은 쉬지. 여기가 가장 집에 가까운 데라며."

"응. 나도 들은 거지만."

전에 얘기했다시피, 고수진 삼촌보다 내가 더 이 집과 가까운 사람이다. 삼촌은 한국에 남은 가족이 없다고 했다. 집도 없고 인연이라 해봐야 친구나 조카 같은 친척밖에 없었다.

"가끔 저렇게 돌아오실 때마다 궁금했어. 보통 그렇게 살진 않잖아. 적어도 돌아갈 곳은 하나 정해놓지 않아?"

"어쩌면, 삼촌 나름의 속죄일 수도 있어."

"속죄?"

"응."

또 거창한 말이 나왔다. 속죄라니. 이 또한 좀처럼 쓰일 일이 없는 말이다.

"삼촌이 대학생일 때, 학생운동이 한창이었대. 삼촌도 1학년 때부터 시위하고 다녔다고 했어."

"설마, 시위하다가 선을 넘어서⋯."

"아니, 그런 건 아니고."

괜한 소리를 한번 해봤다.

"그런데 삼촌이 언젠가 한 말이 있어. 나는 내 동지들을 팔아 내 안위를 챙겼다⋯고."

"아⋯."

배신을 했다는 말이었다.

"대충 짐작이 갔어. 나도 역사 배웠으니까. 삼촌은 86년도에 대학 1학년이었어. 너도 알 거야. 학생운동은 87년 6일에 징짐에 날했고 그 결과 독재정권이 물러났잖아. 6·10 민주항쟁이라고 했지? 그때는 삼촌도 2학년. 나이로는 스물한 살. 지금 나보다도 어린 나이야. 너보다는 한 살 하고 며칠 더 많은 나이고.

생각해 봐. 그때 뭐 얼마나 알았겠어. 독재정권인데. 경찰이 대학생들도 잡다가 고문하고 그러는데. 아마 86년, 87년 이때쯤 삼촌은 경찰에 잡혀갔을 거야. 그리고 경찰에 동료들의 정보를 넘기는 대가로 풀려나거나 했겠지. 그런데 그 뒤 얼마 지나지 않아."

"세상이 바뀌었구나."

"응. 조금만, 아주 조금만 더 버텼으면 시대의 영웅이 되는 건데. 물론 희생양이 될 수도 있었겠지만 말이야. 박종철, 이한열처럼. 그렇시만 삼촌 입장에서는 자신이 역사의

기로에서 대단히 잘못된 선택을 한 것이라 느꼈을지도 몰라. 물론 이건 추측이지만."

"그래서 속죄하듯 자신을 편하게 두지 않는다는 거구나."

"응. 이런 얘기 하면서 말려보기도 했는데 늘 똑같은 말만 돌려줬어. 흘러가게 두는 게 사람 일이라고. 자신은 젊은 시절 그걸 못했기에 늦게라도 그러며 살고 있다고."

"확실히 스스로 속죄하는 것처럼 느껴지긴 하네."

"그런데, 맞아. 86년에 대학교 1학년이었다면, 그때 한미채와 만난 거잖아. 두 사람 일이랑도 관련이 있을까?"

"그야 모르지. 경찰에 잡혀간 일은 종종 은연중에라도 나오긴 하는데 한미채와 관련된 건 일절 말 안 해줬어."

머릿속을 무언가가 가로질렀다. 지금까지 막연히 떠돌던 사실이 한 가지 이야기로 정리되었다. 나는 자기 직전까지 가사를 곱씹고 암송하던 생활을 몇주간 계속해왔다. 민재 오빠도 나만큼 가사를 외우지는 않았을 것이다. 따라서 이건 오직 나만이 알아낼 수 있는 진실일 것이다. 그렇지만 삼촌의 확인이 필요했다. 삼촌은 언제 또 만날 수 있으려나.

"나 오늘 갑자기 온 이유가 그거 때문이거든. 새로운 걸 알아냈어. 한미채 관련해서."

"뭐? 정말이야?"

271

오빠는 마치 의자에서 튀어 나가기라도 할 것처럼 팔걸이를 움켜쥐었다.

일단 JG에 대한 건 밝혀야겠지. 그리고 다 같이 있을 때 내 가설을 전달하고 나중에 삼촌에게 확인받기로 하자. 나는 입을 꾹 다물고 보조 의자를 가지고 옆자리로 가 앉았다.

"동영상 틀어 봐 봐."

오빠는 말없이 화면을 내리고 동영상이 저장된 폴더로 들어갔다. 그때, 벨이 울렸다. 대문에 설치된 카메라에 찍히는 모습은 이 방에서 컴퓨터로도 확인할 수 있었다. 방문객은 다름 아닌 권아람이었다. 내 톡을 보고 와줬구나.

나는 말했다.

"마침 잘 됐어. 내가 그동안 생각하던 게 있었거든. 단지 상상이고 추론이었지만, 아니 지금도 증거는 딱히 없지만 뭔가 한 가지 이야기를 만들어볼 수는 있을 거 같아. 두 사람이 있을 때 말하는 게 좋겠지."

내 말에 오빠는 고개를 끄덕였다.

넓은 거실을 가로질러 계단을 올라오는 데 한 10초, 20초 걸리려나. 나는 잠깐 눈을 감았다. 오늘 알게 된 사실이 많이 있었지만 전부 내가 어젯밤 생각하던 것을 보충해주는 것들이었다. 허둥대지 않고 잘 설명할 수 있을까? 난 이런 얘기를 그렇게 잘하지 못하는데. 하지만 반드시 짚고 넘어가야 하는 일이야.

발소리가 다가오고 있었다. 그런데 뭔가 미묘했다. 평소의 권아람 같지 않았다. 마치 한 사람의 것이 아닌 듯한.

"미안해."

이건 권아람의 목소리였다.

나는 눈을 떴다. 문턱에 노란 머리를 한 아람이 서 있었다. 그런데 표정이 이상했다. 눈을 아래로 깔고 있었고 이를 악물고 어딘가 분한 듯한 얼굴을 하고 있었다.

아람은 무언가에 밀쳐지듯 방안을 향해 고꾸라졌다. 그리고 그 뒤로 새까만 양복을 입은 남자들이 들이닥쳤다. 도대체 무슨 일인지 이해할 수 없었다.

마지막에 들어온 남자는 눈에 익었다. 지난주 금요일 JG가 찾아왔을 때 같이 왔던 사람이었다. 패딩을 입고 벽에 삐딱하게 기대 서 있다가 JG에게 서류를 건네준 사람.

"내 이럴 줄 알았다니까. 하여간 어린 것들한테 알아서 하라고 맡겨둬서 일이 제대로 돌아갈 리가 없어요."

패딩 남자는 얼굴에 심술궂음이 잔뜩 묻어 있었다. 건전하게 자라지 못한 어른의 예시로 딱 들고 싶을 만한 인상이었다.

"애새끼들이 말이야. 세상 무서운 줄 알아야지. 그 정도로 조건 맞춰주는 데가 어디 또 있는 줄 알아? 고마운 줄 알아야지. 호의가 너무 과하면 이렇게 된다니까. 그게 꼭

지들이 잘해서 받는 건 줄 알아."

나는 겁에 질려 어깨를 움츠리고 있었다. 검은 남자는 내 뒤에 하나, 문턱에 하나, 침대 옆 창가에 하나씩 자리 잡았다. 패딩 남자는 침대 위에 매트리스가 출렁이도록 주저 앉았다. 그의 손에는 서류 가방이 들려 있었다.

검은 남자가 내 어깨를 밀쳤고, 나와 민재 오빠는 바닥으로 밀려나 앉았다. 세 사람은 방안에 갇힌 꼴이 되었다.

"어이, 두 사람. 상황 파악은 되지? 조건은 그대로고 알게 된 사실에 입 다문다 뭐 이런 거 한 줄 추가됐으니 어여 싸인든 하서."

그는 우리 앞에 종이를 한 장씩 내밀었다.

"이러는 거, 협박이야. 부당 계약이라고!"

아람이 한쪽 무릎을 세우며 외쳤다. 그러자 검은 옷을 입은 남자 하나가 뒤에서 어깨를 내리눌렀다. 아람은 몇 번 움찔거렸지만 이내 포기하고 침대에 앉은 패딩 남자를 이글거리는 눈으로 노려보았다.

"어쭈, 그런 말도 알아?"

패딩 남자는 말했다.

"이러고도 너네 회사가 무사할 줄 알아? 이미지로 먹고 사는 게 연예인들 아니야? 이러는 게 알려졌다간,"

"알려졌다간?"

남자는 어른의 박력으로 아람의 높낮이가 불안정한 말을 끊었다.

"알려지면? 누가 믿어는 준대?"

"세 사람이 말하면…."

"아, 터무니없이 좋은 조건으로 곡을 넘긴다는 계약 말이야? 말해 봐. 엉? 도대체 누가 그런 조건을 제시하며 협박을 한다는 거지?"

"그래도 협박은 협박이…."

민재 오빠가 말하려 했다.

"하, 진짜. 이러니까 애새끼들이지."

남자는 코웃음 치며 중얼거렸다. 당연히 그것은 우리 들으라고 하는 말이었다.

그는 침대에 앉은 채로 다리를 꼰다. 그러면서 품속에서 담배를 꺼내 입에 문다. 까만 남자들이 재빨리 움직여 창문을 모두 열었다. 찬 공기가 집안으로 몰려 들어왔다. 동시에, 남자는 담배에 불을 붙였다.

"너네, 재판은 해봤냐?"

남자는 담배 연기를 뿜으며 말했다. 기분 나쁜 연기가 방 안에 퍼졌다가 찬 공기와 함께 휩쓸려 나갔다.

"우리 같은 큰 회사에는 법무팀이란 게 있거든. 회사에 소속된 변호사라 생각하면 돼. 당연히 이런 계약 관계와 귀찮은 법적 분쟁을 해결해 주고. 경험이 다들 많단 말이야. 얼마 전에 좀 유명한 애가 계약 해지 소송 건 거 기억하지? 그거 어떻게 됐지?"

내가 아는 사건이었다. JG소속이었던 유명 그룹에서 뭔가 부당함을 호소하며 탈퇴를 선언했던 적이 있었다. 그런데 그 결과는 해당 멤버의 공개 눈물 사죄였다. 다들 뒤에서 거래가 있었을 것이라 추측했지만 진상은 공개되지 않았고 그 멤버는 웃는 얼굴로 돌아왔다.

"그런 게 어른들 일이란 말이야. 응? 얘들아. 실제로 겪어보면 이게 막 감이 온다? 법적 판단이 어떻게 될지. 여기서 지면 후폭풍이 어떻게 될지. 너희라고 아닐 거 같아?"

분하지만 맞는 말이다. 우리가 받은 협박을 증명하려면 법정까지 가야 한다. 그리고 난 나이는 어리지만 법원이 공평하지 않다는 것은 잘 안다. 민재 오빠가 변호사비를 댈 수 있을지는 몰라도 맨날 이런 일을 하는 거대 기업 법무팀과 싸워서 이긴다는 보장은 없다. 무엇보다, 저쪽은 집단이고 우리는 개인이다. 막막하고 마음이 무거워져서 중간에 지쳐버릴지도 모르는 일이다.

그래도, 이건 부당하다. 이건 우리가 정해야 하는 일이다. 아직 우리에겐 풀지 못한 문제도 있다. 서로에게 할 말이 아직 많이 남았다. 그런데 멋대로 이렇게 어른들의 강요로 노래를 뺏어간다는 건 말이 안 된다.

나는 용기를 내어 한마디를 해보았다.

"이, 이러는 건 이진구 씨가 시켜서 한 건가요?"

그러자 남자는 버럭 화를 낸다.

"어른한테 씨가 뭐야!"

나는 흠칫 놀라서 눈을 감고 움츠렸다.

"이, 이진구 사장님이⋯."

나는 떨리는 목소리로 말을 정정했다.

"그건 알 거 없고. 사인만 하면 돼. 그럼 전부 끝나는 거야. 우린 좋은 곡을 얻고 너희는 젊음을 불태울 연료를 얻고. 도대체 왜 쓸데없는 생각을 하는 거야? 요즘 시대가 어느 시대인데. 앞뒤 따질 거 없이 무조건 이득이잖아. 이득. 너네 이런 말 좋아하지 않아?"

"그래도, 이건 너무하잖아요. 우리도, 우리가 얼마나 고민했는데, 너무나 좋은 조건이랑, 그 사이에서 얼마나 고민했는데⋯."

"이보게나, 아가씨. 때로는 그냥 어른들 말 듣는 게 좋을 때가 있는 거야. 너네 전부 학교 가기 싫은데 왜 보내냐고 투정 부리며 자라지 않았어? 응? 잠깐. 가만 보자."

남자는 내 뒤쪽을 향해 눈짓했다. 그러자 뒤에 있던 까만 남자가 내 팔뚝을 억센 손으로 붙잡았다. 나는 손을 주머니에 넣고 있었다. 주머니에는 스마트폰이 있었다. 잠금은 지문을 풀 수 있었고 나는 카메라 앱을 항상 위젯에 띄워 놓는다. 그 위치는 눈 감고도 찾을 수 있다. 카메라 앱은 기본이 사진 모드고 스와이프하면 동영상 모드라는 것도 알고 있었다. 녹화 버튼 위치가 문제였지만 버튼을 누르면 소리가 나므로 더듬거리며 찾아낼 수 있었다. 그 소리는 나만 들을 수 있을 정도로 아주 작았다.

아람이 협박과 부당계약 얘기를 하자 제일 먼저 든 생각은 이 대화를 증거로 남겨야겠다는 것이었다. 그래서 남자의 훈계 절반 정도를 녹화할 수 있었고 나는 이진구 사장의 이름을 꺼내고 반응을 얻어내는 데에 성공했다.

그런데 그만 겉옷 주머니에 손을 넣고 있던 것을 들키고만 것이다!

까만 남자는 주머니에서 손을 강제로 빼냈다. 폰은 손에서 놓아버렸으나 바디 체크를 피할 수 없었다. 내 폰은 물론이고 아람과 민재 오빠의 폰도 압수당하고 말았다.

"애들이 생각할법한 거지. 안 그래?"

옆에 선 까만 남자를 돌아보며 낄낄하고 웃는다.

"자, 폰은 검사 뒤에 돌려줄 거고. 어디, 또 없나? 협박받았다는 증거. 응?"

그는 우리를 비웃고 있었다. 내 카메라를 들고서 녹화를 중단하지도 않고서 우리 모습을 찍는 모습까지 보여준다. 분했다. 카메라 앱을 녹음기로 쓴다는 생각은 기발하다고 생각했는데. 손을 주머니에 부자연스럽게 넣고 있었다. 그냥 녹화 버튼 누르고 손은 바로 뺄걸. 후회해도 이미 늦은 일이었다.

"이딴 하찮은 꾀를 쓸 수 있는 학생들이니까, 이제 뭐가 너희 인생에 도움 되는 일이고 해가 되는 일인지 생각할 수 있겠지? 응? 알았으면 빨리 사인하자. 이런 촌 동네까지 내려오느라 나도 피곤하니까."

"거부한다면? 뭘 어떻게 할 거죠?"

나는 말했다.

"어떡할까? 어떡했음 좋겠나?"

그는 정말 비열한 표정을 짓고 있었다.

정말 끝인 걸까? 이렇게 우리는 지난 몇 주간의 고민과 노력과 열정과 자존심을 빼앗겨버려야 하는 걸까? 아람은 물론이고 민재 오빠도 표정이 좋지 않았다. 나도 마찬가지일 것이다. 도대체 어른이 다 뭐란 말인가. 아직 미성년자인 우리를 협박하고 비웃고 비아냥대는 게 어른이 할 일이란 말인가?

"할게요…. 그러니까, 이제…."

민재 오빠는 마침내 말했다.

"한다고? 뭘?"

"사인…."

"무슨 사인?"

"곡…. 저작권을 넘길게요."

정말 이렇게 두 손 놓고 있을 수밖에 없는 것일까?

279

내 생각엔 틀린 것 같아
안녕이란 말도 필요하지
않을 것 같지 않니
왜 그리 심각한 거야
다시 보게 될 날이 오게 될 수도 있지
그렇지 않니

즐겁게 달빛 따라 춤을 추길
흥겹게 별빛 타고 노래하길
편안히 두 눈을 감고 모두 잊어버리길
가끔은 돌아보길

내 마음은 찢어진 거야
용서라도 바랄까 난 혹시
하는 기댈 했었어
난 바보였었던 거야
마지막까지 날 속일 줄은 꿈속에도
난 몰랐었어

즐겁게 달빛 따라 춤을 추길
흥겹게 별빛 타고 노래하길
편안히 두 눈을 감고 모두 잊어버리길
돌아올 날까지

혼자서 손뼉 치고 크게 웃길
앉아서 슬퍼 말고 성큼 걷길
가만히 고개를 들고 내일을 보길
가끔은 쉬어가길

이대로 끝이 아냐 나만은 기억할게

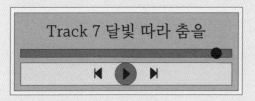

Track 7 달빛 따라 춤을

숨죽여 지켜볼게 너의 앞날 기대해줘

신나게 폴짝대고 빙글 돌길
환하게 미소 띠고 마주 보길
조심히 거울을 보고 슬쩍 뒤를 살피길
조마조마하지

혼자서 손뼉 치고 크게 웃길
앉아서 슬퍼 말고 성큼 걷길
가만히 고개를 들고 내일을 보길
다시 한번

달빛 따라 춤을 추길
흥겹게 별빛 타고 노래하길
편안히 두 눈을 감고 모두 잊어버리길
돌아올 날까지

혼자서 손뼉 치고 크게 웃길
앉아서 슬퍼 말고 성큼 걷길
가만히 고개를 들고 내일을 보길
가끔은 쉬어가길

1

그렇지만 세상에 나쁜 어른만 있는 것은 아니었다. 상황은 급변했다. 저 남자가 창문을 연 게 패딩을 입어서인지 아니면 실내에서 담배를 피우느라 사람들을 배려해서인지 하는 조금 쓸데없는 생각을 하던 차였다.

"계약이다. 내가 물려줬던 한미채의 데모 테이프 수록곡 저작권을 다시 반환해라. 한민재."

나직하고 명료한 소리가 들려왔다. 방안의 모든 사람은 소리가 나는 곳으로 일제히 고개를 돌렸다. 창문이었다. 끼만 남자가 얼어누웠던 창문으로 머리 하나가 솟아 있었다. 그는 다름 아닌 중절모를 눌러쓴 고수진 삼촌이었다!

"돌려드릴게요!"

민재 오빠가 말했다.

"오냐."

하면서 삼촌은 창문을 훌쩍 넘어 방 안으로 들어왔다.

"뭐, 뭐야?"

갑작스런 등장에 낯선 남자들도 당황한 것 같았다.

삼촌이 어떻게 여기로 들어왔는지는 나와 민재 오빠만 알 수 있었다. 창문 바로 밑을 지나가는 벽의 돌출 부분이 내가 지나온 '산타 구멍' 경로였기 때문이었다. 나는 손이 닿지 않아서 조금 돌아가 다락 창문까지 돌아가야 했지만 삼촌은 이 정도 높이는 거뜬한 것 같았다.

검은 옷의 남자들이 순식간에 삼촌 주위를 에워쌌지만 삼촌은 눈 하나 깜빡하지 않았다.

"이제 계약서를 다시 준비해 와야겠지? 곡에 대한 권리가 나한테 있으니까."

"이, 이…. 넌 뭐야!"

패딩 남자는 외쳤다. 당황했을 뿐 아니라 삼촌의 주변 남자들을 압도하는 체구와 팔뚝에 위압된 것 같아 보였다.

"누구긴 누구야. 테이프의 오리지널 프로듀서이자 공동 작사가다."

삼촌은 무리를 헤치고 우리에게 다가왔다. 그리고 내게

손을 뻗어 잡고 일으켜 주었다. 아람과 민재 오빠는 뒤따라서 일어났다. 자연스레 삼촌을 필두로 방어진이 구성되었다. 패딩 남자는 허겁지겁 침대에서 벗어나 문가로 가셨다.

아람은 기가 살아났는지 주먹을 쥐고 복싱 자세를 취하며 말했다.

"한판 해볼래? 이제 쪽수도 비슷한데."

패딩 남자는 이를 악물고 삼촌을 노려보았다.

"너희 회사는 이런 짓을 하면서도 부끄럽다는 생각도 안 하나?"

"하. 어디 숨어 있다가 나타나서 잘난 척이야?"

"어른, 어른 하던데 진짜 어른의 문제를 겪어보고 싶은 건가?"

"어른의 문제? 하! 이거로 다 끝났다고 생각하나 본데, 조금 전에 들었나 모르겠네. 그쪽이 들어오기 전에 이미 구두계약이 맺어졌거든?"

맞아! 민재 오빠가 한 말! 저작권을 넘기겠다고 체념하듯 했던 말.

"그건 댁들이 협박해서 한 말이니 원천 무효다. 내가 들었으니 재판까지 가도 소용없어."

"글쎄, 과연 그럴까?"

그는 손을 위로 올렸다. 남자의 손에는 나한테서 뺏어간

내 폰이 들어 있었다.

"아까 저 계집이 영상을 몰래 찍고 있었거든. 그리고 이 폰이 나한테 있단 말이지. 거기 똑똑히 녹음됐다고. '저작권을 넘긴다'고."

"아니!"

나는 외치고 말았다. 그러고 보니 폰을 받고서 우릴 찍는 시늉을 했는데 녹화를 중단하지 않았단 말인가?

"우릴 협박하는 목소리도 다 녹음됐을 텐데요."

민재 오빠가 말했다. 한결 차분해진 목소리였다.

"법정에서 어떤 부분이 증거로 제출될지는 모르는 일이지."

남자는 빈정거렸다. 폰을 지키려는 듯 검은 남자들이 그 앞을 막아섰다.

"정말 비겁한!"

나는 그만 외치고 말았다.

어떡하지? 폰을 뺏어야 하나? 영화처럼 여기서 난투극과 추격전을 벌여야 하나? 중요한 물건을 두고 벌이는 육체 쟁탈전. 만일 그런 일이 벌어지면 연약한 난 뭘 해야 하지?

이런저런 생각을 하고 있는데 민재 오빠가 말했다.

"아니, 거기 말고요."

방 안의 시선이 오빠한테 모였다. 삼촌도 의아한 눈으로

285

돌아보았다. 오빠는 조금 전과 달리 차분한 평소의 목소리를 되찾고 있었다.

"음악 작업자는 항상 예기치 못한 사고에 대비해야 하거든요."

마치 비밀 무기를 꺼내 드는 것처럼, 뒤쪽의 컴퓨터를 엄지로 슥 가리킨다.

"소란스러워질 거 같아서 재빨리 녹음 버튼을 눌러놨고 지금도 녹음 중이에요. 파일은 3분마다 자동 저장되는데 클라우드와 동기화돼 있고요. 감도 좋은 콘덴서 마이크라서 이 빙 안의 소리는 빠짐없이 녹음됐을 거예요."

패딩 남자는 얼빠진 표정을 짓고 있었다. 그렇다! 민재 오빠는 내가 들어오기 전부터 트랙에서 작업하고 있었다. 전에 듣기로 녹음은 키보드에서 버튼 하나만 누르면 된다고 했다. 침입자가 나타났을 때, 오빠는 가장 먼저 증거부터 남겨야 한다고 생각했던 것이다.

"그럼 구두 계약이 뭐야. 사인했어도 무효 판결받을 수 있을 거다."

삼촌은 말했다. 패딩맨은 아무 말도 하지 못했다.

오빠는 마지막 펀치를 날렸다.

"그리고, 얘네는 아직 스무 살이 안 됐지만 전 스물둘이거든요. 어른이 뭐 별거라고."

2

‘두고 보자’라는 영화에서도 안 쓸법한 말을 남기고 악당들이 떠나버리고 우린 진이 풀려 거실 소파에 늘어져 앉았다.

그때 때맞춰 습격할 수 있었던 것이 집에 도청기를 설치해 놨기 때문이라는 삼촌의 말에 온 집안을 뒤져 도청기를 찾아낸 뒤였다. 두 군데에서 발견되었다. 거실 테이블 밑과 작업실 커튼 뒤. 금요일, 내가 도착하기 전에 작업실 구경을 한번 시켜줬다고 한다. 그 사람들은 화장실도 가지 않았다고 하니 몰래 침입한 게 아니라면 다른 데에는 없을 것 같다고 오빠는 말했다.

"삼촌은요? 어떻게 그때 짠 하고 나타났던 거예요?"

아람은 삼촌을 처음 봄에도 거리낌 없이 말을 건다.

"JG라는 말을 듣고 걱정이 됐지. 원래 비열하기로 유명한 데잖냐. 연습생도 막 굴리고 부당계약으로 몇 번 구설에 오르고."

"그래서 친척 집에 가는 것처럼 하고 지켜보고 있던 거군요."

민재 오빠가 말했다.

"밖에 있던 건 아니다. 차를 하나 빌려놨지. 네가 벽 타는 거도 보고."

"네? 아….."

삼촌이 보고 있었구나. 왠지 좀 부끄러워졌다.

시선을 돌리다가 아람과 눈이 마주쳤다. 녀석은 슬쩍 눈을 피한다. 아무래도 오늘 점심 때 있었던 일이 서로 걸리적거린다. 아람은 그때 계약을 받아들이라고 말했다. 하지만 조금 전에는 반대로 그들에게 맞서는 모습을 보여줬다. 무엇이 녀석의 본심일까. 왜 그렇게 왔다 갔다 하는 걸까.

"그, 그런데요. 삼촌이 그 사람들을 의심한 건, 예전에도 알고 있었기 때문이었죠? JG. 이진구 사장."

나는 화제를 돌렸다.

"찾아냈구나."

삼촌은 조금 힘없는 목소리로 말했다. 아람과 민재 오빠는 놀란 얼굴이었다.

"오늘 이 얘기 하려고 온 거거든. 두 사람 있을 때 말하고 싶었어."

나는 그렇게 말하고 삼촌을 향해 고개를 들었다.

"제가 조금 생각한 게 있는데요. 얘기해 봐도 될까요? 물론 확신은 없는데, 이건 우리에게도 중요한 문제거든요. 이 노래를 불러야 하는 저도 알아야 할 것 같고요."

삼촌은 소파에 기댄 채 가만히 나를 내려다보다 말했다.

"역시 넌 닮은 구석이 있어. 미채랑."

그런 소리를 들으면 역시 부끄럽단 말이야.

"그 사람도 너처럼 무턱대고 돌진하는 타입이었지. 한 평생 그런 사람을 또 본 적이 없었어. 어쩌면 나는 그 사람과 반대되는 삶을 살고 있던 건지도 모르겠다. 만일 처지가 뒤바뀌었다면 그 사람은 나처럼 살지 않았겠지.

그 일은 영원히 묻어두려고 했다. 그런데 인터넷으로 그 이야기가 퍼질 줄은 몰랐어. 아마 회사 내부 자료로 갖고 있던 걸 누가 유포한 것일 거야. 그런데 그게 돌고 돌아 민재 너한테 갔고 큰 영향을 끼쳤다니, 세상일 정말 모르겠구나."

삼촌은 잠시 무겁게 입을 다물었다.

"말해 봐라."

"그런데 여기엔 삼촌 이야기도 껴 있을 거예요. 괜찮으시겠어요?"

나는 삼촌과 눈을 마주쳤다.

"그래. 나도 여기서 도망칠 수 없겠지. 이것도 다시 되돌아오는 운명이려니 하고 받아들이마."

나는 이야기를 시작했다. 한미채에 대해서. 한미채의 노래에 대해서.

3

"전 이 노래를 알게 되고 고민을 많이 했어요. 80년대 일본 아이돌 음악은 처음 듣는 거였고 한미채에 대해 원래 잘 알던 것도 아니었거든요. 노래는 제대로 배운 적 없었고요. 그래서 학교 음악 선생님의 도움을 많이 받았어요. 요새 학교 일찍 끝나니까 바로 음악실에 가서 레슨을 받았어요. 선생님께 노래도 들려드렸고 정확히 그 목소리를 낼 수 있게 가르침을 받은 거예요."

세속 애매하던 호칭은 어떻게 할까 고민했는데 그냥 한미채 풀네임으로 통일하기로 했다. 비슷한 또래에 멈춰버린 사람이기도 하고 이미 역사 속 인물이 돼버렸기도 하고.

"마침 선생님도 그런 음악을 좋아했거든요. 그렇지만 그냥 그걸 따라 한다고 해서 그 감정이 나오는 게 아니잖아요. 노래의 주인공이 되어보려고 이미지 트레이닝도 많이 했어요. 그런데 아무리 가사를 곱씹어봐도 이해 가지 않는 노래가 두 개 있었어요. 그게 바로 아직 녹음하지 않은 두 곡. 〈러브 스타카토〉와 〈달빛 따라 춤을〉이에요. 특히 〈달빛 따라 춤을〉은 목소리가 녹음되지 않아서 어떻게 부르는지도 알 수 없었어요.

이 두 곡은 민새 오빠도 해석이 잘 안되어서 마지막으로 미뤄둔 거였어요. 그래서 귀신을 불러서 물어보려고도 했지만.”

나는 힐끗 민재 오빠 쪽을 보았다. 오빠는 아무 표정 변화가 없었다.

“대답해 줄 리가 없었죠. 그래서 전 생각을 해봤어요. 그것을 알아내려면 노래의 화자가 아니라 한미채의 마음에 대해 생각해봐야 하지 않을까, 하고요. 노래는 보통 자신의 이야기이기도 하잖아요. 그 사람의 마음을 알게 되면 노래도 이해할 수 있지 않을까. 그래서 가사를 다시 분석하기 시작했어요.

제가 하는 말은 순전히 추측이에요. 하지만 가사를 바탕으로 했고 몇몇 상황을 참조했어요. 저는 여기에 모종의 진실이 담겨 있다고 생각해요. 제 추측이 맞든 틀리든, 한미채는 노래를 통해 무언가를 전하고 싶었던 것이 분명해요.”

“전하다니, 누구한테?”

아람이 말했다.

“자기 마음을 알아줄 누군가한테. 그게 누가 됐든지간에요.”

나는 숨을 크게 들이켰다. 이야기는 이제 시작이었다.

“일단, 분류부터 해볼게요. 테이프는 모두 두 개였어요. 겉에 적힌 순서대로 A, B라고 부를게요. 찾아보니까 흔한 카세트 테이프는 앞뒤로 30분 정도 녹음된대요. 그런데 이 테이프는 조금 언밸런스하게 녹음됐어요. 〈러브 스타카토〉 〈가벼운 발걸음으로〉 〈서쪽에서〉 〈꿈의 날개〉 〈첫눈, 로맨스!〉는 A, 나머지 〈고요한 메아리〉 〈달빛 따라 춤을〉은 B에 녹음됐어요. 거기에 가사집의 순서도 좀 달랐어요. 번호가 붙어서 마치 앨범 트랙 순서를 정해놓듯이 적혀 있었거든요. 순서는 아실 거예요. 별도로 목차도 있었죠.

왜 이렇게 녹음됐을까요? 이건 데모 테이프라서 그랬던 거예요. 실제로 완성된 앨범을 만들었다면 곡 순서대로, 그리고 테이프의 앞뒤를 알뜰하게 활용해서 녹음됐을 거예요. 하지만 데모 테이프는 그럴 필요가 없어요. 이렇게 녹음된 이유는 하나밖에 없겠죠.

곡이 만들어진 순서대로 녹음된 거예요.

아니, 정확히 이 순서대로 만들어졌는지는 알 수 없어요. 하지만 대략적인 순서는 나눠볼 수 있을 거예요. 바로 A 테이프와 B 테이프 두 시기로요. 그런데 왜 시기가 나뉠까요? 전 그게 이상했어요. 이 데모는 한국에 와서 처음부터 다 만들었을까요? 그건 조금 힘들 거라 생각해요. 아무래도 당시는 데모 녹음하는 것만 해도 어려운 일이었잖아요. 특히 한국에서는요. 지금이야 집에서 데모를 만드는 게 가능하지만 아무래도 80년대 한국에서는, 특히 아무 연고가 없는 이빙인으로서는 그렇게 하기 쉽지 않았을 거예요. 하지만 분명히 작업은 한국에서 이뤄졌어요. 왜냐하면 가사 내용 중에서 한국에서 쓴 것이 분명한 것이 있었거든요.

그렇다면 어떻게 했던 걸까요? 전 이랬을 거라 생각해요. 먼저, 일본에서 반주 테이프를 만들어요. 그리고 한국에서 목소리만 별도로 녹음한 거예요. 그게 가능할지 기술적인 것도 조금 찾아봤거든요. 당시 워크맨 중에서 녹음이 가능한 것이 있었대요. 그런 거로 보컬 트랙 테이프를 만들고 기존의 반주 트랙과 함께 재녹음을 하면 오버더빙을 할 수 있는 거예요. 음질은 당연히 조금 떨어지지만 어차피 데모니까요.

이런 이야기를 길게 하는 이유는 바로 가사를 쓴 시점을 규명하기 위해서예요."

"가사를 쓴 시점이 다르기 때문에 테이프가 두 개로 나뉘었다는 거야?"

민재 오빠가 물었다.

"정확해. 두 테이프는 녹음된 시차가 있을 거야. A 테이프가 녹음됐을 시점에는 B에 수록된 두 곡, 〈고요한 메아리〉와 〈달빛 따라 춤을〉의 가사가 다 쓰이지 않았을 거야. 중요한 것은,"

나는 잠시 쉬고 물을 마셨다.

"중요한 것은 시점만이 아니에요. 가사 내용도 중요했

어요. 시점이 달라지면서 무언가 상황이 달라졌고 가사의 톤도 달라졌어요.

테이프 A의 가사는 대개 희망차고 긍정적인 가사예요. 그런데 B는 분위기가 미묘해졌어요. 〈고요한 메아리〉에서는 '그대'를 원망하고 있고 〈달빛 따라 춤을〉에서는 뭔가 짓궂은 마음이 느껴져요. 제가 감을 못 잡은 게 이거 때문이었어요. 정말 같은 사람이 쓴 가사가 맞을까? 앞 노래들에서는 포기하지 않는다고 말하고, 꿈이 있다고 말하고, 달릴 거라고, 혼자만의 힘으로 이겨낸다고 밀하고 있었잖아요.

함께 가사를 쓴 삼촌의 영향이 아닐까도 생각했는데 그건 아니라고 삼촌이 직접 말해주셨죠.

그래서 전 가정할 수밖에 없었어요. 이 가사에는 좀 더 직접적으로 작사가의 상황, 처지, 심경이 담겨 있는 게 아닐까? 이건 음악 선생님의 말이 큰 힌트가 됐어요. 노래에 일정한 스토리가 담길 수도 있다고 선생님이 말해줬거든요. 만일 그렇다면 우린 한미채에 대해 더 많이 알 수 있겠죠.

저는 가사의 내용을 다시 분석해 봤어요. 다섯 곡의 녹음을 마친 뒤에 말이에요. 개별 노래로서가 아니라 전체 이야기로서 그 뒤에 숨어 있는 작사가의 이야기를 시간 순서대로 다시 짜 맞춰봤어요. 그랬더니, 이런 이야기가 만들어졌어요."

나는 악당들에게서 되찾은 나의 폰을 꺼냈다. 이번에는 가사를 보면서 이야기할 수밖에 없었다. 노래는 다 외우고 있었지만 직접 부를 때와 달리 가사 내용을 되짚어보려 할 때는 바로바로 생각나지 않았기 때문이었다.

"스토리 상의 첫 번째 노래는 〈꿈의 날개〉예요. 이건 그냥 화자에게 꿈이 있다는 노래가 아니었어요. 이것은 한미채가 일본에서 살며 겪고 생각한 것을 묘사한 노래였어요."

"뭐? 정말이야?"

민재 오빠가 놀란 목소리로 말했다. 나는 대답하지 않고 말했다.

"'늘 그려보았지. 내가 떠나왔던 곳. 하지만 난 좀 두렵고 낯설기도 해.' 노래는 이렇게 시작해요. 떠나 온 곳이 어디일까요? 내가 떠나왔지만 오히려 낯설기도 한 곳이 있을까요? 이건 고향이 있지만 한 번도 고향 땅을 밟아본 적 없는 재일교포 2세니까 할 수 있는 표현이에요."

나는 삼촌의 표정을 살폈다. 삼촌은 지금까지 죽 한결같은 얼굴이었다.

"이 노래의 화자는 도망치고 싶어 해요. 시선을 두려워해요. 무엇으로부터? 제가 이 노래에서 계속 마음에 걸렸던 표현이 있었거든요. 뭐냐 하면 '뒤를 밀치지 말아요. 나는 귀를 막았어.'라는 가사예요.

처음엔 그저 도망치고 싶어 하는 상황에 대한 추상적인 표현이라 생각했거든요. 그런데 아무리 생각해도 이 부분에서는 너무 표현이 구체적인 거예요. 뒤를 밀치지 말라니. 이건 비유라 하기엔 조금 어색하잖아요. 관점을 바꿔 봤어요.

이건 작사가가 직접 겪은 구체적 사건이 아닐까 하고요."

이런 생각을 하게 된 것은 내가 비슷한 상황을 겪어봤기 때문이었다. 복도를 걷다가 발이 걸리고 계단을 내려가는데 누가 밀어 굴러떨어지고 귀에다 대고 모욕적인 말을 외쳐대고. 나 또한 그때 귀를 틀어막았다.

"한미채는, 일본에서 괴롭힘을 당했던 거예요. 흔한 일이었잖아요. 지금도 마찬가지고요. 재일교포가 차별받는 게. 일본에도 좋은 사람이 물론 있겠죠. 하지만 어디서든 괴롭힘, 따돌림, 차별은 일어나요. 그게 한국으로 오려 했던 이유 중 하나가 됐다는 건 분명해요."

"그건,"

수염을 쓰다듬으며 이야기를 듣고 있던 삼촌은 처음으로 끼어들었다.

"나도 생각해 보지 못했다. 왜 한국으로 올 생각을 했냐는 물음에는 뿌리를 찾아가고 싶다는 말밖에 안 했으니까."

그리고 삼촌은 지금까지 과거를 잊어버리려 했다. 의문이 남아 있었더라도 일부러 의식하지 않으려 했을 것이다.

나는 말을 계속했다.

"그다음 내용의 가사는 〈가벼운 발걸음으로〉예요. 이건 조금 쉬웠어요. 새 출발을 이야기하는 노래예요. 희망과 꿈과 기대되는 내일을 이야기하는 노래예요. 그렇지만 좀 더 작사가의 본인 이야기라고 생각해 본다면 몇 가지 정보를 얻을 수 있어요.

먼저, '기분 좋은 바닷바람'이라는 가사가 있죠. 이건 말 그대로 바다가 보이는 동네에 살았다는 말 아닐까요?"

"맞아. 살던 곳은 미야자키라고 했어. 언젠가 한 번 가봤지. 바다가 있고 아침 햇살이 바다에 눈부시게 빛나는 곳이었지."

삼촌이 보충해주었다.

"역시 그렇군요. 여기서도 약간의 개인사가 나와요. '떠들썩한 소리가 스쳐 지나고 누구도 내겐 아무 관심이 없었어.' 이것도 문장 그대로 이해하는 편이 좋을 거예요. 하지만 화자는 '혼자만의 힘으로 이겨내야 해. 언젠가 가장 빛나는 내가 될 테니까.' 하고 다짐하죠. 엄마한테 말하지 않았다는 구절도 나와요. 종합해 보면,"

"집에다 말 안 하고 무턱대고 한국에 왔다는 말인가?"

아람이 끼어들었다.

"응. 그럴 거라 생각해. '하얀 양떼구름'이나 '끝없는 하늘 아래 바다가 펼쳐져' 같은 구절은 뭐일 거 같아?"

조금 베리에이션을 줘서 질문을 던져봤다. 물론 질의응답을 하는 게 아니기 때문에 내가 바로 답을 했다.

"비행기예요. 그건 비행기에서 내려다본 창밖의 풍경을 묘사한 가사였어요."

"그럼 그 가사는…."

민재 오빠가 말했다.

"네. 한국에 오고 나서, 최소한 비행기 안에서 쓴 가사예요. 〈꿈의 날개〉가 언제 쓰였는지 확정할 수는 없지만 적어도 〈가벼운 발걸음으로〉의 상한선은 확실히 말할 수 있어요.

그다음 가사는 뭘까요? 저는 〈서쪽에서〉라고 생각해요. 이 노래 가사도 확실하게 한국에 온 뒤에 쓴 거예요. 이 내용에 대해서는 우리가 얘기 나눠본 적 있어요. 아직 꿈은 멀지만, 이미 발을 내디뎠고, 아직 목표는 멀어 보이지만, 돌아가고 싶지 않다는 이야기. 편지와 같은 노래예요. 그 편지를 받는 사람은 아마도 부모님일 거라 생각해요. 서쪽, 일본 기준으로 서쪽인 한국에서 자라온 고향에 있는 부모님에게 보내는 편지. 엄마한테 말도 하지 않고 나왔으니 편지를 보내고 싶은 건 당연한 마음일 거예요."

그렇다면 당연히 작사 순서도 확정된다. 〈가벼운 발걸음으로〉 다음에 〈서쪽에서〉.

"다음 흐름으로 나올 노래는 〈첫눈, 로맨스!〉예요. 이 노래는 첫 만남에 사랑에 빠져버렸다는 아주아주 보편적인 이야기를 하고 있지만요, 그런데도 한번 이야기에 끼워 넣어볼 수 있지 않을까요?

만일 한국에 온 한미채가 정말로 누군가를 만나 첫눈에 사랑에 빠져버렸다면? 배경은 아마도 겨울이겠죠? 하늘에서 내리는 눈을 말하는 첫눈과 처음 마주침을 말하는 첫눈의 동음이의어 말장난이니까요. '가만히 손을 뻗어 머리를 털어주네' 같은 가사는 머리에 쌓인 눈을 털어주는 거겠죠? 첫 만남, 그때 마침 내린 첫눈, 머리에 쌓인 눈을 털어주는 상대. 그리고 우린 그럴 만한 사람이 있다는 걸 알고 있잖아요."

나는 말을 멈추고 삼촌을 바라보았다. 왠지 목소리가 격양돼서 말을 이어가기가 힘들었다. 삼촌은 항복하듯 고개를 천천히 끄덕였다.

"이건 고백할 수밖에 없겠지. 그 가사에 등장하는 상대는 아마도 내가 맞을 거다."

여기서 잠시 삼촌의 이야기로 들어간다.

"네 말이 맞다. 운명적인 만남이랄까. 그런 느낌이 생전

몇 번이나 찾아올까 싶은 그런 만남이었다. 이 가사는 녹음할 때까지도 나에게 보여주지 않았다. 끝내 이 가사에 대해서는 한마디도 하지 않더구나. 하지만 가사 노트를 보고서 알 수 있었지. 이건 우리의 이야기라는 것을.

86년 겨울, 서울이었다. 그 사람은 전화박스 안에서 추위에 떨고 있었다. 나는 그 안에 있는 게 누구인지도 보지 못하고 급히 안으로 들어갔지.

좁은 전화박스 안에서 우린 잠시 눈을 마주치고 서 있었지. 너희는 전화박스를 본 적이 없겠구나. 억지로 욱여넣으면 세 사람까지 들어가지만 보통은 한 사람도 여유롭게 있기 어려운 공간이지. 나는 양해를 구했고 그 사람도 이해해 줬다. 밖으로 나와 잠시 이야기를 나누는데 갈 곳이 없다더구나. 옷도 꽤 얇아 보였지. 원래 살던 곳에서는 겨울에 서울만큼 춥지 않다고 했다. 나는 내 하숙방에서 잠시 몸을 녹이지 않겠냐고 권했지.

지금이라면야 큰일 날 소리지만 그때는 오히려 낯선 사람들을 쉽게 믿고 또 친절함을 베푸는 그런 경향이 있었지. 사람들이 순진하던 시대였다. 아직 한국인이 완전히 서구화되지 않던 시절이었지. 일본에서 자란 그 사람은 어떨지 모르겠지만.

그 사람은, 사실 내 머리 위에 있던 사람이었다. 당시로서 나는 상상도 못 하던 캐릭터였어. 그때만 해도 가출이

사회 이슈가 되지도 않았고 여자들은 나이 먹기 전에 다들 시집가려 했던 시기였다. 무려 비행기를 타는 가출이라니. 믿을 수가 없었어.

따듯한 곳에서 배도 채우고 생기가 돈 그 사람은 바로 본래 성격을 드러냈다. 티 없이 웃고 거침없이 꿈을 말하는 사람이었지. 살면서 그렇게 에너지가 넘치는 여자를 본 적이 없었다.

순식간에 하숙집 사람들과도 친해지더니만 대학교를 구경 시켜달라고 했다. 대학을 둘러보더니만, 그 어수선한 공간이라면 숨어들어 살아갈 수 있겠다고 생각하더구나. 그것도 당시로서는 상상할 수 없는 생활이었지. 나는 만류하려 했지만 딱히 방도가 없다는 것도 알았다. 어쩔 수 없이 낮에는 나와 다니며 청강생처럼 지냈고 밤에는 빈 강의실이나 과방, 동아리실 등지에서 보내기로 했다.

어수선한 시절이었다. 학교에서 밤을 지새우는 사람도 많았고 때로는 위험한 일이 벌어지기도 했다. 나는 처음에는 혼자 있게 하다가 급기야는 같이 학교에서 같이 밤을 보내주기도 했다."

"그러다가 눈이 맞은 거군요?"

아람이 싱글거리며 끼어들었다.

"난 뒤늦게 알아챘지만, 처음부터 그쪽에서 적극적이긴 했다."

"오오! 인기남 어필?"

아람이 장난스럽게 말하긴 했는데 삼촌 젊었을 때 사진을 보면 아마 깜짝 놀랄걸? 대학생 시절의 삼촌은 마치 예전 홍콩 배우 같은 인상이었다. 안 그래도 인기 많았을 타입이라고.

"뭐, 그렇게 된 거다. 우리는 같이 데모 테이프를 완성하기로 했지. 네가 말한 대로다. 보컬 트랙 테이프를 따로 만들고 그 사람이 가져온 반주 트랙과 함께 멀티 트랙 레코더로 복사하는 식으로 만들었지. 교내 음악 동아리를 찾아다니면서 방법을 구했나."

"그렇다면, 〈러브 스타카토〉의 가사는 이미 일본에서 써 왔다는 말인가요?"

나는 한 가지 애매하던 부분을 물어봤다. 지금까지 짜맞춘 노래 스토리 순서대로 가사를 썼다고 가정한다면 한 곡, 같은 A 테이프에 포함돼 있으면서도 내용상 동떨어진 〈러브 스타카토〉의 시점이 애매해진다. 첫눈이 내린 것은 아마도 11월에서 12월 사이. 대학교 학기는 12월 말에 마친다고 하니까 〈첫눈, 로맨스!〉의 작사 시점도 그 사이일 것이다. 가사를 꼭 흐름에 맞춰 순서대로 써야 한다는 법은 없었지만 삼촌을 만나기 이전이든 이후든 〈러브 스타카토〉가 들어가기에는 뭔가 어색하다.

"그래. 그 곡 가사기 유일하게 일본에 있을 때 쓴 거야.

〈꿈의 날개〉도 한국에 와서 썼다고 했던 것으로 기억한
다."

아아, 시점은 그렇게 되는구나. 나는 고개를 끄덕였다.

문제는 〈러브 스타카토〉의 내용이었다. 하지만 이건 잠
시 넘어가기로 했다. 흐름상 더 중요한 것이 뒤에 기다리
고 있으니까.

"정리하자면, 그렇게 다섯 곡, 〈러브 스타카토〉〈가벼운
발걸음으로〉〈서쪽에서〉〈꿈의 날개〉〈첫눈, 로맨스!〉가
사가 먼저 완성돼서 첫 번째 데모 테이프를 만들었어요.
한미채는, 이제 두 사람이라고 말할 수 있겠네요. 두 사람
은 그거로 오디션을 보기 시작했을 거예요. 맞죠? 이미 일
곱 곡이 준비돼 있는데 굳이 거기서 끊은 이유는 테이프를
쓸 데가 있기 때문일 테니까요."

삼촌은 묵묵히 고개를 끄덕였다.

"그래서 접촉한 음반사가 바로 동양음반. 카메라 테스
트 영상을 보면 배경이 대체로 겨울인 것 같아요. 접촉은
금방 이뤄졌을 거예요. 이 음악은 당시로 봤을 때 정말 엄
청났을 테니까요. 음반사 어디라도 듣자마자 군침 흘리지
않을 수 없었을 거예요. 노숙 생활… 그런 일이 있을 거라
고는 생각 못했는데, 그 생활도 금방 끝났을 거예요. 그쪽
에서 방을 얻어주거나 아니면 사무실에서 지내거나 했겠

죠?"

이 부분이 중요했다. 어떻게 이야기를 풀어가는지가 중요했다. 순서대로 말할까, 아니면 중요한 부분을 먼저 말할까.

역시 바로 들어가는 게 좋겠다는 결론이었다.

"전 계속 궁금했어요. 지금까지 나온 가사를 살펴보자고요. 혼자 힘으로 꿈을 이루고 말겠다는 가사, 꿈을 이루기 전에는 돌아가지 않겠다는 가사, 따돌림당하고 외롭고 서러운 현실 속에서도 나에겐 높이 치켜올릴 하얀 날개가 접혀 있다고 믿는 가사. 이런 가사를 쓴 사람이, 도대체 왜 자살을 선택했을까요?

전 그게 너무 이해 안 됐어요. 믿을 수 없었어요. 물론, 극단적 선택을 하는 사람의 마음은 아무도 몰라요. 부모님이라도, 연인이라도 다 이해하지 못할 거예요. 그렇지만 그런 상황에 이르도록 하는 최악의 시나리오를 생각해 볼 수는 있잖아요. 그런데 그게 안 되는 거예요. 아무리 생각해 봐도 도저히 그렇게 생각이 이어지지 않는 거예요. 그때의 한미채도 저도 비슷한 나이잖아요. 저도 다음 주면 스무 살이고요. 우리가 완전히 다른 방식으로 생각한다고는 생각하지 않았거든요.

그래서 전 다른 쪽으로 생각해 봤어요. 어쩌면 그건, 자살이 아니지 않을까?"

"뭐어?"

아람과 민재 오빠는 동시에 외쳤다.

"아니, 그건 기사로도 남았다며?"

아람은 말했다.

"맞아. 나도 당시 기사를 전부 확인했어. 다른 사건의 여지는 없는 걸로…."

민재 오빠도 떨리는 목소리로 말했다.

"나도 그런 생각은 안 하려 했어. 그런데, 삼촌은요? 삼촌은 그렇게 생각하지 않았던 거죠?"

나는 삼촌을 향해 말했다.

"삼촌이…?"

민재 오빠도 시선을 비스듬히 아래로 깔고 있는 삼촌을 향해 고개를 돌렸다.

삼촌은 천천히 입을 열었다.

"그래…. 나도 믿지 않았다. 단 한 번도."

삼촌은 굳은 얼굴로 말했다.

"한 번도 자살이라고 생각하지 않았다."

"그, 그러면, 왜… 어떻게…."

민재 오빠는 중얼거리듯 말했다.

나는 다시 추리를 이어갔다.

"저도 지금까지 이걸 어떻게 짜 맞춰야 할지 몰랐어요. 그런데 이제 알겠더라고요.

다시 가사 얘기를 해볼게요. B 테이프에 녹음된 〈고요한 메아리〉는 겉으로는 평범한 사랑 노래 같아요. 화자는 '그대'의 마음을 열려고 하는데 아무래도 두 사람은 길이 다른 것 같아요. 노래도 페이드 아웃 되며 애매하게 끝나는 게 뭔가 제대로 마무리되는 것 같지가 않아요. 노랫말에 희망이나 기대감이 전혀 들어 있지 않고 그보다는 체념? 안타까움? 그런 느낌이 물씬 풍기죠.

분위기가 다른 노래야 들어갈 수 있지만 이 가사가 쓰인 시점이 계속 마음에 걸렸어요. 이게 B 테이프에 담겼다는 말은 녹음의 시산 자가 있다는 말이잖아요. 전 그래서 생각했어요.

혹시, 그 사이 뭔가 심경의 변화가 생긴 건 아닐까?

그런데 어떤 변화가 생길 수 있을까, 여기서 막혀 있었어요. 이건 너무 막연한 일이었거든요. 정말 아무 단서도 없고 너무나 많은 걸 상상할 수 있으니까요. 그런데 전 그때와 지금의 연결점 하나를 더 알게 됐어요. 삼촌의 힌트 덕분이었죠."

"연결점?"

아람이 물었다.

"응. 바로 그것 때문에 모이자고 말했던 거야. 비디오에서 지나가는 장면으로 딱 한 번, 중요한 키워드가 등장했어요. 그건 바로 동앙음반. 아마도 당시 한미채와 데뷔를 준비 중이었던 음반사. 그런데 그게 지금 뭐로 바뀌었는지 알아? 다름 아닌, JG엔터테인먼트야."

"뭐어?"

또다시 두 사람이 동시에 외친다.

"왜 연예계 거물인 이진구 대표가 직접 그 음악을 사려고 여기 청주까지 내려왔을까? 난 그것도 정말 이해할 수 없었어. 하지만 이제 연결점이 생겼으니까 생각해 볼 수 있겠지."

나는 테이블 위에 있는 도청기를 가리키며 말했다.

"이진구는, 그때도 이미 이 노래를 뺏으려 했던 거야. 한미채는 그래서 죽은 거고."

4

노래에는 감정이 담긴다. 스스로 만들어 부르는 노래라면 더욱 그렇다. 내가 만일 노랫말을 쓴다고 한다면 가장 먼저 무엇을 소재로 쓸까? 나는 공상적인 것을 좋아하기 때문에 외계인의 침략이나 시간여행 같은 것도 써보고 싶지만, 우선은 내 감정, 내 기분을 표현하는 노래를 쓸 것 같다. 아니, 침대 밑에 감춰져 있는 내 비밀스런 습작 노트는 이미 다시 돌아보고 싶지는 않은 그때그때의 충동적인 감상으로 가득하다.

낯선 땅에 건너와서 모든 게 새롭고 우여곡절도 많고 느낀 것도 많을 것이다. 그런데 가사에 자기 이야기를 넣지 않고 특정 상황을 가정한 사랑 노래를 굳이 썼을까? 아무래도 어색하다. 그보다는 어떤 상황을 빗대 자신의 이야기를 한 것이라고 해석하는 것이 맞지 않을까?

이렇게 깔아두고 과연 무슨 일이 있었을까 내도록 생각해 보았다. 혹시 당시 만나던 사람과 문제가 생긴 걸까? 만일 그렇다면 자살의 이유도 관련 지어 생각해 볼 수 있지 않을까? 나는 이런 생각도 해보았다. 한미채와 관계되었을 법한 가장 유력한 사람은 역시 고수진 삼촌이다. 그렇다면 혹시 삼촌이 그런 결심을 하게 한 원인은 아닐까?

그렇지만 역시 어색했다. 만일 삼촌이 원인이라면 굳이 자신이 저지른 과오의 흔적을 조카에게 물려주지 않았을 것이다. 그리고 그 야심 가득했던 한미채가 이런 연애 문제로 자살까지 택한다고는 도저히 생각할 수 없었다. 이 의문은 계속해서 남아 있었다.

그리고 그 답은 JG가 직접 알려주었다. 아무리 좋은 원석을 발견했다 해도 사장이 직접, 그것도 갑자기 대뜸 지방까지 행차하는 것은 생각하기 힘든 일이다. 이 의문도 말끔히 해소되었다. 그들이 도청기를 설치하면서까지, 어깨들을 동원해 협박하면서까지 이 테이프에 집착하는 모습을 통해 그들의 집착은 정상이 아니라는 것을 알 수 있었다.

관련이 있을 수밖에 없었다. 한미채, 그리고 그 당시의 이진구 사장 사이에 뭔가가 있었다고 생각할 수밖에 없었다.

"이진구 사장이 그때나 지금이나 똑같이 비열한 사람이라고 생각해 본다면 말이에요, 이런 상상도 해볼 수 있겠죠. 과거로 갈수록 한국인들은 일본을 나쁘게 생각했을 거 아니에요. 지금처럼 왕래가 잦은 것도 아니고 일본문화도 금지돼 있었어요. 그렇다면 사업가적인 판단을 할 수도 있었을 거예요. '재일교포라면 한국에서 안 먹히지 않을까?'

그래서 노래를 빼앗으려 한 거예요. 지금처럼 치밀하게 구슬리진 않았겠죠. 훨씬 거칠고 무식한 방법을 동원했을 거예요. 한국 시민권도 없고 게다가 미성년자였던 한미채는 당할 수밖에 없었을 거예요. 게다가 야만스런 시대였잖아요. 여기서 구체적인 상상을 하진 않을게요. 따져 봤자 소용없는 일이었겠죠? 증거가 없으니까요.

물론 상상이에요. 그렇지만 우리는 확고한 사실로부터 이런 상상을 해볼 수 있어요. 그 사실이란 바로, 삼촌이 이 테이프를 가지고 있었다는 것이에요."

"음? 그건 당연한 거 아니야? 같이 테이프를 만들었으니."

아람이 말했다. 얼핏 그렇게 생각할 수 있다. 그렇지만 적어도 내가 느끼기에 그것은 조금 이상한 사실이었다.

"조금 전, 삼촌은 한 번도 한미채가 자살했다고 생각하지 않았다고 말했어요. 전 삼촌이 그럴 거라고 생각했어요. 왜냐하면 삼촌은 JG를 의심하고 있으니까요. JG라는 이름을 다시 들었을 때 이미 삼촌은 경계하고 있었던 거예요. 즉, 한평생 그들을 의심하고 있었다는 말이겠죠.

하지만 그 말은 이 사실도 암시하죠. 삼촌은 당시의 정황을 아는 것이 아니에요. 단지 믿지 않을 뿐이죠. 왜냐하면, 삼촌은 한미채의 마시막을 지켜주지 못했으니까요."

나는 잠시 눈치를 보았다. 여기서 나는 큰맘을 먹어야만 했다. 바로 삼촌에 대한 이야기를 할 것이기 때문이었다.

"삼촌은 정확한 사실은 몰라요. 그냥 '알려진 사실'을 '믿지 않을' 뿐이에요. 그런데 어째서 연인의, 거기에 같은 작업도 한 동료이기까지 한 사람의 죽음을 제대로 지키지 못했을까요? 아마 자리를 비워 만날 수 없던 상태였을 거라고 생각해요. 그것도 진상조사가 힘들어질 만큼 오래.

테이프. 이 테이프가 삼촌에게 있던 이유는 이것 말고는 생각할 수 없어요. 한미채가 삼촌에게 보내 놓은 거예요. 바로, 빼앗기지 않기 위해서요."

"그럼 이해가 되네…."

민게 오빼기 중얼거리듯 말했나.

"삼촌은 자리를 비운 상태였고, JG, 반도음반은 한미채를 압박하고 있었다. 그래서 테이프, 유일한 원본이었던 테이프를 삼촌에게 우편으로 보내고, 한미채는 협박을 받다가…."

나는 흐름을 잊어버리지 않도록 바로 말을 이어나갔다.

"자살하려는 사람은 자신의 중요한 물건을 남한테 맡기지 않아요. 신변 정리하려는 거였다면 유언이 남아 있었겠죠. 그런 게 없이 삼촌에게 가 있을 수는 없다고 생각해요. 삼촌이 이 테이프를 부당하게 갖고 있던 것도 아니에요. 그렇다면 조카한테 물려주거나 하지 않았을 거예요.

남는 건 하나. 한미채는 삼촌에게 테이프를 직접 보낸 거예요. 아무도 모르게 말이에요. 삼촌은 이 테이프를 정당하게 갖고 있었고, 한미채의 죽음에 얽힌 상황을 정확히 알지 못해요. 그렇다면 왜, 한미채는 부재중인 삼촌에게 테이프를 보냈을까요?

이것도 하나밖에 생각할 수 없잖아요. 두 사람이 만든 소중한 데모 테이프를 지키기 위해서지요."

이것이 가장 중요한 부분이었다. 바로 그것이 삼촌에게 테이프가 있는 이유였다. 한미채가 자살한 것이 아닌 이유였다. 미채는, 한국에서의 추억을 잊어버리고 싶지 않았다. 그 인연마저도 부정하고 싶지 않았다. 나는 그렇게 믿었다. 나는 여전히 노래에는 마음이 담긴다고 믿는다. 마음은 전해진다. 그렇기 때문에 우리가 지금 여기 모였다. 그렇기 때문에 우리가 이렇게 아파하고 후회하고 서로의 용기가 되어주고 있다.

내가 이런 생각을 하게 된 계기는 역시 가사였다.

"B 테이프에는 두 곡이 실렸어요. 〈고요한 메아리〉와 〈달빛 따라 춤을〉. 그런데 두 번째 곡은 보컬 없이 반주만 실려 있었어요. 가사가 만들어져 있었는데 말이에요. 그 말은 시간이 정말정말 없었다거나 아니면 가사가 쓰인 건 좀 많이 뒤라는 말이겠죠.

가사 내용을 살펴볼까요? 전 처음엔 이 노래들이 그냥 이별 노래라고 생각했어요. 〈고요한 메아리〉는 헤어지는 장면, 〈달빛 따라 춤을〉은 헤어진 뒤 전 애인을 저주하는 내용으로요. 〈달빛 따라 춤을〉은 상대를 저주하는 듯하면서도 이를 유쾌하게 표현하는 게 굉장히 독특했어요. '편안히 두 눈을 감고 모두 잊어버리길. 돌아올 날까지.' 언젠간 돌아오겠다는 말이잖아요. 잘못한 상대 입장에선 얼마나 '조마조마'하겠어요.

저는 생각을 해봤어요. 이 노래들도 중의적 의미가 있지는 않을까? 평범한 연애 노래인 것처럼 쓰면서 그 속에 자신의 심정을 표현한 것은 아닐까? 쉽게 치환이 가능해요. 〈고요한 메아리〉에서의 상대, 눈동자 속에 다른 누군가가 보이는 상대, 가까이 다가갈수록 나를 상처입히는 상대는 '음악'이나 '꿈'이라고 말할 수도 있을 거예요.

〈달빛 따라 춤을〉은 그렇게 생각하면 더 노골적이에요. 아예 이것이 연인이 아닌 정말 미워하는 상대를 향한 노래라고 생각하고 읽어보면 고스란히 그렇게 이해할 수 있어요. 가사를 쓴 시점은 아마 삼촌과 떨어져 있을 때겠죠? 가장 마지막 시기, JG, 아니, 이진구로부터 압박받고 있던 시기. 어쩌면 삼촌에게 테이프를 보내기 직전에 가사를 썼을지도 모르겠네요."

삼촌은 무겁게 신음을 흘렸다. 스르륵 일어나서는 터벅터벅 부엌으로 걸어가서 냉장고 문을 열어 맥주 두 캔을 꺼내 자리로 왔다. 다시 털썩 소파에 등을 누이고는 맥주를 칙 소리 나게 까서 벌컥벌컥 들이켰다.

우리는 삼촌이 말을 잇기를 기다렸다. 이 이상은 말해봤자 상상의 갈림길일 테니 삼촌의 대답을 먼저 듣는 것이 맞는 일이다. 삼촌은 500ml 맥주 한 캔을 거의 다 비우고 나서야 입을 열었다.

"정말… 믿을 수 없었다. 도저히 그럴 만한 사람이라는 생각이 들지 않았다. 하지만 경찰은 사건 여지가 없다고 말했고, 옥상에 신발이 놓여 있었다더구나. 어떻게 그게 자살의 증거가 되냐 이 말이다. 신발은 그냥 가져다 놓을 수 있는 것 아니냐.

이진구… 비열하고 교활한 놈이었지. 아직도 증거 있냐며 이죽거리던 그 얼굴이 눈에 선하다. 그 자식이 점차 가요계를 지배해가는 것을 보니 부아가 치미더구나. 그렇지만 나에겐 진실을 밝힐 방법이 없었다…"

"다른, 근거가 있었던 거죠? 그 자식들이 그랬을 거라는 심증 같은 거요."

오빠가 말했다.

"사람의 근성은 좀처럼 변하지 않지. 지금이랑 똑같았다. 원하는 게 있으면 회유하는 척하다가 이렇게 비열한 수를 쓰지. 단비기 말린 대로다. 처음에는 데뷔시켜줄 짓처럼 말하다가 갑자기 마음이 바뀌었는지 곡을 팔라더구나. 그때 이진구가 키우고 있던 가수가 있었다. 그쪽이 더 상업적으로 가능성 있다고 생각한 거지.

지금은 곡당 일억? 그 정도는 쉽게 쓸 수 있는지 모르겠지만 그때는 조건도 터무니없었다. 그때부터 이진구는 폭력배들과 줄곧 어울리곤 했지. 나도 그 조그마했던 사무실을 드나드는 건달들을 본 적 있다. 아마… 추측이지만, 직접 해를 끼칠 생각은 없었을 거다. 그 정도 배포까지는 없는 놈이다. 물론 더 심한 요구를 했을 수는 있을 거다. 가령…"

삼촌은 잠시 말을 멈추고 맥주 캔을 땄다.

"아니다. 무익미한 추측은 할 필요가 없지. 어쨌든, 이진구 입장에서도 그 사람이 살아서 곡을 넘기는 것이 나은 일이었겠지. 그 사람은, 네 말대로 노래 가사 같은 사람이었다.

추락 장소는 회사에서 마련해준 맨션 옥상이었다. 회사에서 복제 키를 가지고 있었을 것이라는 주장도 경찰은 듣지 않았어."

"경찰이 돈이라도 먹은 건 아닐까요?"

아람이 말했다.

"모르는 일이지."

"경찰은 뒷북으로 여겼을지도 몰라요."

나는 말했다. 삼촌은 대꾸 없이 나를 바라보았다.

"아마 사건이 종결된 뒤에 경찰을 찾으신 거겠죠?"

삼촌은 끄덕이듯 눈을 내리깔고 맥주를 들이켰다.

"경찰은, 그러잖아요. 저도 겪어봐서 알아요. 귀찮아하는 게 눈에 보이잖아요. 하물며 그 시대 경찰은. 그런데 아직 삼촌이 말해주지 않은 게 있어요."

"또 남은 게 있어?"

오빠가 말했다.

"분명히 이건 말하고 싶지 않은 일일 거예요. 그렇지만, 우리는 들어야 해요. 그렇지 않으면 우린 앞으로 나아갈 수 없으니까요."

우리는. 한민재 오빠는. 그리고 나는.

"바로 삼촌이 그때 한미채 곁에 없었던 이유 말이에요."

삼촌은 마치 부상이라도 입은 듯 신음했다.

나는 말했다.

"이건 조금 전에 들은 사실이에요. 실은 이것 덕분에 이 줄거리를 완성할 수 있었고 이렇게 말할 수 있던 거였어요. 이 이야기에서 빠져 있던 부분이었거든요.

삼촌은 한미채의 마지막을 지켜주지 못했어요. 그렇지만 여전히 신뢰받고 있었고 그래서 테이프를 받아 지킬 수 있었어요. 그렇다면 지연스레 가사에 나타난 심성 변화가 싸웠거나 헤어졌기 때문은 아니라고 결론 내릴 수 있어요.

그런데 무슨 일이었을까요? 전 그게 궁금했어요. 자유로운 대학생이잖아요. 핸드폰도 없던 시절이었지만 그래도 자주 연락하며 무슨 일이 일어나고 있는지 알 법한 사이였잖아요. 군대라도 간 게 아닐까 생각해봤는데 그러면 너무 텀이 길어져서 어색해지더라고요. 무엇보다 그런 큰 사건은 일부러 빼고 이야기하기도 어렵잖아요.

삼촌은 그때 연인의 마지막 순간 곁에 있어 주지 못했어요. 심지어 그 진상이 무엇인지 확실히 알지도 못했어요. 그런데 그렇다면 뭐라 변명이라도 해야 하잖아요. 왜 그때 옆에 있지 못했는지, 왜 그때 상황을 제대로 알지 못하는지.

그런데 삼촌은 그 점은 한마디도 하지 않았어요. 제가 적당히 '자리를 비웠다'고 말했는데 삼촌은 그냥 넘어갔어요. 이상하잖아요. 악덕 사장한테 위협받고 있는 상황을 몰랐을 만큼 오래 자리 비운 걸까? 아니면 알고도 연락하지 못할 만큼 멀리 있던 걸까?

그 답은 민재 오빠한테서 듣고 알게 됐어요. 그때 삼촌은,"

권아람의 침 삼키는 소리가 내 쪽까지 들리는 듯했다.

"경찰서에 있었죠?"

나는 말했다.

"그때는 적어도 겨울 이후의 일이니 해가 지나 1987년이었을 거예요. 대학가에서 민주화 운동이 타오르던 시기였어요. 삼촌도 운동에 가담했었지요?"

삼촌은 말이 없었다.

"삼촌은 경찰에 잡혀 있었던 거예요. 그래서 한미채의 곁에 있어 줄 수 없었던 거예요. 그리고 그것이, 한미채의 죽음이 자살이 아니라고 삼촌이 굳게 믿는 가장 큰 이유일 거예요. 삼촌이 붙잡혀 있는데 그런 선택을 할 리가 없다고 믿은 거죠?"

연락이 끊긴다. 서로의 소식을 모르는 상황에서 할 수 있는 것이라고는 서로를 믿는 것밖에 없다. 삼촌은 한미채를 굳게 믿고 있었다. 그렇지만 그 와중 믿을 수 없는 소식을 전해 듣는다. 그래서 그는 그 말을 믿지 않는다….

삼촌이 어떻게 우리를 구해줄 수 있었을까? 상대가 JG 라는 것을 알고 우리 눈마저 속이며 지켜보고 있었기 때문이었다. 단지 상대가 나쁜 사람이라고 해서 무턱대고 의심하는 건 도가 지나치다. 그런데 삼촌에게는 그들이 그렇게 행동할 것이리라는 확신이 있었다. 그래서 멀리 외출하는 척하고 우리를 지켜봐 주었다. 그것은 한미채에 대한 믿음이기도 했다. 한미채의 죽음에 그들이 관여했으리라는 믿음.

나는 그것이 이 이야기의 가장 곤건한 토대라고 생각했다.

"넌 정말…."

삼촌은 힘없이 말했다.

"정말이지, 다 꿰뚫어 보는구나…."

그렇지만 여기서 멈출 수는 없었다. 더 중요한 부분이 남아 있었다. 수십 년간 묻어두었던 과거를 하나하나 들춰내야 하는 삼촌의 심경이 어떨지 내가 다 알 수는 없었다. 그렇지만 나는 마지막 한 발짝을 내디뎌야 한다.

"그 때문이었죠? 함께 독재에 맞서 저항했던 친구들을 배신하고 풀려난 이유."

널찍한 거실 안으로 눈이 내리고 있었다. 이상한 일이다. 이 커다란 집을 통째로 데울 수 있을 만큼 기다란 보일러가 돌아가고 있는데.

삼촌의 회색빛 머리가 테이블 위로 쏟아졌다.

"삼촌이 그 사실을 평생의 죄책감으로 안고 살아간다고 들었어요. 어디에도 정착하지 않고 단 하루도 몸 편히 쉬지 않고 끊임없이 떠도는 삶을 살게 된 것이 그 때문이라고 들었어요.

그런데, 그토록 굳건하고 강한 삼촌이 정말 자기 안위를 위해 그랬을 리가 없잖아요. 저는 있다고 믿어요. 한평생 배신자를 자처하고 변명하지도 않고 자신을 채찍질하는 삶을 택할 수밖에 없던 이유,

그렇게 하면서까지 감옥 바깥으로 나가야만 했던 절실한 이유 말이에요."

동지들에게 씻을 수 없는 죄를 저지르면서까지 해야만 했던 것.

나는 크게 숨을 들이켜고는, 말했다.

"한미채의 죽음. 그 안에서 소식을 들었던 거죠? 그래서, 그래서 무리해서, 자신을 죄인으로 만들어가면서까지 나가야만 했던 거죠?"

삼촌은 기우뚱하더니 테이블을 양손으로 짚었다. 내 앞에서 처음으로 보여주는 모습이었다. 아마 그 누구도 그 모습을 보지 못했으리라. 굵은 눈물방울이 고드름처럼 쏟아져 테이블 위에 뚝뚝 꽂혔다. 아람도, 민재 오빠도 삼촌

을 똑바로 바라보지 못했다.

삼촌은 입을 열었다.

"대공분실…. 그 자식들… 뭔가 알고 있는 것처럼 말했어. 빙빙 돌리면서… 나가기 전까지는 절대 소식을 들을 수 없다고…. 누구도… 상상 못 할 거야…. 사흘 되기 전에는 나가는 게 좋지 않을까? 실실 웃으면서… 사흘… 왜 사흘이지? 왜 나한테 이런 소리를 하는 거지?"

삼촌은 바닥에 무릎을 꿇고는 테이블에 상체를 쏟아냈다. 그리고는 사자 같은 소리를 내며 울었다. 그것은 그야말로 사자의 울음이었다.

나중에 들은 얘기를 미리 덧붙이자면, 삼촌은 그로부터 일주일은 훨씬 지나 풀려났다고 한다. 아마도 삼촌의 '밀고'를 입증하는 기간이었을 거라고. 그동안 삼촌은 감옥에서 별다른 시달림은 받지 않았지만 지옥과도 같은 날들이었다고 한다. 누구도 바깥소식을 전해주지 않았다. 그리고 삼촌은 학교 근처 골목에 내버려지다시피 풀려났다. 무슨 일인지 학교 주위는 계엄이라도 내린 듯 고요했다고 했다. 삼촌은 무작정 한미채의 빌라 방으로 달려갔다. 하지만 방 안은 이미 비어 있었고 가재는 물론 장판까지 싹 들어낸 뒤였다.

삼촌도 나중에 알았다고 했다. 그날은 6월 9일이었다.

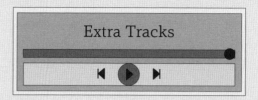

1

그나저나

한겨울에 왜 이렇게 밖에서 벌벌 떨고 있어야 하는지 모르겠다.

멋대로 일 층 창고를 뒤적거리던 아람은 커다란 무언가를 던져왔다. 내가 얼굴을 감싸는 동안 민재 오빠가 손을 뻗어 그것을 받아냈다. 자칫 내가 맞을 뻔했다고!

그것은 먼지가 풀풀 날리는 농구공이었다.

"한 판 할래?"

아람은 말했고 오빠는 답했다.

"오랜만에?"

두 사람은 의기투합해서 바깥으로 나갔다. 나는 투덜대면서 두 사람을 쫓아갈 수밖에 없었다.

키 차이는 둘이 그렇게 나지 않았지만 아람은 어깨가 널찍하고 팔이 길쭉하고 손이 컸다. 둘이 엉거주춤하게 마주보고 서니 오빠는 마치 고양이 앞 쥐처럼 보였다. 하지만 오빠는 기술파였다. 자세를 낮추고 공을 뒤쪽으로 튀기며 이리저리 돌리니 아람은 쉽사리 빼앗지 못했다. 순식간에 등지고 가뿐한 스텝으로 압박을 벗어나서는 휙 돌아 점프 슛. 오랜만에 보는 오빠의 실력이었다. 오빠가 고등학생일 때 이후로 처음인 것 같았다.

"역시. 제법인데?"

볼을 받은 아람은 천천히 옆으로 드리블하면서 접근했다.

그런데 두 사람은 나 몰래 저러고 놀고 있었던 걸까? 두 사람의 농구는 마치 오래된 의식처럼 전개됐다. 다음은 아람의 공격이었다. 아람은 키를 활용한 빠른 드리블을 보여줬다. 기술이 화려하지는 않다. 하지만 그 덩치와 속도가 위력적이었다. 오빠는 그대로 밀려나듯이 뒷걸음질 치다가 공간을 내주었고 아람은 깔끔한 자세로 레이업 슛을 성공해낸다.

"그렇게 나온다 이거지?"

다시 공을 잡은 오빠는 자세를 앞으로 숙인다. 마치 뺏어보라는 듯 공을 앞에서 낮게 튀긴다. 두 사람은 엉덩이를 뒤로 뺀 채로 잠시 눈을 마주치고 있었다. 아람이 순간 손을 뻗자, 팽 하고 공터를 뒤덮는 울림과 함께 공이 튀어올랐다. 두 사람은 동시에 솟아올랐다.

팔은 아람이 더 높았다. 하지만 점프볼을 유도한 것은 오빠였고 위치도 오빠 쪽이 더 좋았다. 한 손으로 공을 낚아챈 오빠는 양손으로 합장하듯 공을 감싸고 바닥에 착지했다. 아람도 포기하지 않았다. 그대로 뒤에서 붙어 압박하며 어깨 위로 볼을 뺏으려 했다.

심판이 있었다면 파울을 불법한 상황이었다. 그렇지만 그곳에는 두 사람밖에 없었고 둘 다 끈질기게 볼을 노렸다. 마치 웅크리듯 공을 지켜낸 오빠는 순식간에 양발 위치를 바꿔 몸을 바깥으로 빼냈다. 그렇지만 슈팅할 여유는 없었다. 드리블로 골대에서 멀어지는 것이 한계였다. 아람은 끝까지 그 뒤를 따라붙었다.

순간, 잊고 있었던 한 장면이 마치 영화 속 회상처럼 되살아났다. 비슷한 장면을 나는 분명히 본 적 있었다. 내가 중학생일 때, 민재 오빠네 고등학교 철책에 다른 여중생들과 함께 매달려 있을 때, 항상 또래보다 압도적인 실력을 자랑하던 오빠가 유난히 고전하는 것으로 보이던 날이 있었다. 상대는 그렇게 잘하는 것 같지도 않았다. 그저 오식

지지 않겠다는 각오로 옷깃이 닿을 정도의 필사적인 스크린을 하던 녀석이었다. 그때 두 사람의 키는 엇비슷했지만 그가 우리 중학교 교복을 입고 있었던 것은 확실히 기억한다.

결국 그때 오빠는 녀석을 멋지게 제치고 슛, 골을 성공했고 그 자리에 있는 여학생들의 우레와 같은 환호를 홀로 독식했다. 왜였는지는 기억나지 않는다. 나는 그 대결을 끝까지 지켜보았고 결과는 15대 3. 오빠의 완승. 내가 점수까지 기억하는 이유는 상대가 딱 두 골만을 얻어냈기 때문이었다. 일대일 농구는 3점 슛이 2점, 2점 슛이 1점으로 계산된다. 그 아이는 마지막 순간 오빠가 실패한 슈팅을 리바운드로 낚아챘다. 그리고 바닥에 쓰러지면서 날린 3점 슛은 멋진 포물선을 그리며 아무런 저항 없이 림 안으로 빨려 들어갔다. 동시에 울리는 소녀의 기도. 버저비터였다.

원래 일대일 농구는 슛에 실패하면 공수가 교대된다. 리바운드 같은 것 없이 공격과 수비만 번갈아 가며 하는 것이 보통의 일대일 농구다. 심판이 있었다면 마지막 골은 노카운트였을 것이다. 하지만 오빠는 근사하게 웃으며 손을 내밀어 일으켜 주었다.

그 중학생은 내 쪽을 향해 이를 보이며 웃으며 손으로 브이를 보였다. 내가 자신을 보고 있었다고 착각한 모양이었다. 나는 그가 누군지 몰랐고 당연히 이후로도 잊어버리고 지냈다.

그런데

두 사람의 어깨가 부딪혔다. 반쪽짜리 코트에서 김이 오르는 것 같다고, 나는 생각했다.

2

삼촌은 며칠을 더 머물렀다. 선국 친척 집 두어는 정말로 하려던 일이었다고 했다. 돌아보고 다시 여기로 돌아올 거냐는 질문에 삼촌은 대답했다.

"나도 모르겠다. 원래 세계를 떠돌 때도 다음 행선지를 정하고 다니지 않았다. 두루 둘러보다가 생각나는 게 있으면 돌아오겠지."

"계속, 떠도실 생각인가요? 친척들 다 보고 나서요. 한국에서 더 할 일이 없어지면 다시 외국으로…."

민재 오빠가 말했다.

"넌 내가 죄책감만으로 그렇게 돌아다니는 거라 생각하는 거냐?"

삼촌은 말했다. 오빠는 우물쭈물했다.

"내가 밤에 잠은 편히 잠들지 못했지만, 그래도 천성이 그런 것이지 않겠느냐. 낮에는 볕에 쬐고 밤에는 이슬 맞고 사는 게 그래도 몸에 맞는 일이라 그러고 다니는 거 아니겠냐."

"네…."

"그리고 일본에도 한번 갈 생각이다."

"일본에요?"

"마무리는 지어야 하니까. 유가족을 만나고, 그리고 이 진구가 하는 짓을 온 세상에 밝히고. 그때 네가 만든 노래의 도움을 받아야 할지도 모르겠다."

"괜찮겠어요? 분명히 증거는 없다고… 그놈들이 가만히 있진 않을 텐데요."

"어차피 난 놈들의 체면만 구길 수 있으면 족하다. 그리고, 이제 상황이 달라졌지 않느냐. 그놈은 기껏해야 사무실 안에서 아랫사람들을 호령하던 놈이고 나는 전 세계를 굴러다니며 거칠 게 없는 몸이다. 이젠 배짱부터 다르다 이거지."

"…."

"내 걱정은 말아라. 난 지금도 충분히 분에 넘치게 잘살고 있으니까. 그보다 네 문제를 고민하는 게 좋을 거다."

"제 문제요?"

"이것저것 있지 않겠느냐?"

하면서 삼촌은 나를 보며 눈의 주름을 끌어당겨 윙크

한다.

뭐야, 무슨 의미야?

"한 가지요!"

나는 발걸음을 옮기려는 삼촌을 붙잡고 외쳤다.

"이해 안 되는 게 있어서요. 마지막 곡, 〈러브 스타카토〉 말이에요. 이 가사는 무슨 의미인가요? 일본에서 썼다면 서요. 그렇다면 더더욱 자기 이야기는 아닐 거 아니에요. 음악 선생님은 이 곡이 앨범에서 주인공이 되는 곡이라고 했는데, 그렇다고 하면 오히려 이해가 안 돼요. 이 내용이 어느 부분에 들어가야 하는지 모르겠어요."

삼촌은 나를 가만히 내려다보다가 말했다.

"그 얘기를 안 했구나. 이건 내가 들은 게 있지."

오! 진작 물어볼걸! 괜히 고민하는 시간만 많아졌잖아.

"그 노래는 완전한 창작이다. 노래 하나에 이야기 하나를 담은 거지. 이 세상에 없는 이야기로 노래를 만들어보고 싶다고 했었다. 언젠가 소설로도 써보고 싶다고 했었는데.

간단히 얘기해 볼까? 때는 23세기. 우주 시대가 열리고 인류는 외우주로 활발히 진출하기 시작했지. 주인공은 우주 파일럿이었다. 그런데 어느 날…."

3

"근데 엄마."

"응?"

모처럼 엄마 침대 위에서 같이 폰을 보며 뒹굴다가 나는 말했다. 딱히 얘기를 나누지는 않았다. 구구절절 사연 풀이 하기에도 난 너무 지쳐 있었고 그저 엄마랑 한가롭게 누워 있고 싶었다.

"크리스마스 날 어디 갔던 거야?"

"응? 갑자기 그건 왜?"

"우리 염탐하려고 외출한 건 아닐 거 아냐. 다른 데 갔다가 시간 맞춰서 거기로 갔던 거야? 애초부터 그럴 계획으로?"

"음. 어땠을까아."

엄마는 또 말을 돌렸다. 아니, 돌리려 했다.

"원래 가려던 건 아니었는데."

"응?"

"엄마가 아무리 주책없기로서니 딸 데이트 하는 데 작정하고 훼방 놓으려 갔겠니. 그냥 마침 할 일도 없고 창가에 너희가 보이고 해서 가봤던 거야."

"뭐야. 우연이었어? 아니, 여전히 수상한데? 거긴 2층이었잖아. 우린 창가 자리도 아니었고. 일부러 보려 한 게 아니고서야."

"원래 엄마는 아무리 혼잡한 곳에 있어도 딸을 금방 찾아내는 법이거든."

"그거 또 말 돌린 거다? 그런데 할 일이 없었다고? 뭐, 약속이라도 깨진 거야?"

"응."

"어엉?"

"엄마 있지, 그날 차였어."

"에에엥? 남자 만나고 있었어?"

"응. 그래서 좀 슬퍼."

나는 벌떡 일어났다.

"아니, 지금 딸 하는 일에 오지랖 부릴 때가 아니었잖아! 누구야? 언제부터 만난 거야? 나 아는 사람이야?"

공수교대였다. 나는 엄마가 지금까지 감추고 있던 사연을 기사본말체로 실토하기 전까지 놔주지 않을 생각이었다.

4

"둘이 화해 한 거야?"

선생님이 묻자 아람온 뒤통수에 깍지 낀 채 나를 힐끗

보며 말했다.

"딱히 싸운 건 아닌데…."

"그래도 울렸으니 사과는 해야지!"

선생님이 말하자 우린 둘 다 화들짝 놀라 앉은 채로 발을 헛디뎠다.

"너 울었어?"

"선생님! 그건!"

또 울었다는 건 굳이 밝히고 싶지 않았는데. 하지만 기왕 말해버렸으니 잘 이용해야지. 나는 천천히 왼쪽으로 시선을 돌렸다. 아람은 딴청 부리듯 눈을 슬슬 창문 쪽으로 돌린다.

"아람아. 선생님이 듣자 하니 말을 좀 심하게 한 거 같은데 사과도 할 겸 여기서 그렇게 말한 이유를 한번 말해 볼래?"

왜인지 선생님의 말투에는 장난기가 묻어 있었다.

"네, 네? 무슨 이유요?"

"네가 단비한테 나쁘게 말한 이유 말이야. 김빠졌다느니 방해된다느니 하면서 갑자기 팀에서 나가겠다고 했다며?"

"어, 뭐…."

그래놓고 아람은 집에 JG의 부하들이 침입했을 때 우리 편이 돼서 맞서 싸워줬다. 정말 왜 그랬을까? 어느 쪽이 진심일까? 아직 나는 묻지 못했다.

"둘만 있으면 딴청 부리고 제대로 얘기 안 해줄 거잖아. 그러니까 선생님 앞에서 얘기해 봐. 말하기 전까진 졸업 안 시켜줄 거야."

"으아, 그런 게 어딨어요."

"어디 있긴. 선생님 시간에는 선생님이 법이라고 했지?"

"그럼, 쌤! 전에 그거 얘기해주면 저도 말할게요! 쇼와 돌 가르쳐줬다는 인디밴드 기타리스트요! 역시 그 사람 남친이었죠? 지금은 헤어진 거예요? 아, 물으나 마나인가?"

"너, 혼난다? 지금 그런 얘기를 왜 하니?"

선생님은 방어에 나섰지만 이런 얘기를 그냥 넘어갈 순 없지.

"선생님! 저도 듣고 싶어요. 밴드맨이랑은 어떻게 만난 거예요? 인디밴드인데 왜 그런 음악을 들려줘요?"

"얘들아아! 지금 무슨 시간이니?"

수세에 몰린 선생님은 우는 소리로 말했다.

"방과 후요!"

우리는 입 합쳐 외쳤다.

5

　나머지 녹음은 순조롭게 진행됐다. 아니, 지금까지처럼 사기급으로 순조로운 것은 아니었다. 그저 일정대로 무난히 흘러갔다는 말이었다. 한 방에 끝내야 한다는 압박이 없어지니 좀 더 정성 들여서 잘해야겠다는 새로운 압박이 생겨났고 이전과 달리 내 목소리를 의식하게 되어 여러 번 끊어가며 녹음해야만 했다. 그 바람에 〈러브 스타카토〉 한 곡을 녹음하는 데 꼬박 반나절이 걸렸다. 지구상에서 처음 녹음되는 〈달빛 따라 춤을〉은 오히려 쉬웠다. 물론 내가 한미채의 마음을 완벽히 알 수는 없었다. 그렇지만 나는 만일 그가 이 노래를 불렀다면 어떤 기분으로 불렀을지 충분히 상상할 수 있었고 준비가 돼 있었다.

　그런데 그뿐이 아니었다. 사실, 지금까지는 아무런 화음 없이 메인 멜로디만 한 트랙씩 녹음하고 있었다. 이제 여러 테이크의 녹음이 가능해졌으니 화음도 내가 직접 해야만 했는데 이게 여간 어려운 일이 아니었다. 화음은 한 소절씩 한 땀 한 땀 바느질하듯 녹음해야만 했다. 그런데 이게 한 라인으로는 도저히 노래 같지 않아서 음을 맞추기도 어려웠으며 똑같은 라인을 여러 번 녹음할 때 일정하게 맞추기도 어려웠다.

　거의 이런 식이었다.

"버스 왼쪽 첫 번째 트랙부터 갈게. 네 번 카운트 후 바로 들어갈 거야."

하고 노래가 나오면 "아아—", "타임 리밋", "로—맨스", "빠와와와" 같은 소리를 한 소절씩 녹음하게 되는 것이다. 그건 마치 공장에서 화음을 생산하는 작업 같았다.

힘들었지만 그래도 그게 원래 녹음이었다. 그렇게 노력이 들어간 작업을 하고 완성된 것을 들어보니 뿌듯하기가 이루 말할 수 없었다. 심지어 대학 합격했을 때보다 더 기뻤다고!

"믹싱까지 마치려면 아직 멀었지만."

하고 오빠는 내 감격에 초를 쳤다.

"뭐가 또 남은 거야? 전에 올린 건?"

녹음 때면 늘 하는 거 없이 따분하게 옆을 지키고 있는 아람은 물었다.

"그거도 가믹싱. 제대로 된 상업음원처럼 나오려면 아직 멀었어."

"으에? 그냥 그거로 들어도 충분히 괜찮은 거 같은데?"

"믹싱은 나도 아직 멀었어. 나 혼자 계속 수정 반복하고 있다니까. 곡별로 벌써 열 번씩은 뒤집었을걸. 새 트랙이 생기면 또 거기 맞춰서 수정해야 하고."

"뭐가 그리 복잡하냐."

"쉬운 일이 있겠어?"

나는 핀잔을 주었다.

"그런데,"

오빠는 의자에 등을 길게 기대며 말했다.

"계속 마음에 걸리는 게 있었어."

"엉?"

혹시 내가 말하지 않은 게 있나 덜컥 겁이 났다.

그런데 오빠는 의자를 돌려 프로젝트 하나를 연다. 〈고요한 메아리〉였다.

"이거 메인 보컬 트랙 말인데, 우리가 처음부터 끝까지 한 트랙으로 녹음했잖아."

"응."

"여기 트랙 보면 테이크 넘버도 뜨고."

오빠는 마우스로 이벤트의 한 귀퉁이를 가리켰다. 거기에는 자랑스러운 (1)이라는 숫자가 적혀 있었다.

"녹음할 때, 중간 간주에서 뭐라 말한 적 없지?"

"응? 무슨 말이야?"

"왜, 이거 간주가 좀 긴 편이잖아. 킥이랑 베이스만 나오다가 점점 신스 솔로로 빌드업하고 보컬이 끼어들어 완성하는 식으로."

"응. 그렇지? 그런데 그게 왜?"

"그게… 한번 들어 봐."

오빠는 트랙 하나만 솔로로 켜서 들려주었다. 파형을 얼핏 봤을 때 그것은 노래 파형은 확실히 아니었다. 파형을 보면 그게 대충 어떤 악기인지 알 수 있다. 세게 부른 부분은 진폭이 크고 약하게 부른 부분은 작게 나오기 때문이다. 지저분하고 뭐가 잔뜩 삐죽삐죽 올라오는 파형은 적어도 노래 파형은 아니라고 할 수 있었다.

예상대로 그것은 지저분한 잡음이었다.

"아주 작게 녹음된 걸 증폭한 거라 노이즈가 좀 많을 거야."

잡음. 그런데 그냥 잡음은 아니었다. 무언가 소리가 들리는 것 같았다. 늘어지고 툭툭 끊기는 소리였다. 그렇지만 그것은 무언가를 속삭이는 소리였다. 확실히 그것은 목소리였다. 중얼거리는 소리, 인터뷰하는 소리, 불경 외는 소리, 하여간 그 비슷한 무언가였다.

"뭐야? 이게."

나는 물었다.

"모르겠어. 이건 그 원 테이크 녹음에 들어 있던 소리야."

"뭐어?"

"그때 정말 아무 말도 안 한 거지? 가사 외운다든가, 아니면 기도라든가."

"안 했어. 아무것도. 숨소리 거칠어진 거 안 들어가게 하려고 일부러 마이크에서 좀 떨어져서 입 꾹 다물고 숨 고르고 있었는걸."

"그럼… 뭐지? 이건….'

"에이, 그냥 잡음이겠지. 잡음은 원래 있는 거 아냐?"

아람이 별거 아니라는 양 말했다.

"지직거리는 건 잡음 맞아. 그런데 잘 들어봐. 목소리가 들린다니까."

하면서 오빠는 그 영역을 다시 재생했다.

"어? 잠깐."

나는 그 목소리 일부를 캐치했다. 오빠는 내 말에 재생을 중단했다.

"바로 몇 초 앞에 틀어 봐 봐."

"너도, 들었어?"

오빠의 눈은 긴장을 담고 있었다.

다시 내가 들은 부분이 재생됐다. 목소리. 속삭이는 목소리와 사람의 것이 아닌 듯한 목소리, 그리고 증폭된 잡음이 뒤섞이는 가운데 나는 식별 가능한 낱말 하나를 잡을 수 있었다.

용서하지 않을 거야.

분명히 그렇게 들리고 있었다.

"내가 제대로 들은 거야? 이건….'

오빠는 그 부분만 끊어서 반복해서 들려주었다. 확실했다. 아람도 들었는지 표정이 심각해졌다.

"뭐지…?"

"난 이런 말 한 적 없는데… 언제, 아니, 어떻게 녹음된 거야?"

오빠는 그 말에 대답할 수 없었다.

그 순간, 조금 전 녹음한 노래의 가사가 머릿속을 맴돌았다.

즐겁게 달빛 따라 춤을 추길. 흥겹게 별빛 타고 노래하길. 편안히 두 눈을 감고 모두 잊어버리길. 돌아올 날까지.

작가의 말

천국에 있는 오카다 유키코에게 이 이야기를 바칩니다.

이 작품은 픽션이지만 한 사람의 인생에 많은 것을 빚지고 있습니다. 그래서 이 주제를 꺼낼 수밖에 없을 것 같네요. 오카다 유키코에 대한 것은 작중 간략히 언급돼 있습니다. 제 주제에 맞지 않기 때문에 그에 대한 평전은 쓰지 않을게요. 자세한 사실들은 인터넷에서 찾아보실 수 있어요. 다만 저는 그가 남긴 음악을 듣는 것이 그에 대한 우리 낯선 존재들이 바칠 수 있는 최대한의 경의라고 생각합니다. 아티스트란 그런 존재잖아요. 짧은 인생을 통해 가장 오래 가는 흔적을 남기고자 하는 존재들.

남긴 작품이 많지 않으니 모든 앨범을 들어보는데 그리 오래 걸리지 않을 거예요. 그래도 추천을 조금 해보겠습니다. 앨범 중에서는 전 1집 〈シンデレラ〉(신데렐라)와 2집 〈FAIRY〉를 제일 좋아합니다. 이 두 앨범은 꼭 들어보시길 추천하지만 개별 곡을 통해 접근하는 것도 좋겠죠. 〈リトルプリンセス〉(리틀 프린세스), 〈彼はハリケーン〉(그녀는 허리케인), 같은 곡은 고전적인 아이돌 팝이고 〈Plastic Girl〉, 〈ソネット〉(소넷)은 이후 일본음악에서 두루 엿보이는 드라이

브하면서도 심장에 콕콕 꽂히는 서정적인 곡입니다. 〈恋の
ダブルス〉(사랑의 더블스), 〈風の魔法で...〉(바람의 마법으로)는
너무너무 기분 좋아지고 저절로 입가에 미소가 떠오르는
곡이죠. 〈Walking In The Moonlight〉, 〈Bien〉의 호흡은 우리
에겐 익숙하지 않을 거예요. 하지만 전 이렇게 깊은 감수
성을 툭툭 끄집어내는 곡을 좋아합니다.

쇼와돌은 쇼와 시대(1926년 12월 25일부터 1989년 1월 7일
까지) 아이돌을 일컫습니다. 하지만 저는 이때 데뷔해 조금
이후까지 활동한 아티스트까지 폭넓게 보고 있어요. '시대
를 앞서간 뮤지션'이라는 설정을 위해서 음악 스타일 역시
쇼와 후기에서 90년대 초까지를 아우르고 있다는 점도 밝
힙니다.

굳이 설명을 덧붙여야 할 부분도 있어요. 오카다 유키코
는 이야기의 모티브일 뿐, 등장인물 한미채의 모델은 조금
달라요. 이 부분은 비밀로 남겨둘게요! 고수진 삼촌은 지
금도 멋있지만 젊었을 때는 그 시대적으로 참 멋있었답니
다! 나이 들며 근육질로 바뀌었다는 설정이에요. 역시 구
체적인 모델은 비밀! 훨씬 호리호리한 청년을 생각해 주
세요.

이 이야기는 수많은 이야기들이 그러하듯 대안적인 상
상이기도 해요. 우리에게 이러한 역사가 있었으면 어땠을
까 하는 작은 설렘에서 시작된 이야기이지요. 그리고 이는

실제 우리 대중음악의 역사이기도 해요. 우리 음악은 앞선 음악을 배우고 따라하려는 선구자들이 깔아놓은 판 위에서 발전했고 그 덕에 지금의 음악이 있을 수 있는 것이니까요. 한국과 일본의 문화적 출발점은 달랐어요. 거기에다 우리는 정치적으로 자유를 억압받은 채 살아왔지요. 그럼에도 불구하고 우리는 이렇게 보란듯이 자랑할 만한 문화를 갖게 되었죠. 앞뒤로 많은 것을 함축하는 말이라고 생각해요. 그럼에도 불구하고.

마지막으로 열심히 뛰어다니고 무리라고까지 할 수 있을법한 요구를 멋지게 소화해준 김단비 양에게 감사의 말씀을 드려요!

2024년 봄
박하루